Fuentes
CONVERSACIÓN Y GRAMÁTICA

FOURTH EDITION

DEDICATION

We dedicate this book to Sandy Guadano, editor and friend.

Fuentes

CONVERSACIÓN Y GRAMÁTICA

FOURTH EDITION

Debbie Rusch
Boston College

Marcela Domínguez

Lucía Caycedo Garner
University of Wisconsin—Madison, Emerita

with the collaboration of

Donald N. Tuten
Emory University

Carmelo Esterrich
Columbia College Chicago

HEINLE
CENGAGE Learning

Australia • Brazil • Japan • Korea • Mexico • Singapore • Spain • United Kingdom • United States

HEINLE
CENGAGE Learning

Conversación y gramática 4/e
Rusch / Domínguez / Caycedo Garner
Publisher: Beth Kramer
Executive Editor: Lara Semones
Managing Development Editor:
  Harold Swearingen
Assistant Editor: Marissa Vargas-Tokuda
Editorial Assistant: Maria Colina
Media Editor: Morgen Murphy
Senior Marketing Manager: Ben Rivera
Marketing Coordinator: Jillian D'Urso
Senior Marketing Communications Manager:
  Stacey Purviance
Senior Content Project Manager:
  Carol Newman
Art Director: Linda Jurras
Print Buyer: Susan Spencer
Senior Rights Acquisition Account Manager:
  Mardell Glinski Schultz
Text Permissions Editor: Ana Fores
Production Service: Integra Software Services
Text Designer: Carol Maglitta/One Visual Mind
Senior Photo Editor: Jennifer Meyer Dare
Photo Researcher: Susan McDermott Barlow
Cover Designer: Polo Barrera
Cover Image: Laguna Negra, Nahuel Huapi
  National Park, Rio Negro, Argentina,
  South America/Getty
Compositor: Integra Software Services

© 2011, 2005, 2000 Heinle, Cengage Learning

ALL RIGHTS RESERVED. No part of this work covered by the copyright herein may be reproduced, transmitted, stored, or used in any form or by any means graphic, electronic, or mechanical, including but not limited to photocopying, recording, scanning, digitizing, taping, Web distribution, information networks, or information storage and retrieval systems, except as permitted under Section 107 or 108 of the 1976 United States Copyright Act, without the prior written permission of the publisher.

For product information and technology assistance, contact us at
Cengage Learning Customer & Sales Support, 1-800-354-9706
For permission to use material from this text or product, submit all requests online at **www.cengage.com/permissions**.
Further permissions questions can be emailed to
permissionrequest@cengage.com.

Library of Congress Control Number: 2009932484

Student Edition:
ISBN-13: 978-1-4390-8290-4
ISBN-10: 1-4390-8290-1

Loose-leaf Edition:
ISBN-13: 978-0-495-90924-8
ISBN-10: 0-495-90924-6

Heinle
20 Channel Center Street
Boston, MA 02210
USA

Cengage Learning is a leading provider of customized learning solutions with office locations around the globe, including Singapore, the United Kingdom, Australia, Mexico, Brazil and Japan. Locate your local office at **international.cengage.com/region**

Cengage Learning products are represented in Canada by Nelson Education, Ltd.

For your course and learning solutions, visit **www.cengage.com**.

Purchase any of our products at your local college store or at our preferred online store **www.ichapters.com**.

Printed in the United States of America
1 2 3 4 5 6 7 13 12 11 10 09

Contents

Preface   xi

Capítulo preliminar • *La vida universitaria*   1

- **Introducing Yourself and Others**   2
- **Obtaining and Giving Information About Class Schedules**
  Las materias académicas (Vocabulario)   3
- **Expressing Likes and Dislikes**
  Gustar and Other Verbs   5
- **Describing Classes, Professors, and Students**   8
- **Testing Your Knowledge of Spanish**   10

Capítulo 1 • *Nuestras costumbres*   13

- **Comprensión oral: Una cuestión de identidad**   14
- **Narrating in the Present**
  A. Regular, Stem-Changing, and Irregular Verbs   17
  B. Reflexive Constructions   23
- **Discussing Nightlife**
  La vida nocturna (Vocabulario)   29
- **Obtaining and Giving Information**
  ¿Qué? and ¿cuál?   31
- **Avoiding Redundancies**
  Subject and Direct-Object Pronouns   33
- **Más allá**
  Canción: "Hablemos el mismo idioma" —Gloria Estefan   39
  Videofuentes: ¿Cómo te identificas?   40
  Proyecto: Un anuncio publicitario   41
- **Recycled Material:** The Present Indicative; **Ir a** + *Infinitive*; Verbs Like **Gustar**

Capítulo 2 • *España: pasado y presente*   42

- **Comprensión oral: Un anuncio histórico**   43
- **Narrating in the Past (Part One)**
  A. The Preterit   45
  B. Narrating in the Past: Meanings Conveyed by Certain Verbs   48
  C. Indicating When Actions Took Place: Time Expressions   50
  D. Indicating Sequence: Adverbs of Time   52
  E. Past Actions That Preceded Other Past Actions: The Pluperfect   55
- **Discussing Movies**
  El cine (Vocabulario)   58
- **Stating Time and Age in the Past**
  The Imperfect   61

Contents

▶ **Más allá**
    Canción: "Milonga del moro judío" —Jorge Drexler *65*
    Videofuentes: *España: ayer y hoy* *66*
    Película: *La lengua de las mariposas* *67*
▶ **Recycled Material:** The Present Indicative; Telling Time

3 · Capítulo 3 • *La América precolombina* 68

▶ **Comprensión oral: La leyenda del maíz** *69*
▶ **Narrating in the Past (Part Two)**
    A. Preterit and Imperfect: Part One *71*
    B. Preterit and Imperfect: Part Two *74*
▶ **Describing People and Things**
    A. Descripción física (Vocabulario) *81*
    B. Personalidad (Vocabulario) *82*
▶ **Describing**
    A. **Ser** and **estar** + *Adjective* *85*
    B. The Past Participle as an Adjective *88*
▶ **Indicating the Beneficiary of an Action**
    The Indirect Object *90*
▶ **Más allá**
    Canción: "La Llorona" —Lila Downs *96*
    Videofuentes: *Los mayas* *97*
    Proyecto: La leyenda de La Llorona *99*
▶ **Recycled Material:** The Present Indicative; The Preterit; Time Expressions

4 · Capítulo 4 • *Llegan los inmigrantes* 100

▶ **Comprensión oral: Entrevista a un artista cubano** *101*
▶ **Discussing Immigration**
    La inmigración (Vocabulario) *103*
▶ **Expressing Past Intentions, Obligations, and Knowledge**
    Preterit and Imperfect (Part Three) *108*
▶ **Expressing Abstract Ideas**
    Lo + *Adjective* and **lo que** *112*
▶ **Expressing Accidental or Unintentional Occurrences**
    Unintentional **se** *114*
▶ **Narrating and Describing in the Past**
    Summary of Preterit and Imperfect *117*
▶ **Discussing the Past with Present Relevance**
    The Present Perfect *121*
▶ **Más allá**
    Canción: "Papeles mojados" —María del Mar Rodríguez (Lamari) *125*
    Videofuentes: *La legendaria Celia Cruz* *126*
    Película: *Al otro lado* *128*
▶ **Recycled Material:** The Present Indicative; The Preterit; The Imperfect; Time Expressions

Capítulo 5 • *Los Estados Unidos: Sabrosa fusión de culturas* 130

- **Comprensión oral:** En esta mesa se habla español *131*
- **Influencing, Suggesting, Persuading, and Advising**
  A. The Present Subjunctive *134*
  B. Giving Indirect Commands and Information: **Decir que** + *Subjunctive* or *Indicative* *139*
- **Giving Direct Commands**
  A. Affirmative and Negative Commands with **Ud.** and **Uds.** *141*
  B. Affirmative and Negative Commands with **tú** and **vosotros** *144*
- **Discussing Food**
  La comida (Vocabulario) *147*
- **Informing and Giving Instructions**
  Impersonal and Passive **se** *152*
- **Más allá**
  Canción: "Ella y él" —Ricardo Arjona *158*
  Videofuentes: *Entrevista a John Leguizamo* *159*
  Proyecto: Una receta *160*
- **Recycled Material:** The Imperfect; Direct-Object Pronouns; Indirect-Object Pronouns; The Preterit; Stem-Changing and Reflexive Verbs in the Present Indicative

Capítulo 6 • *Nuevas democracias* 161

- **Comprensión oral:** Nadie está inmune *162*
- **Expressing Feelings and Opinions About Future, Present, and Past Actions and Events**
  A. The Present Subjunctive *164*
  B. The Present Perfect Subjunctive *169*
- **Discussing Politics**
  La política (Vocabulario) *173*
- **Expressing Belief and Doubt About Future, Present, and Past Actions and Events** *176*
- **Forming Complex Sentences**
  The Relative Pronouns **que** and **quien** *180*
- **Indicating Cause, Purpose, and Destination**
  Por and **para** *183*
- **Más allá**
  Canción: "Desapariciones" —Rubén Blades *189*
  Videofuentes: *En busca de la verdad* *190*
  Proyecto: Una viñeta política *191*
- **Recycled Material:** The Imperfect; The Present Indicative; The Preterit; **Ser** and **estar** + *Adjective*

Capítulo 7 • *Nuestro medio ambiente* 192

- **Comprensión oral:** Unas vacaciones diferentes *193*
- **Discussing Adventure Travel and the Environment**
  A. El equipaje (Vocabulario) *195*
  B. Deportes (Vocabulario) *195*
  C. El medio ambiente (Vocabulario) *196*

Contents

- ▶ **Affirming and Negating** *200*
- ▶ **Describing What One is Looking For**
  The Subjunctive in Adjective Clauses *204*
- ▶ **Expressing Pending Actions**
  The Subjunctive in Adverbial Clauses *210*
- ▶ **Avoiding Redundancies**
  Double Object Pronouns *214*
- ▶ **Más allá**
  Canción: "¿Dónde jugarán los niños?" —Maná *221*
  Videofuentes: *El turismo rural* *222*
  Proyecto: Un anuncio informativo *223*
- ▶ **Recycled Material:** The Preterit and the Imperfect; The Present Subjunctive

8 Capítulo 8 • *Hablemos de trabajo* 224

- ▶ **Comprensión oral:** Un trabajo en el extranjero *225*
- ▶ **Discussing Work**
  El trabajo (Vocabulario) *227*
- ▶ **Expressing Restriction, Possibility, Purpose, and Time**
  The Subjunctive in Adverbial Clauses *231*
- ▶ **Reporting What Someone Said**
  Reported Speech *235*
- ▶ **Negating and Expressing Options**
  O… o, ni… ni, ni siquiera *239*
- ▶ **Describing Reciprocal Actions**
  Se/Nos/Os + *Plural Verb Forms* *242*
- ▶ **Más allá**
  Canción: "El imbécil" —León Gieco *246*
  Videofuentes: *Almodóvar y los estereotipos* *247*
  Película: *Crimen ferpecto* *250*
- ▶ **Recycled Material:** The Preterit; The Imperfect; The Pluperfect; Ir a + Infinitive; The Present Subjunctive; Negation

9 Capítulo 9 • *Es una obra de arte* 251

- ▶ **Comprensión oral:** Entrevista a una experta en artesanías *252*
- ▶ **Discussing Art**
  El arte (Vocabulario) *254*
- ▶ **Expressing Influence, Feelings, and Doubt in the Past**
  The Imperfect Subjunctive *259*
- ▶ **Shifting the Focus in a Sentence**
  The Passive Voice *267*
- ▶ **Using the Infinitive**
  Summary of Uses of the Infinitive *269*
- ▶ **Using Transitional Phrases**
  Expressions with **por** *271*

viii Fuentes: Conversación y gramática

- **Más allá**
  - Canción: "Dalí" —Mecano *274*
  - Videofuentes: *El arte de Elena Climent* *275*
  - Proyecto: Comentar un cuadro *277*
- **Recycled Material:** The Preterit; The Imperfect; The Present Subjunctive

Capítulo 10 • *Las relaciones humanas* 278

- **Comprensión oral:** ¡Que vivan los novios! *279*
- **Stating Future Actions, Making Predictions and Promises**
  The Future Tense *281*
- **Expressing Imaginary Situations, Giving Advice, and Making Requests**
  The Conditional Tense *284*
- **Expressing Probability**
  The Future and Conditional Tenses *287*
- **Discussing Human Relationships**
  Las relaciones humanas (Vocabulario) *289*
- **Hypothesizing (Part One)**
  Si Clauses (Part One) *294*
- **Más allá**
  - Canción: "Sería feliz" —Julieta Venegas *301*
  - Videofuentes: *En la esquina* (cortometraje) *302*
  - Película: *Valentín* *304*
- **Recycled Material:** The Preterit; The Imperfect; The Imperfect Subjunctive

Capítulo 11 • *Sociedad y justicia* 305

- **Comprensión oral:** ¿Coca o cocaína? *306*
- **Discussing Crime and Justice**
  La justicia (Vocabulario) *308*
- **Hypothesizing (Part Two)**
  A. The Future Perfect and the Conditional Perfect *314*
  B. *Si* Clauses (Part Two) *317*
- **Expressing Influence, Feelings, and Doubt in the Past**
  The Pluperfect Subjunctive *321*
- **Linking Ideas**
  A. **Pero, sino,** and **sino que** *323*
  B. **Aunque, como,** and **donde** *324*
- **Más allá**
  - Canción: "El costo de la vida" —Juan Luis Guerra *327*
  - Videofuentes: *Día latino en Fenway Park* *328*
  - Proyecto: Entrevista por un mundo mejor *330*
- **Recycled Material:** The Future; The Conditional; **Si** Clauses; The Preterit; The Imperfect; The Present Perfect; The Imperfect Subjunctive

Contents **ix**

Contents

12 Capítulo 12 • *La comunidad latina en los Estados Unidos* 331

- **Comprensión oral: Un poema** *332*
- **Narrating and Describing in the Past, Present, and Future (A Review)** *335*
  - A. Discussing the Past *336*
  - B. Discussing the Present *342*
  - C. Discussing the Future *346*
- **Más allá**
  - **Videofuentes:** *Estudiar en el extranjero* *349*
- **Recycled Material:** All Tenses and Moods

Reference Section 353

- **Appendix A:** Verb Conjugations *354*
- **Appendix B:** Uses of **ser, estar,** and **haber** *367*
- **Appendix C:** Gender of Nouns and Formation of Adjectives *368*
- **Appendix D:** Position of Object Pronouns *370*
- **Appendix E:** Uses of **a** *373*
- **Appendix F:** Accentuation and Syllabication *374*
- **Appendix G:** Thematic Vocabulary *377*

Spanish–English Vocabulary 379

Index 393

Credits 396

Maps 398

x Fuentes: Conversación y gramática

Preface

Preface Contents

To the Student xi

Student Components xiii

Acknowledgments xiv

To the Student

Fuentes: Conversación y gramática and *Fuentes: Lectura y redacción,* Fourth Edition, present an integrated skills approach to intermediate Spanish that develops both your receptive (listening and reading) and productive (speaking and writing) skills simultaneously, and also combine the skills in many of the activities you are asked to carry out. For instance, you may be asked to read a list of actions and mark those that you have done, then talk to a classmate to find out which he/she has done, and finally report orally or in writing on the experiences you have in common. In this way, you use multiple skills at once, as in real life, to develop your communicative skills in Spanish.

Learning Spanish also means developing an appreciation of the cultures that comprise the Hispanic world. In *Fuentes: Conversación y gramática* conversations, interviews, and other listening passages, as well as videos, movies, songs and short readings expose you to information about diverse topics and Hispanic countries. You will also hear directly from Spanish speakers from numerous countries about their opinions, experiences, and individual perspectives in the **Fuente hispana** quotes that appear throughout the chapters. *Fuentes: Lectura y redacción*, the companion volume to *Fuentes: Conversación y gramática*, contains additional readings, as well as writing practice, coordinated with the topics and grammar of each chapter. The magazine and literary selections, as well as informational readings in *Fuentes: Lectura y redacción* are designed to further enrich your understanding of Hispanic cultures.

As you work with the *Fuentes* program, remember that learning a language is a process. This process can be accelerated and concepts studied can be learned more effectively if you study on a day-by-day basis. What is learned quickly is forgotten just as quickly, and what is learned over time is better remembered and internalized.

More important, envision yourself as a person who comprehends and speaks Spanish. Don't be afraid to take risks and make errors; it is part of the learning process. Finally, enjoy your study of the Spanish language and cultures as you progress through the course.

Preface

Study Tips for *Fuentes: Conversación y gramática*

The following study suggestions are designed to help you get the most out of your study of Spanish.

Tips for listening:
- Visualize the speakers in the listening passage.
- Listen for a global understanding the first time you hear the passage and listen for more specific information the second time, as indicated in the activities.
- Remember that you do not need to understand every word of each listening passage.

Tips for grammar study and activities:
- Prepare well before each class, studying a little every day rather than cramming the day before the exam.
- Focus on what you can do with the language or on what each concept allows you to express.
- Work cooperatively in paired and small-group activities.
- Do corresponding activities in the Workbook, or on the Student Companion Website, when assigned or as additional practice.

Tips for vocabulary study:
- Pronounce words aloud.
- Study new words over a period of days.
- Try to use the new words in sentences that are meaningful to you.
- Do corresponding activities in the Workbook and/or those on the Student Companion Website when assigned or as additional practice.

Student Components

Fuentes: Activities Manual

The Workbook portion of the Activities Manual allows you to practice the functional grammar and vocabulary presented in *Fuentes: Conversación y gramática* in order to reinforce what you learn in class as you progress through each text chapter. A Workbook Answer Key is also available at the request of your institution or instructor.

The Lab Manual section provides pronunciation and listening comprehension practice. The lab activities, coordinated with a set of recordings, can be done toward the end of each chapter and prior to any quizzes or exams.

Fuentes: Quia Online Activities Manual

The online version of the Activities Manual contains the same content as the print version in an interactive format that provides immediate feedback on many activities. The lab audio program is included in the online version.

Text Audio CD

The audio CD for *Fuentes: Conversación y gramática* contains the listening selections at the beginning of the chapters so that you can listen to them outside of class. The audio cd is available for purchase or in MP3 format on the Premium Website.

Lab Audio CD Program

A set of recordings to accompany the Lab Manual portion of the Activities Manual contains pronunciation practice, listening comprehension activities based on structures and vocabulary presented in *Fuentes: Conversación y gramática,* and the conversation that starts each chapter in your textbook. The CDs are available for purchase or in MP3 format on the Premium Website. This audio program is the same as the recordings available in the Quia online Activities Manual.

Fuentes Video

Videofuentes contains twelve video segments in a news-magazine format. Filmed in Mexico, Spain, Argentina, and the United States, the segments include interviews with the actor-comedian John Leguizamo and Elena Climent, a Mexican artist; a tribute to Celia Cruz; clips from a film by the Spanish director Pedro Almodóvar; a Chilean short-subject film; overviews of Mayan culture, the cultural heritage of Spain, agritourism in northern Spain, and the "desaparecidos" and their children in Argentina.

The textbook and Student Companion and Premium Websites provide a variety of related video-based activities for in-class and outside-class practice designed to promote cultural awareness and to help you reinforce your language skills.

Fuentes: Student Companion Website

The Website, written to accompany the *Fuentes* program, contains activities designed to give you further practice with structures and vocabulary as well as exercises about chapter topics that explore Spanish-language sites. Although the sites you will access are not written for students of Spanish, the tasks that you will be asked to do are. The site also includes activities based on feature films and a list of chapter-by-chapter links that can be used to explore additional cultural information on topics you have read about in *Fuentes: Conversación y gramática* and *Fuentes: Lectura y redacción.* You can access the site at **www.cengage.com/spanish/fuentes.**

Acknowledgments

The publisher and authors wish to thank the following reviewers for their feedback on this edition of *Fuentes*. Many of their recommendations are reflected in the changes made.

Gail Ament, Morningside College
Olga Arbeláez, Saint Louis University
Karen Berg, College Of Charleston
Jens Clegg, Indiana University-Purdue University Fort Wayne
Colleen Coffey, Marquette University
Sara Colburn-Alsop, Franklin College
José Colmeiro, Michigan State University
Edmée Fernández, Pittsburg State University
Diane Forbes, Rochester Institute Of Technology
Gail González, U of Wisconsin - Parkside
Viktoria Hackbarth, University of Illinois - Urbana-Champaign
Matilde Holte, Howard University
Elisa Lucchi-Riester, Butler University
Joanna Lyskowicz, Drexel University
Leira Manso, Broome Community College
Antxon Olarrea, University of Arizona
Jason Old, Southeastern University
Mariola Pérez de la Cruz, Western Michigan University
Virginia Rademacher, Babson College
Kathleen Regan, University of Portland
Laura Ruiz-Scott, Scottsdale Community College
Karyn Schell, University of San Francisco
Wilfredo Valentín-Márquez, Millersville University
Barry Velleman, Marquette University
Maria Villalobos-Buehner, Grand Valley State University
Shauna Williams, University of Notre Dame
Timothy Woolsey, Penn State
U. Theresa Zmurkewycz, St. Joseph's University

We thank the following people for sharing their lives and thoughts by supplying us with information for the **Fuente hispana** feature and other general cultural information. Through their words students will have the opportunity of seeing another very personal side of the Spanish-speaking world.

Helena Alfonzo, Venezuela
Alexandre Arrechea, Cuba
Martín Bensabat, Argentina
Marcus Brown, Peru
Dolores Cambambia, Mexico
Fernando Cañete, Argentina
Bianca Dellepiane, Venezuela
Pablo Domínguez, Argentina
Pedro Domínguez, Argentina
Viviana Domínguez, Argentina
Carmen Fernández Fernández, Spain
Fabián García, United States (Mexican-American)
Adán Griego, United States (Mexican-American)
Íñigo Gómez, Spain
María Jiménez Smith, Puerto Rico
Alejandro Lee Chan, Panama
Fabiana López de Haro, Venezuela
Esteban Mayorga, Ecuador
Mauricio Morales Hoyos, Colombia
Peter Neissa, Colombia
William Reyes-Cubides, Colombia
Bere Rivas de Rocha, Mexico
Ana Rodríguez Lucena, Spain
Magalie Rowe, Peru
Lucrecia Sagastume, Guatemala
Víctor San Antonio, Spain
María Fernanda Seemann Meléndez, Mexico
Mauricio Souza, Bolivia
Haggith Uribe, United States (Mexican-American)
Rosa Valdéz, United States (Mexican-American)
Natalia Verjat, Spain
Alberto Villate, Colombia
María Elena Villegas, Mexico

Thank you to Raquel Valle Sentíes for the use of her poem, to Sarah Bartels-Marrero for sharing her experience of walking the Inca Trail, to Jennifer Jacobsen and Jeff Stahley for their insight on teaching English abroad, to Hannah

Nolan-Spohn for telling about her volunteer position while studying in Ecuador, to Khandle Hedrick and Stephanie Valencia for supplying realia, and to Nahuel Chazarreta, Leticia Mercado, Lucila Domínguez, Ann Widger, Laura Acosta, Carla Montoya Prado, Sabrina Stackler, Robert Miller, Silvia Martín Sánchez, Meghan Allen, Tanya Duarte, Juan Alejandro Vardy, and Lorenzo Barello for supplying photos. A special thanks to Gene Kupferschmid for insightful comments and suggestions regarding different aspects of the program.

Thanks to Carmen Fernández, Ann Merry, Olga Tedias-Montero, Liby Moreno Carrasquillo, Martha Miranda Gómez, Miguel Gómez, Rosa Maldonado Bronnsack, Alberto Dávila Suárez, Virginia Laignelet, Blanca C. Dávila Knoll, Jorge Caycedo Dávila, Rosa Garza Mouriño, Gloria Arjona, Azalia Saucedo, Jeannette Rodríguez, Susana Domínguez, Lucía Sierra de Laignelet, and André Garner Caycedo for their help in polling people for linguistic items of use today in the Spanish-speaking world.

We are extremely grateful to Nancy Levy-Konesky for her outstanding work writing and producing *Videofuentes* and to Frank Konesky and TVMAN/Riverview Productions, John Leguizamo, Elena Climent, Severino García, Nuria Miravalles, the Abuelas of Plaza de Mayo, Alberto Vasallo III, Tomás Moreno, Abel (Mayan guide), Patricia Sardo de Dianot, Ana María Pinto, Mercedes Meroño, Horacio Pietragalla Corti, and Buscarita Roa for participating in this project. We would also like to thank Telemundo for footage of their tribute to Celia Cruz, el deseo s.a. for allowing us to use clips from the Pedro Almodóvar film *Hable con ella*, and Rodrigo Silva Rivas and Aldo Aste Salbuceti for permission to show the short film *En la esquina*. Special thanks to Andrés Coppo, Stephanie Valencia, Nicole Gunderson, Sarah Link, the children who received awards at Fenway Park, and to our announcer Frances Colón for their participation in the video.

A very special thanks to Sandy Guadano who guided us every step of the way since we put our first words on paper in 1989. Although Sandy did not work on this edition of *Fuentes: Conversación y gramática*, she did work on *Fuentes: Lectura y redacción*. She was always a source of wisdom for us and guided us diligently putting her mark on all that we did. Thanks to our developmental editors Sarah Link and Grisel Lozano-Garcini for their insightful comments, their ability to get us to do our best, their gentle nudges to get all done on time, and their encouragement during the development phase. Thanks also to our production editor Carol Newman, for her detailed approach, her clarity in instructions, and her dedication to making *Fuentes* the best it can be. But what we most want to thank Carol for is training Amy Johnson years ago and convincing her to lend her expertise to the production phase of this project. We also thank all of the other people at Cengage, from technology to marketing to sales, who have helped us along the way, especially to Lara Semones. Thanks to Andrés Fernández Cordón, the Argentinian artist who gives our text life and always adds a touch of humor. Finally, a big thank you to our students for giving us feedback and for motivating us to do our best work.

D. R.
M. D.
L. C. G.

La vida universitaria

CAPÍTULO PRELIMINAR

Jóvenes universitarios en San Miguel de Allende, México.

METAS COMUNICATIVAS

- presentarse y presentar a otros
- obtener y dar información sobre el horario de clases
- hablar de gustos
- describir clases, profesores y estudiantes

I. Introducing Yourself and Others

Dos universitarias se saludan en Caracas, Venezuela.

ACTIVIDAD 1 ¡A conocerse!

Parte A: Completa las preguntas con las expresiones interrogativas **cuál, cómo, de dónde, qué** y **cuántos**.

¿_____ te llamas?	Me llamo...
¿_____ es tu nombre?	Mi nombre es...
¿_____ es tu apellido?	(Korner.)
¿_____ se escribe (Korner)?	(Ka, o, ere, ene, e, ere.)
¿_____ años tienes?	Tengo... años.
¿_____ eres?	Soy de (Chicago).
¿En _____ año (de la universidad) estás?	En primero/segundo/tercero/cuarto.
¿_____ es tu pasatiempo favorito?	Me gusta (jugar al tenis).

Parte B: Habla con un mínimo de tres personas y escribe su información de la Parte A.

Parte C: Presenta a una de las personas de la Parte B.

▶ Les presento a Jessy Korner, es de Chicago y tiene 20 años. Está en su tercer año de la universidad. Le gusta jugar al tenis.

Primero and **tercero** drop the final **o** before a masculine singular noun: **estoy en primer año.**

2 Fuentes: Conversación y gramática

II. Obtaining and Giving Information about Class Schedules

Las materias académicas

ACTIVIDAD 2 **Las materias de este semestre**

Parte A: Marca con una X las materias que tienes este semestre. Si tienes una materia que no aparece en la lista, pregúntale a tu profesor/a **¿Cómo se dice...?**

- alemán
- álgebra
- antropología
- arqueología
- arte
- biología
- cálculo
- ciencias políticas
- computación
- comunicaciones
- contabilidad (*accounting*)
- ecología
- economía
- filosofía
- francés
- historia
- ingeniería
- lingüística
- literatura
- matemáticas
- mercadeo/marketing
- música
- negocios
- oratoria (*public speaking*)
- psicología
- química
- relaciones públicas
- religión
- sociología
- teatro
- trigonometría
- zoología

Parte B: En parejas, averigüen qué especialización hace la otra persona, qué materias tiene y alguna información sobre esas clases. Hagan las siguientes preguntas.

¿Qué especialización haces o no sabes todavía?
¿Tienes clase de...?
¿Cuántos estudiantes hay en la clase de...?
¿Hay trabajos escritos (*papers*)?
¿Hay exámenes parciales? ¿Hay examen final?

Universidades
Internet references such as this indicate that you will find links to related sites on the *Fuentes* website.

materias = asignaturas

Obvious cognates will be presented in thematic vocabulary lists throughout this text, and they will be translated only in the end-of-chapter vocabulary section.

computación = informática (*España*)

Dos estudiantes españoles hacen experimentos con su profesor de química orgánica.

¿Lo sabían?

En un país hispano, las facultades (*schools, colleges*) de una universidad pueden estar distribuidas por toda la ciudad. Los estudiantes asisten a clase en la facultad y luego se reúnen a estudiar o a charlar en el bar de la facultad o en los cafés cercanos. Las universidades generalmente no tienen tantos clubes como en los Estados Unidos, pero sí hay representantes de los partidos políticos que organizan reuniones o manifestaciones.

¿Cómo es la vida de un universitario en este país?

ACTIVIDAD 3   Mi horario

Parte A: Completa la siguiente tabla sobre las materias que tienes este semestre.

materia
día y hora
profesor/a

lunes, martes, miércoles, jueves, viernes.
Abreviaturas = l/m/miér/j/v

Parte B: Completa cada pregunta con una palabra interrogativa.

¿_____ materias tienes?
¿A _____ hora es tu clase de...?
¿_____ días tienes la clase de...?
¿_____ se llama el/la profesor/a? o, ¿_____ es el/la profesor/a?

To tell time, use **¿Qué hora es? Es la una./Son las dos.**

To tell at what time something takes place **¿A qué hora es? Es a la/s...**

Parte C: Ahora, con una persona diferente a la de la Actividad 2, usa las preguntas de la Parte B para anotar el horario de tu nuevo compañero/a.

materia
día y hora
profesor/a

III. Expressing Likes and Dislikes

Gustar and Other Verbs

1. To express likes and dislikes you can use the verb **gustar,** as shown in the following chart.

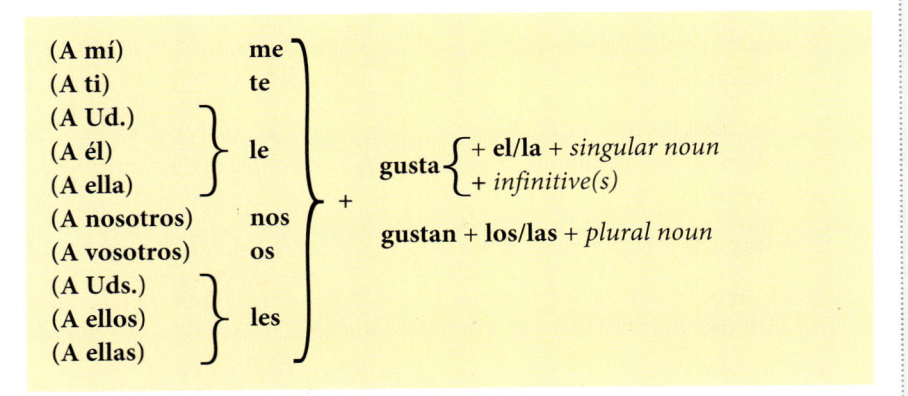

(A mí)	me		
(A ti)	te		
(A Ud.)			
(A él)	le		+ **el/la** + *singular noun*
(A ella)		**gusta**	+ *infinitive(s)*
(A nosotros)	nos	+	
(A vosotros)	os		**gustan** + **los/las** + *plural noun*
(A Uds.)			
(A ellos)	les		
(A ellas)			

> The pronoun **mí** takes an accent, but the possessive adjective **mi** does not: **A mí me gusta esta clase. Mi hermano estudia aquí.**

Me **gusta** la clase de historia. — *I like history class.*

¿Te **gusta** hacer experimentos? — *Do you like to do experiments?*

(A ellos) Les **gusta** reunirse con amigos y trabajar juntos en proyectos.* — *They like to get together with friends and work on projects.*

Nos **gustan** las matemáticas. — *We like math.*

*__Note: Gusta,__ the singular form of the verb, is used with one or more infinitives even if the infinitive is followed by a plural noun.

2. Between **gusta/n** and a noun, you need an article (**el, la, los, las**), a possessive adjective (**mi, mis, tu, tus,** etc.), or a demonstrative adjective (**este, ese, aquel,** etc.).

Me gusta **la** biología. — *I like biology.*

Me gustan **mis** clases este semestre, pero no me gusta estudiar mucho los fines de semana. — *I like my classes this semester, but I don't like to study much on weekends.*

A mis amigos y a mí nos gusta **esta** residencia estudiantil. — *My friends and I like this dorm.*

Capítulo preliminar 5

3. Other verbs used to express likes and dislikes that follow the same pattern as **gustar** are:

caer bien/mal	to like/dislike someone
encantar	to really like
fascinar	to really like
importar	to matter (to care about something)
interesar	to interest
molestar	to bother, to annoy

A los estudiantes no **les cae bien** la profesora de historia.*

The students dislike the history professor.

Me fascinan los libros que analizamos en la clase de literatura comparada.

I really like the books we analyze in my comparative literature class.

Nos importa sacar buenas notas.

We care about getting good grades.

Al profesor Hinojosa **le molestan** los estudiantes que no vienen preparados a clase.*

Professor Hinojosa is bothered by students who don't come to class prepared.

*Note:

1. **Me gusta la profesora de historia** might imply that you are attracted to the person. This is not the case with **Me cae bien la profesora de historia.**

2. Remember that **a + el = al: al profesor Hinojosa,** but **a la profesora Ramírez; al Sr. Vargas,** but **a los Sres. Vargas.**

ACTIVIDAD 4 Los gustos de la gente

Parte A: Completa la primera columna con las palabras necesarias.

A ____ nos		los colores de la universidad
A ____ me		ir al gimnasio
____ presidente de la universidad ____		la mascota de la universidad
A ____ le		estudiar y salir los sábados
____ Uds. ____		las personas de la residencia
____ profesor de... ____	fascina/n	mi compañero/a de cuarto
A mi padre ____	cae/n bien	tomar examen los viernes
____ ____ les	molesta/n	las personas falsas
A ti ____		la gente que duerme en clase
____ mis amigos ____		oír música de los años 70
A mi madre ____		las clases numerosas
____ ____ profesora de... ____		la variedad de gente en esta universidad.

In countries like Chile, Peru, and Argentina they say **Los profesores toman exámenes y los estudiantes los dan.** In many other countries these verbs are reversed.

numeroso/a = large (in number of people)

Parte B: Ahora, forma oraciones usando un elemento de cada columna. Puedes añadir la palabra **no** si quieres. Luego comparte tus oraciones con la clase.

▶ A nosotros (no) nos molesta trabajar los sábados.

ACTIVIDAD 5 Tus gustos

Parte A: Completa esta información sobre tus gustos usando por lo menos cuatro de los siguientes verbos: **fascinar, encantar, gustar, caer bien/mal, importar, interesar** y **molestar**.

1. _____ las clases fáciles.
2. _____ mi profesor/a de…
3. _____ mi horario de clases este semestre.
4. _____ las clases con trabajos escritos y exámenes.
5. _____ los exámenes finales para hacer en casa.
6. _____ mis compañeros/as de cuarto o apartamento.
7. _____ la gente que bebe mucho alcohol en las fiestas.
8. _____ los profesores exigentes (*demanding*).
9. _____ el costo de la matrícula (*tuition*).
10. _____ participar en el gobierno estudiantil.
11. _____ las fraternidades y hermandades, como ΩΣΔ.
12. _____ ser miembro del club de… de la universidad.

Parte B: Ahora, en parejas, háganse preguntas como las siguientes y justifiquen sus respuestas.

¿Te gustan las clases fáciles?

Sí, me encantan porque…

No, no me gustan porque…

No, me molestan mucho las clases fáciles porque…

¿Y cómo te caen tus profesores?

Todos me caen bien porque…

Mi profesor de historia me cae mal porque…

Me caen bien tres y me cae mal uno porque…

IV. Describing Classes, Professors, and Students

To review adjective agreement, see Appendix C.

ACTIVIDAD 6 ¿Cómo es tu profe?

Parte A: Piensa en un/a profesor/a que te cae bien este semestre y marca los adjetivos que describan mejor a esa persona.

- ❑ admirable
- ❑ astuto/a
- ❑ atento/a (*polite, courteous*)
- ❑ brillante
- ❑ capaz (*capable*)
- ❑ cómico/a
- ❑ comprensivo/a (*understanding*)
- ❑ creativo/a
- ❑ divertido/a
- ❑ encantador/a (*charming*)
- ❑ honrado/a (*honest*)
- ❑ ingenioso/a (*resourceful*)
- ❑ intelectual
- ❑ justo/a (*fair*)
- ❑ sabio/a (*wise*)
- ❑ sensato/a (*sensible*)
- ❑ sensible (*sensitive*)
- ❑ tranquilo/a

Parte B: Ahora, habla con otra persona y descríbele a tu profesor/a.

▶ Me cae muy bien mi profesora de teatro porque es muy creativa y…

Parte C: En parejas, decidan cuáles son las cuatro cualidades más importantes de un profesor y por qué.

▶ Un profesor debe ser… porque…

ACTIVIDAD 7 Me molesta mucho

*Remember: use **ser** to describe what the professor and/or class are like.*

Parte A: Marca los adjetivos que describen la clase que menos te gusta este semestre y al profesor o a la profesora de esa clase. Piensa en la clase y las personas de esa clase.

- ❑ aburrido/a (*boring*)
- ❑ cerrado/a (*narrow-minded*)
- ❑ conservador/a
- ❑ creído/a (*vain*)
- ❑ despistado/a (*absent-minded*)
- ❑ difícil
- ❑ estricto/a
- ❑ exigente
- ❑ fácil
- ❑ insoportable (*unbearable*)
- ❑ lento/a (*slow*)
- ❑ liberal
- ❑ numerosa
- ❑ rígido/a

Parte B: Ahora, en parejas, quéjense de (*complain about*) la clase que menos les gusta sin mencionar el nombre del profesor / de la profesora.

▶ No me gusta nada mi clase de... porque es...

▶ No me interesa la clase porque el profesor es...

Parte C: Marquen y luego digan cómo están los estudiantes en una clase aburrida con un profesor malo y por qué.

> Remember: use **estar** to say how the students in the class feel.

- ❏ aburridos (*bored*)
- ❏ atentos (*attentive*)
- ❏ concentrados
- ❏ contentos
- ❏ distraídos (*distracted*)
- ❏ dormidos
- ❏ enojados
- ❏ entretenidos (*entertained*)
- ❏ entusiasmados (*excited*)
- ❏ nerviosos
- ❏ preocupados
- ❏ relajados

ACTIVIDAD 8 Planes para este semestre

Parte A: En parejas, háganse preguntas sobre las cosas que van y no van a hacer este semestre usando las siguientes ideas.

> To express future actions, use **voy, vas, va,** etc. + **a** + *infinitivo*.

▶ ¿Vas a cambiar alguna clase este semestre?

- cambiar alguna clase
- tener muchos trabajos escritos
- hablar con un/a profesor/a para entrar en una clase que está llena (*full*)
- tomar muchos exámenes finales
- tener un semestre fácil o difícil
- visitar a sus padres con frecuencia

Parte B: Cuéntenle a otra persona cómo va a ser el semestre de su compañero/a de la Parte A.

▶ Cintia no va a cambiar ninguna clase este semestre porque le gustan mucho todas. Va a tener...

Testing Your Knowledge of Spanish

ACTIVIDAD 9 La vida universitaria

Khandle está en Buenos Aires, Argentina, y le escribe un mail a su amigo Javier, que vive en el D. F. Completa su mensaje con palabras lógicas. Usa solo una palabra en cada espacio.

Querido Javier:

¿Cómo estás? Yo muy _____ (1), pero muy cansada porque acabo de empezar clases en la universidad y no tengo más vacaciones _____ (2) julio. Como sabes, me tengo que levantar temprano porque _____ (3) durante el día en un banco donde hago una pasantía y _____ (4) la noche voy a clase. Por suerte, mi jefa es _____ (5) comprensiva y me permite salir del trabajo una hora antes. Después, voy a un bar enfrente de _____ (6) universidad y mis compañeros y yo nos reunimos para estudiar para _____ (7) clase de física. Es una clase muy difícil y no se pueden hacer muchas preguntas porque _____ (8) más de 100 estudiantes. El profesor es muy inteligente _____ (9) no es muy dinámico; por eso, los estudiantes muchas veces _____ (10) aburridos en su clase. Pero no todas mis clases son así; las otras materias que tengo son mucho mejores y, aunque empiezan a las 8 de la noche y _____ (11) a las 10, _____ (12) caen bien los profesores que tengo. Bueno, luego cuando salgo de clase, tomo el autobús y llego a casa a _____ (13) 10:30, pero no me acuesto hasta las 12. Como ves, mis días son _____ (14) largos, pero los fines de _____ (15) son muy buenos porque mis amigos y _____ (16) siempre organizamos alguna fiesta _____ (17) divertirnos.

Bueno, escríbeme y cuéntame qué haces. Hace un mes _____ (18) no me escribes y quiero que me cuentes un poco de _____ (19) vida.

Un abrazo,

Khandle

pasantía = internship

Do the corresponding web activities to review the chapter topics.

Vocabulario activo

CAPÍTULO PRELIMINAR

Las materias académicas
alemán *German*
álgebra *algebra*
antropología *anthropology*
arqueología *archeology*
arte *art*
biología *biology*
cálculo *calculus*
ciencias políticas *political sciences*
computación *computer science*
comunicaciones *communications*
contabilidad *accounting*
ecología *ecology*
economía *economics*
filosofía *philosophy*
francés *French*
historia *history*
ingeniería *engineering*
lingüística *linguistics*
literatura *literature*
matemáticas *mathematics*
mercadeo/marketing *marketing*
música *music*
negocios *business*
oratoria *public speaking*
psicología *psychology*
química *chemistry*
relaciones públicas *public relations*
religión *religion*
sociología *sociology*
teatro *theater*
trigonometría *trigonometry*
zoología *zoology*

Verbos como *gustar*
caer bien/mal *to like/dislike someone*
encantar *to really like*
fascinar *to really like*
importar *to matter (to care about something)*
interesar *to interest*
molestar *to bother, to annoy*

Adjetivos descriptivos con *ser* permanent
aburrido/a *boring*
admirable *admirable*
astuto/a *astute, clever*
atento/a *polite, courteous*
brillante *brilliant*
capaz *capable*
cerrado/a *narrow-minded*
cómico/a *funny*
comprensivo/a *understanding*
conservador/a *conservative*
creativo/a *creative*
creído/a *vain*
despistado/a *absent-minded*
difícil *hard*
divertido/a *fun*
encantador/a *charming*
estricto/a *strict*
exigente *demanding*
fácil *easy*
honrado/a *honest*
ingenioso/a *resourceful*
insoportable *unbearable*
intelectual *intellectual*
justo/a *fair*
lento/a *slow*
liberal *liberal*
numeroso/a *large (in number of people)*
rígido/a *rigid*
sabio/a *wise*
sensato/a *sensible*
sensible *sensitive*
tranquilo/a *calm*

Adjetivos descriptivos con *estar* conditional
aburrido/a *bored*
atento/a *attentive*
concentrado/a *concentrated*
distraído/a *distracted (momentarily)*
dormido/a *asleep*
enojado/a *angry*
entretenido/a *entertained*
entusiasmado/a *excited*
nervioso/a *nervous*
preocupado/a *worried*
relajado/a *relaxed*

Expresiones útiles
¿A qué hora es...? *At what time is...?*
la facultad *school, college*
la matrícula *tuition*
el trabajo escrito *paper*

Learning Spanish is like learning to figure skate. Each year a skater adds a few moves to his/her routines, but never stops practicing and improving on the basics. As the skater progresses from doing a double axel to a triple axel, he/she must still polish technique. There are marks for both technical merit and artistic merit. Both must be worked on, and as the skater becomes better in the sport, actual progress is more and more difficult to perceive.

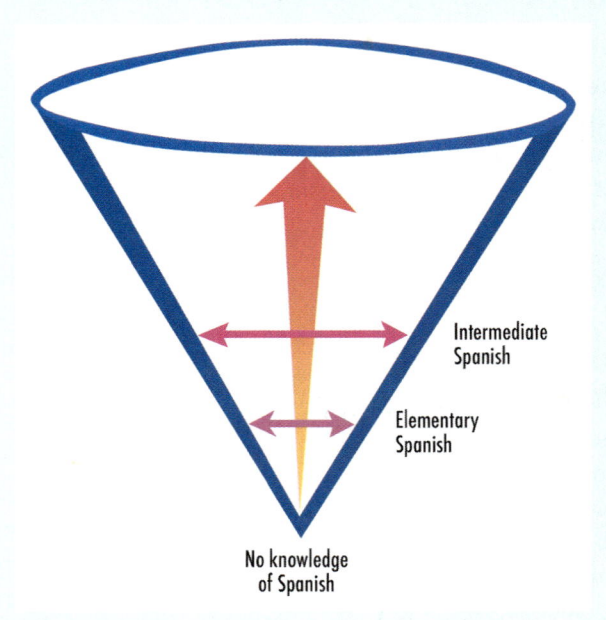

The process of learning a language is depicted in the cone. In order to learn a foreign language, students must progress vertically as well as horizontally. But as one proceeds vertically, one must always cover more distance horizontally. Progress is noted while moving vertically. This includes learning new tenses, object pronouns, etc. (or in skating, landing a new jump for the first time). Horizontal progress is not perceived as easily as vertical. Horizontal progress includes fine tuning what one has already learned by becoming more accurate, enlarging one's vocabulary, covering in more depth topics already presented in a beginning course, and gaining fluency. This progress is like improving scores for artistic merit or consistently skating cleaner programs than ever before. As you pursue your studies of Spanish, remember that progress is constantly being made.

Nuestras costumbres

CAPÍTULO 1

Estudiantes venezolanos charlan fuera de clase.

METAS COMUNICATIVAS

- ▶ narrar en el presente y en el futuro
- ▶ hablar sobre la vida nocturna
- ▶ dar y obtener información
- ▶ evitar (*avoiding*) redundancias

Una cuestión de identidad

Dos jóvenes almuerzan en un restaurante en Santiago de Chile.

llamarle la atención	to find something interesting/strange
ser un/a pesado/a	to be a bore
hace + *time expression* + **que** + *present tense*	to have been doing something for + *time expression*

ACTIVIDAD 1 Términos

Parte A: Los términos **chicano, mexicoamericano** y **latinoamericano** a veces provocan confusión. Decide qué características de la columna B pueden describir a cada uno de estos grupos. Es posible usar las características para más de un término.

El chicano (Internet references such as this indicate that you will find links to related sites on the *Fuentes* website.)

A	B
chicano: _____	a. Es ciudadano norteamericano.
mexicoamericano: _____	b. Es de Latinoamérica.
latinoamericano: _____	c. Es de ascendencia mexicana.
	d. Habla español.
	e. Habla portugués.
	f. El término tiene connotación política.

Parte B: Pedro está en Chile y está completando una solicitud para ingresar a una universidad en los Estados Unidos. Le pregunta a su amiga Silvia, que estudió allí, qué significan ciertos términos. Escucha la conversación y compara tu información de la Parte A con lo que dice Silvia.

ACTIVIDAD 2 Más información

Antes de escuchar la conversación otra vez, lee las siguientes preguntas. Luego escucha la conversación para buscar la información necesaria.

1. ¿Qué problema tiene Pedro al completar la solicitud?
2. Después de escuchar la explicación de Silvia, ¿qué decide marcar Pedro?
3. Según la conversación, ¿en qué se diferencia una universidad de los Estados Unidos de una universidad de Latinoamérica?

¿Lo sabían?

En general, en los países hispanos cuando se le pregunta a alguien de dónde es, lo típico es responder con la nacionalidad del país donde nació. La gente no responde con el origen de su familia, ya que lo importante no es de dónde vinieron sus antepasados, sino dónde nació uno. A pesar de que tampoco es común identificarse con el nombre de una región, sí se usan términos regionales como latinoamericano o centroamericano para describir a toda la gente de una región geográfica extensa. Entonces, una persona llamada Simona Baretti, nacida en Venezuela, se identifica como venezolana y no como sudamericana, o latinoamericana, o hispanoamericana, y mucho menos como "italovenezolana".

¿Existe algún término regional para referirse a la gente del continente donde vives?

ACTIVIDAD 3 ¿Qué eres?

Parte A: En este libro vas a leer sobre las vivencias y opiniones de hispanos de 20 a 50 años, que son de diferentes partes del mundo. Sus comentarios no se pueden generalizar para todos los hispanos; simplemente son la opinión de cada persona en particular. Lee lo que dice una chica norteamericana sobre su identidad.

What it means to be Latino

Fuente hispana

"Yo me considero chicana, pero me siento más cómoda identificándome como mexicoamericana porque para mí es el término que más representa mi estado entre dos culturas. Soy mexicana porque mis padres son de México y de allí viene parte de mi cultura y mi herencia, y a la vez soy americana porque nací y fui criada en los Estados Unidos. Para mí, los términos latina o hispana son muy generales, ya que cada país latinoamericano tiene sus propias luchas y diferencias culturales." ■

Parte B: En grupos de tres, utilicen las siguientes preguntas para hablar de su nacionalidad y el origen de su familia.

1. ¿Se consideran Uds. americanos, norteamericanos, italoamericanos, afroamericanos, francoamericanos, etc.? Y si son de Canadá, ¿se consideran Uds. norteamericanos, italocanadienses, etc.?
2. La población de los Estados Unidos o de Canadá que habla inglés, ¿siente alguna conexión con personas de Inglaterra, Australia u otros países donde se habla inglés?
3. ¿Cuánto tiempo hace que su familia vive en este país?
4. Si sus padres o abuelos no son originariamente de un país de habla inglesa, ¿hablan ellos el idioma de su país? ¿Lo entienden? ¿Hablan inglés también?
5. ¿Cuáles son algunas costumbres y tradiciones que conservan Uds. del país de origen de su familia? Piensen en la música, la comida, las celebraciones especiales, etc.
6. ¿Por qué preguntan muchas universidades de los Estados Unidos en la solicitud de ingreso la raza y/o el origen étnico de los estudiantes?

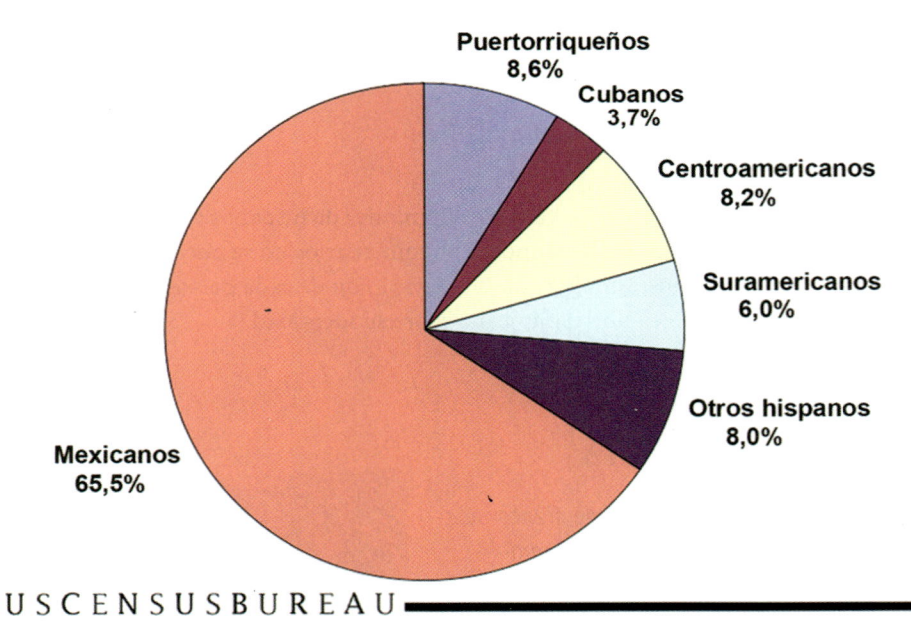

Distribución de hispanos en los Estados Unidos

- Puertorriqueños 8,6%
- Cubanos 3,7%
- Centroamericanos 8,2%
- Suramericanos 6,0%
- Otros hispanos 8,0%
- Mexicanos 65,5%

USCENSUSBUREAU

I. Narrating in the Present

A Regular, Stem-Changing, and Irregular Verbs

To talk about what you usually do, you generally use the present tense. For information on how to form the present indicative (**presente del indicativo**), including irregular and stem-changing verbs, see Appendix A, pages 354-356.

Do the corresponding web activities as you study the chapter.

Paulina y yo **caminamos** a la universidad todas las mañanas.

Paulina and I walk to the university every morning.

Ella **prefiere** tomar clases por la mañana, pero **sé** que a veces **trasnocha** y **falta** a clase.

She prefers to take morning classes, but I know she sometimes stays up all night and misses class.

Here are verbs that you can use to talk about what you usually do.

-ar verbs	
ahorrar (dinero/tiempo)	to save (money/time)
alquilar (películas)	to rent (movies)
charlar	to chat
cuidar (a) niños	to baby-sit
dibujar	to draw
escuchar música*	to listen to music
faltar (a clase/al trabajo)	to miss (class/work)
flirtear/coquetear*	to flirt
gastar (dinero)	to spend (money)
mirar (la) televisión*	to watch TV
pasar la noche en vela	to pull an all-nighter
pasear al perro	to walk the dog
pro**bar (o → ue)**	to taste; to try
sacar buena/mala nota	to get a good/bad grade
trasnochar	to stay up all night

Cuido niños. (*Kids, anybody's kids.*)

Cuido a los niños de mi hermana. (*Specific child/children*)

*Notes:

1. **Flirtear** can take both male and female subjects, while **coquetear** usually takes a female subject.
2. The verbs **mirar** (*to look at*) and **escuchar** (*to listen to*) only take **a** when they are followed by a person.

Mientras estudio, **escucho** música clásica.

While I study, I listen to classical music.

Siempre **escucho a** mi padre.

I always listen to my father.

Stem-changing verbs are followed by **ue, ie, i,** and **u** in parentheses to show the stem change that takes place, for example, **jugar (u → ue)**. Note that some **-ir** verbs have a second change, which is used when forming the preterit (**durmió, durmieron**) and the present participle (**durmiendo**). This change is listed second: **dormir (o → ue, u)**.

Capítulo 1   17

Devolver = to return <u>something</u> somewhere: **Él va a devolver el suéter a la tienda.**

Volver = to return somewhere. **Él va a volver a la tienda.**

-er verbs	
dev**o**lver (o → ue)	to return (*something*)
escoger*	to choose
hacer investigación/dieta	to do research / to be on a diet
p**o**der (o → ue)	to be able to, can
s**o**ler (o → ue) + *infinitive*	to usually + *verb*
v**o**lver (o → ue)	to return

-ir verbs	
asistir (a clase/a una reunión)	to attend (class/a meeting)
compartir	to share
contribuir*	to contribute
discutir	to argue; to discuss
m**e**ntir (e → ie, i)	to lie
salir* bien/mal (en un examen)	to do well/poorly (on an exam)
s**e**guir* (instrucciones / a + alguien) (e → i, i)	to follow (instructions/someone)

*__Note:__ Verbs followed by an asterisk in the preceding lists have spelling changes or irregular forms. See Appendix A, page 355 for formation of these verbs.

The present tense can also be used to state what one is going to do or is doing at the moment.

>(*phone conversation*)
>—¿Qué haces? ¿Puedo ir a tu casa?
>—Miro la tele, pero dentro de quince minutos voy al bar de la esquina a encontrarme con mi novia.

ACTIVIDAD 4 Un conflicto familiar

Parte A: Una madre que vive en los Estados Unidos le escribe a Consuelo, una señora que da consejos (*advice*) en Internet. Completa el mail de la página siguiente sin repetir ningún verbo.

Parte B: En grupos de tres, comparen la familia de la madre desesperada con su propia familia. ¿Son iguales o diferentes?

▶ A mi madre también le molesta cuando mi hermano escucha música rap.

▶ Esos niños pequeños son perfectos, pero en mi familia no es así. Son muy mal educados. Asisten a clase, pero no escuchan a los maestros y no hacen la tarea.

Estimada Consuelo:

Estoy divorciada y tengo tres hijos: Enrique, Carlos y Maricruz, que _____ (1) dieciséis, once y diez años respectivamente. Mis dos hijos menores _____ (2) encantadores. _____ (3) a clase todos los días, _____ (4) notas excelentes y _____ (5) en el comedor de la escuela sin protestar. Por la tarde, _____ (6) a casa, _____ (7) la tarea y _____ (8) preparar sándwiches porque tienen hambre. Luego _____ (9) mientras _____ (10) televisión y por la noche _____ (11) como unos angelitos.

    Mi hijo Enrique, en cambio, _____ (12) muy rebelde. Está en la escuela secundaria, pero a veces _____ (13) a clase por la mañana. Y el chico me _____ (14), pues me dice que va a clase, pero en vez de ir a clase, _____ (15) a un parque con sus amigos y allí ellos _____ (16) al fútbol y también _____ (17) con las chicas (a veces creo que estos chicos tienen demasiada testosterona). Y ahora, la novedad es que no _____ (18) hablar español. Yo le hablo en español y él me _____ (19) en inglés. El problema es que yo no _____ (20) entender bien el inglés y sus abuelitos tampoco.

    Yo _____ (21) mi día muy temprano porque tengo que estar en el trabajo a las ocho. _____ (22) todo el día en una tienda de ropa y luego _____ (23) a una clase de inglés en un instituto norteamericano. Por lo tanto, _____ (24) a casa tarde después de un día largo y _____ (25) muy cansada. A esa hora, generalmente Enrique _____ (26) música rap muy fuerte y yo le _____ (27) que baje el volumen, pero el muchacho no _____ (28) por qué me molesta. Entonces él y yo _____ (29) y todo termina muy mal.

    Consuelo, ¿por qué mis hijos menores _____ (30) tan buenos y mi hijo mayor _____ (31) tan rebelde? Yo _____ (32) a Enrique y todo el día _____ (33) en soluciones posibles, pero no _____ (34) qué hacer.

                                          Madre desesperada

---

almorzar
asistir
comer
dormir
hacer
mirar
regresar
sacar
ser
soler
tener

contestar
faltar
flirtear
ir
jugar
mentir
poder
querer
ser

asistir
comenzar
discutir
entender
estar
pedir
poner
trabajar
volver

pensar
querer
saber
ser
ser

Remember: Use **hace** + *time expression* + **que** + *present tense* to indicate how long an action has taken place. The action started in the past and continues in the present.

como/unas = aproximadamente

Actividades de tiempo libre

ACTIVIDAD 5 Una clase aburrida

En grupos de tres, digan qué hacen o no hacen generalmente los estudiantes cuando están en una clase que es aburrida. Mencionen un mínimo de cinco acciones.

ACTIVIDAD 6 ¿Cuánto hace que...?

En parejas, túrnense para entrevistarse y averiguar si la otra persona hace las siguientes actividades y cuánto tiempo hace que las realiza. Sigan el modelo.

▶ A: ¿Estudias psicología?

B: Sí, estudio psicología.   B: No, no estudio psicología.

A: ¿Cuánto (tiempo) hace que estudias psicología?

B: Hace (como/unas) tres semanas que estudio psicología.

ahorrar dinero	compartir apartamento/ habitación en una residencia estudiantil	hacer trabajo voluntario
esquiar	tocar un instrumento musical	trabajar
estudiar español	jugar al (*nombre de un deporte*)	hacer ejercicio
hablar otro idioma	tener una página de Facebook	¿?

ACTIVIDAD 7 Los fines de semana

Parte A: En parejas, miren el cuestionario de la página siguiente y túrnense para entrevistarse y averiguar qué hacen los fines de semana. El/La entrevistado/a debe cerrar el libro. Sigan el modelo.

▶ —¿Qué prefieres hacer los fines de semana: comer en la universidad, pedir comida a domicilio o almorzar en...?

—Prefiero...

20 Fuentes: Conversación y gramática

Preferir:

- ❏ comer en la universidad
- ❏ pedir comida a domicilio
- ❏ almorzar y/o cenar afuera

Dormir:

- ❏ 7 horas o menos
- ❏ 8 horas
- ❏ más de 8 horas

Gastar dinero en:

- ❏ música
- ❏ comida
- ❏ ropa

Asistir a:

- ❏ conciertos
- ❏ eventos deportivos
- ❏ manifestaciones políticas
- ❏ conferencias
- ❏ estrenos (*premieres*) de películas
- ❏ exhibiciones de arte

Gustarle:

- ❏ trasnochar
- ❏ hablar por teléfono
- ❏ alquilar películas

Soler:

- ❏ pasar la noche en vela
- ❏ ir a fiestas
- ❏ jugar al (*nombre de un deporte*)

Parte B: Ahora compartan la información que averiguaron con el resto de la clase para comparar lo que hacen los universitarios típicos.

ACTIVIDAD 8 La puntualidad

Parte A: Lee las siguientes preguntas sobre la puntualidad y mira las respuestas que dio el panameño de la foto. Luego escribe tus respuestas a estas preguntas.

	Un panameño
1. Si invitas a amigos a cenar a tu casa, ¿para qué hora es la invitación y a qué hora llegan tus amigos?	"Es para las 8:00 y llegan a las 8:30/9:00."
2. Si quedas en encontrarte con un amigo en un café a las 3:00, ¿a qué hora llegas?	"Llego a las 3:15."
3. Si tienes una clase que empieza a las 10:00, ¿a qué hora llegas a la clase? ¿A qué hora llega tu profesor/a?	"Llego a las 10:15 y el profe llega a las 10:10. (Las clases son de dos horas.)"
4. Si tienes una entrevista de trabajo a las 9:15, ¿a qué hora llegas?	"Llego a las 9:10."
5. Si tienes cita con el médico a las 11:30, ¿a qué hora llegas? ¿A qué hora te ve el médico?	"Llego a las 11:30 y el médico me ve a las 12:00/12:30."
6. Dentro de las normas de tu país, ¿te consideras una persona puntual?	"Sí, soy bastante puntual."

Parte B: Ahora, en parejas, comparen sus respuestas y digan si son similares o no a las del panameño.

ACTIVIDAD 9 ¿Qué hacen?

Parte A: En grupos de tres, miren las listas de acciones de las páginas 17–18 y usen la imaginación para decir todo lo que hacen estas personas un día normal.

Use **ir a** + *infinitive* to discuss future events.

Parte B: Uds. tienen una bola de cristal y saben que la vida de estas cuatro personas se va a cruzar. Inventen una descripción lógica para explicar qué va a ocurrir.
Comiencen diciendo: **La estudiante va a salir de su casa una noche y...**

ACTIVIDAD 10 **Un conflicto en casa**

En parejas, una persona es el padre/la madre y la otra persona es el/la hijo/a. Cada persona debe leer solamente las instrucciones para su papel.

Padre/Madre	Cosas que hace tu hijo/a
Tu hijo/a tiene 17 años y es un poco rebelde. Mira la lista de cosas que hace y que no debe hacer y luego dile qué tiene que hacer para cambiar su rutina. También hay algunas cosas de tu rutina que tu hijo/a no acepta y las va a comentar. Cuestiona lo que te dice, pero intenta entender a tu hijo/a. Empieza la conversación diciendo "Quiero hablar contigo".	• faltar a clase • tocar la batería (*drums*) constantemente • trasnochar con frecuencia • mentir mucho • preferir andar con malas compañías • sacar malas notas en la escuela • dormir todo el fin de semana

Hijo/a	Cosas que hace tu padre/madre
Tu padre/madre observa cada cosa que tú haces. Por eso tú decides observar las cosas que hace él/ella. Aquí hay una lista de cosas que hace él/ella. Ahora tu padre/madre va a hablarte de las cosas que tú haces. Cuestiona lo que te dice y háblale de las cosas que, en tu opinión, no debe hacer.	• gastar mucho dinero en cosas innecesarias • decir que está enfermo/a y faltar al trabajo cuando está bien • tocar el piano muy mal • soler mirar *La rueda de la fortuna* en la tele • gritar cuando habla con el celular • beber mucho los fines de semana • fumar a escondidas detrás del garaje

22 Fuentes: Conversación y gramática

B Reflexive Constructions

1. To indicate that someone does an action to himself/herself, you must use reflexive pronouns (**pronombres reflexivos**). Compare the following sentences.

Me despierto a las 8:00 todos los días.

Todas las mañanas **despierto** a mi padre a las 8:00.

Mi padre **se baña** por la noche.

Mi padre **baña** a mi hermanito por la noche.

Mis hermanas siempre **se cepillan** el pelo por la mañana.

Mi hermana **cepilla** al perro una vez por semana.

Remember: Definite articles (**el, la, los, las**) are frequently used with body parts.

In the first column of the previous examples, the use of reflexive pronouns indicates that the subject doing the action and the object receiving the action are the same. In the second column, subjects and objects are not the same; therefore, reflexive pronouns are not used.

2. The reflexive pronouns are:

me acuesto	**nos** acostamos
te acuestas	**os** acostáis
se acuesta	**se** acuestan

For information on reflexive pronouns and their placement, see Appendix D, page 371.

3. Common reflexive verbs that are used to describe your daily routine are:

acostarse (o → ue)	**maquillarse** (to put on makeup)
afeitarse (la barba/las piernas/etc.)	**peinarse**
arreglarse (to make oneself presentable)	**ponerse la camisa/la falda/etc.**
bañarse	**prepararse (para)**
cepillarse (el pelo/los dientes)	**probarse ropa (o → ue)** (to try on clothes)
despertarse (e → ie) to wake up	**quitarse la camisa/la falda/etc.** to take off
desvestirse (e → i, i) to undress	**secarse (el pelo/la cara/etc.)**
dormirse (o → ue, u)	**sentarse (e → ie)**
ducharse	**vestirse (e → i, i)**
lavarse (el pelo/las manos/ la cara/etc.)	

arreglar = to fix (as in a car motor)

arreglarse la cara = **maquillarse**

arreglarse el pelo = to fix one's hair

dormir = to sleep

dormirse = to fall asleep

Capítulo 1 **23**

Más allá

🎵 Canción: "Hablemos el mismo idioma"

Gloria Estefan

Nace en Cuba en 1957, pero llega a los dos años a vivir en los Estados Unidos con su familia. Al principio de su carrera como cantante, forma parte del Miami Sound Machine, grupo que luego se disuelve. Gloria lleva vendidos 70 millones de discos gracias a su popularidad y a su productor y esposo, Emilio Estefan. A lo largo de su carrera, ella recibe varios Grammys, entre ellos uno por su álbum *Mi tierra,* donde aparece la canción "Hablemos el mismo idioma". Estefan no solo es cantante y compositora, sino también escritora de libros para niños.

ACTIVIDAD **Hispanos en los Estados Unidos**

Parte A: En grupos de tres, digan cuáles son los principales grupos hispanos que hay en los Estados Unidos y digan dónde se encuentran las grandes poblaciones de cada grupo.

🔊 **Parte B:** Mientras escuchan la canción, busquen la siguiente información.
- qué cosas tienen en común los hispanos
- qué cosas los hacen diferentes
- qué significa para la cantante hablar el mismo idioma
- cuáles son los beneficios de hablar el mismo idioma

Parte C: Como dice Estefan, "en la unión hay un gran poder". En grupos de tres, mencionen grupos o asociaciones de personas que están unidas por una causa común y digan qué hacen para lograr su objetivo.

Videofuentes: ¿Cómo te identificas?

Antes de ver

ACTIVIDAD 1 **Términos hispanos**

Explica la diferencia entre los términos **chicano, latinoamericano** y **mexicoamericano** que ya discutiste en clase.

Mientras ves

ACTIVIDAD 2 **¿Cómo se identifican?**

Parte A: Mientras escuchas a varios hispanohablantes que explican cómo se definen, completa la siguiente tabla.

Nombre	País	Se identifica como...
Rodrigo	_____	_____
Cecilia	_____	_____
Gregorio*	_____	_____
Jessica*	_____	_____
Mirta*	_____	_____
John*	_____	_____
Carmen*	_____	_____
Alberto	_____	_____

*Personas que no fueron entrevistadas en su país.

Jessica Carrillo Fernández

Parte B: Ahora escucha las entrevistas otra vez y marca las definiciones que los entrevistados asocian con los siguientes términos.

1. _____ latinoamericano
2. _____ hispano
3. _____ latino

a. hablar español, compartir tradiciones
b. saber hablar español
c. ser gente cálida y tener cosas en común
d. la unión de muchos pueblos
e. la unión del continente

40 Fuentes: Conversación y gramática

Después de ver

ACTIVIDAD 3 ¿Cómo te identificas tú?

En el video, algunos hispanohablantes dicen que se identifican como parte de Latinoamérica. En grupos de tres, discutan las siguientes preguntas.

1. ¿Se identifican Uds. como parte del continente americano o con un país específico?
2. ¿Con qué países del continente se identifican más o menos? Miren las ideas de la lista para justificar su respuesta.
   - tener costumbres similares
   - escuchar la misma música
   - hablar el mismo idioma
   - ver los mismos programas de televisión
   - pensar de forma similar
   - leer a los mismos escritores

Proyecto: Un anuncio publicitario

Para este proyecto, necesitas grabar un anuncio publicitario para la radio sobre un lugar o evento hispano en tu ciudad; por ejemplo, una noche de salsa en una disco, un restaurante hispano o un concierto de algún cantante hispano. El anuncio debe ser de 30 a 45 segundos. Puedes buscar la siguiente información en Internet.

- identificación del evento/lugar
- dirección (y fecha)
- por qué es especial
- precios
- para qué tipo de público

CAPÍTULO 2
España: pasado y presente

La mezquita de Córdoba, España.

METAS COMUNICATIVAS

- hablar de cine
- narrar en el pasado (primera parte)
- decir la hora y la edad en el pasado

Un anuncio histórico

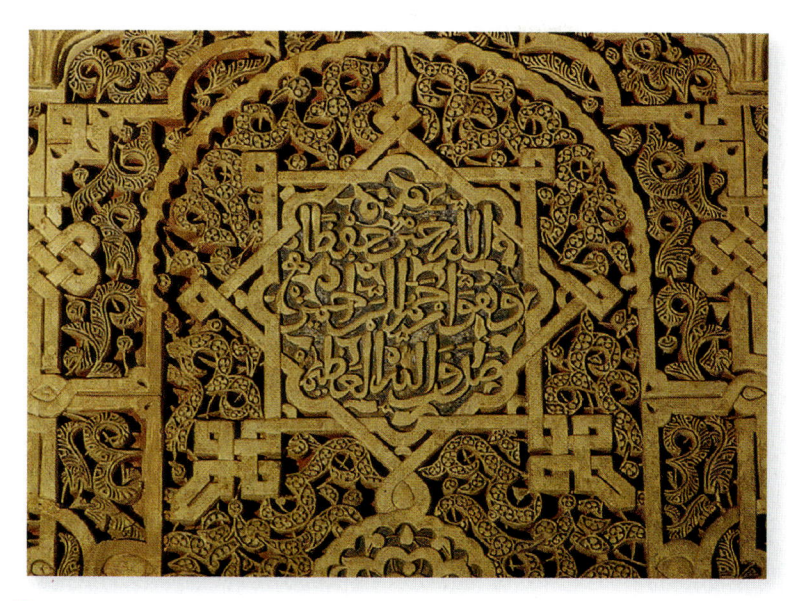

La estrella mora.

estar harto/a (**de** + *infinitive*)	to be fed up (with + *-ing*)
el lunes	on Monday
los lunes	on Mondays
año(s) clave	key year(s)

llave = key (*as in a car key*)

ACTIVIDAD 1 · Algo de historia

Historia de España

Parte A: Antes de escuchar un anuncio comercial de la radio, habla sobre la siguiente información.

1. ciudades, países o zonas geográficas que relacionas con las siguientes religiones:
   - el islamismo
   - el judaísmo
   - el catolicismo
2. religión que asocias con:
   - el Tora, la Biblia, el Corán
   - Mahoma, los reyes Fernando e Isabel de España, Maimónides
   - una iglesia, una sinagoga, una mezquita
3. año en que Colón llegó a América
4. tipo de gobierno que asocias con Francisco Franco (socialista, comunista, fascista, democrático)

Parte B: Lee los siguientes acontecimientos de la historia española y luego, mientras escuchas el anuncio comercial, ponlos en orden cronológico.

_____ Murió Franco y empezó la transición a la democracia.
_____ Los moros invadieron la península Ibérica.
_____ España perdió sus últimas colonias.
_____ Los judíos, los moros y los cristianos pudieron estudiar y trabajar juntos entre los años…
_____ Empezó la Guerra Civil.
_____ Los Reyes Católicos vencieron a los moros en España.

ACTIVIDAD 2 Más información

Escucha el anuncio comercial una vez más y contesta estas preguntas.

1. ¿Qué otro nombre se usa en España para musulmán?
2. ¿Por qué invadieron la península Ibérica los musulmanes? ¿Sabes qué países forman esa península?
3. ¿Quién fue el rey español entre 1252 y 1284?
4. ¿Con qué otro nombre se conoce a Fernando y a Isabel?
5. ¿Cuáles fueron las últimas colonias que perdió España?
6. ¿Cuántos años estuvieron los moros en la península Ibérica?
7. ¿Cuántos años duró la colonización española de América y la zona del Pacífico?
8. ¿Cuántos años duró la dictadura de Franco?

¿Lo sabían?

En el año 1492 ocurrieron tres acontecimientos de gran importancia, no solo en la historia de España sino también en la historia mundial.

- Se publicó la primera gramática de la lengua española.
- Los Reyes Católicos vencieron a los moros, que luego se fueron de la región, también expulsaron a los judíos, y así pudieron tener en la península una sola religión: el catolicismo.
- La llegada de Colón a América marcó el principio de la colonización española en el Nuevo Mundo.

El año 1975 fue clave para la España moderna porque murió Francisco Franco y empezó la transición a la democracia al nombrar rey a Juan Carlos de Borbón. En 1978 España se convirtió en una monarquía parlamentaria. En 1982 el país se unió a la OTAN y en 1986, España ingresó en lo que hoy día es la Unión Europea.

¿Cuál es la función de la OTAN? ¿En qué crees que se beneficia España al ser parte de la Unión Europea? ¿A qué organizaciones regionales o mundiales pertenece tu país y cuáles son sus beneficios?

OTAN (Organización del Tratado del Atlántico Norte) = NATO

I. Narrating in the Past (Part One)

A The Preterit

> Do the corresponding web activities as you study the chapter.

1. In order to speak about the past you need both the preterit (**pretérito**) and the imperfect (**imperfecto**). This section will focus on the uses of the preterit. In general terms, the preterit is dynamic and active and is used to move the narrative along while talking about the past. The preterit forms of regular verbs are as follows.

entrar		**perder***		**vivir**	
entré	entramos	perdí	perdimos	viví	vivimos
entraste	entrasteis	perdiste	perdisteis	viviste	vivisteis
entró	entraron	perdió	perdieron	vivió	vivieron

*Note: **-ar** and **-er** stem-changing verbs do not have a stem change in the preterit. To review formation of the preterit and irregular forms, including **-ir** stem-changers, see Appendix A, pages 357-359.

2. The main uses of the preterit are:

  a. to denote a completed state or an action

  X

  Los romanos **llegaron** a la   *The Romans arrived in the*
  península Ibérica en 218 a. de C.   *Iberian Peninsula in 218 B.C.*

  b. to express the beginning or end of a past action

  X...

  Los moros **comenzaron** la   *The Moors began the invasion*
  invasión en 711.   *in 711.*

  ...X

  La dominación mora **terminó**   *Moorish domination ended*
  en 1492.   *in 1492.*

  c. to express an action or state that occurred over a specific period of time

  [X]

  La dominación mora **duró**   *Moorish domination lasted*
  781 años.   *781 years.*

Es común no poner acentos en las mayúsculas porque las reglas de acentuación dicen que es opcional. Por eso dice aquí EL LEYO, y no ÉL LEYÓ. ¿Cuál fue el último libro que leíste tú?

Capítulo 2 **45**

ACTIVIDAD 3 Analiza

Examina las siguientes oraciones sobre la historia de España y la colonización del continente americano. Primero, subraya (*underline*) los verbos en el pretérito y, segundo, indica cuál de los siguientes explica mejor el uso del pretérito en cada oración.

   A. **X**

   B. **X**... O ...**X**

   C. ┌───┐
      │ **X** │
      └───┘

To review large numbers, see Appendix G.

1. _____ Isabel, junto con Fernando, gobernó una España unida desde 1492 hasta su muerte.
2. _____ En 1502, empezó la colonización de las Antillas.
3. _____ Isabel la Católica murió en Medina del Campo en 1504.
4. _____ Desde 1510 hasta 1512, Juan Ponce de León fue gobernador de Puerto Rico.
5. _____ En 1513, Juan Ponce de León inició la búsqueda de la Fuente de la Juventud en lo que hoy en día es la Florida.
6. _____ En 1521, Hernán Cortés derrotó a los aztecas en la región que actualmente es México.
7. _____ Francisco Pizarro capturó a Atahualpa, el último emperador inca, en 1532.
8. _____ Pizarro completó la conquista del Imperio Inca en 1535.
9. _____ Los españoles llegaron a lo que hoy día es Texas en 1720.
10. _____ En 1769, los clérigos españoles comenzaron a fundar misiones en California para llevar la palabra de Dios a los indígenas.
11. _____ En 1898 terminó la dominación española del continente americano.
12. _____ Los españoles dominaron partes de Hispanoamérica y de los Estados Unidos durante más de cuatrocientos años.

ACTIVIDAD 4 El siglo XX

Para aprender más sobre la España del siglo XX, completa las siguientes oraciones con el pretérito de los verbos que se presentan.

Cuando los intelectuales huyen de un país por razones políticas, este éxodo se llama **fuga de cerebros**.

s/z sound = za **ce** ci **zo** zu
(empe**cé**, hi**zo**)

1. Durante y después de la Guerra Civil española, intelectuales como el escritor Ramón Sender y el músico Pablo Casals _____ de España y _____ en el exilio porque su vida corría peligro. (salir, vivir)
2. En 1937 Picasso _____ el *Guernica*, un cuadro que representa la destrucción de un pueblo en el norte de España. Desde 1939 hasta 1981 se _____ el cuadro en el Museo de Arte Moderno de Nueva York y después de la dictadura de Franco, el *Guernica* _____ a España. (hacer, exhibir, volver)
3. Durante la dictadura de Franco, Dolores Ibárruri, uno de los líderes del Partido Comunista, _____ a vivir a la Unión Soviética, donde _____ casi cuarenta años en exilio. _____ a España en 1977, cuando se _____ los diferentes partidos políticos. (irse, pasar, regresar, legalizar)

46 Fuentes: Conversación y gramática

4. En mayo de 1976, _____ el periódico *El País*, que _____ la prensa española al permitir la libertad de palabra en la sección de opinión. (aparecer, cambiar)

5. En 1980, Pedro Almodóvar _____ la película *Pepi, Luci, Bom y otras chicas del montón* que _____ "la movida" de Madrid. "La movida" _____ parte de la revolución cultural y sexual de la España posfranquista. (producir, mostrar, formar)

6. Se _____ el divorcio en 1981. (legalizar)

la movida = nightlife in post-Franco Spain

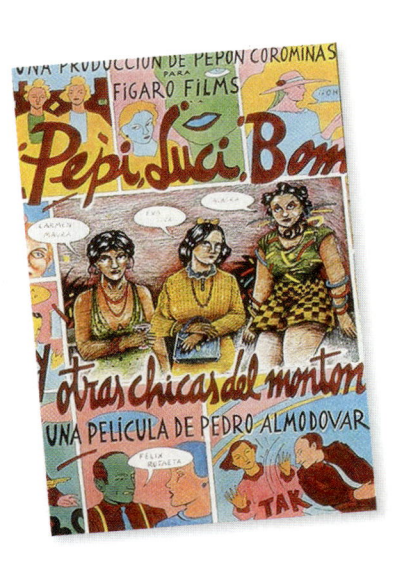

ACTIVIDAD 5 Eventos históricos

Parte A: Lee lo que dice un joven español sobre eventos históricos importantes que ocurrieron en las dos últimas décadas del siglo XX.

> ### ❦❦ Fuente hispana
>
> *"El 23 de febrero de 1981: Este día es muy importante en la historia reciente de España porque un grupo de la Guardia Civil (similar a la policía) entró en el Parlamento con la intención de dar un golpe de estado. Por suerte no pudieron.*
>
> *El primero de enero de 1986: España entró en la Unión Europea y esto marcó el fin del complejo de los españoles de ser un país atrasado con respecto a sus vecinos. La Unión Europea hoy les ofrece grandes posibilidades de trabajo y de convivencia a todos sus ciudadanos. Podemos viajar de un país a otro sin pasaporte, usar la misma moneda y trabajar en cualquiera de los países de la Unión."* ■

Parte B: Haz una lista de tres o cuatro acontecimientos históricos que tuvieron lugar durante tu vida hasta el año pasado, pero no escribas las fechas. Incluye, por ejemplo, guerras, elecciones, muertes de personas famosas, accidentes graves (nucleares o desastres naturales, como terremotos o erupciones volcánicas), actos de terrorismo, asesinatos, inventos.

Parte C: Ahora, en parejas, háganse preguntas para ver si la otra persona sabe en qué año ocurrieron los acontecimientos que escribió cada uno.

▶ A: ¿En qué año empezó la segunda guerra de los Estados Unidos con Iraq?

B: Empezó en...

A: ¿En qué año fue el huracán Katrina?

B: El huracán fue en...

ACTIVIDAD 6 ¿Qué hiciste?

Parte A: Marca en la primera columna las cosas que hiciste tú el fin de semana pasado. Después, en parejas, túrnense para averiguar qué hizo su compañero/a y marquen sus respuestas en la segunda columna.

▶ —¿Miraste televisión el fin de semana pasado?

—Sí, miré televisión. —No, no miré televisión.

Remember the following letter combinations when spelling preterit forms:

hard **c** sound = ca **que** qui co cu (to**qué**)

hard **g** sound = ga **gue** gui go gu (ju**gué**)

s/z sound = za **ce** ci **zo** zu (empe**cé**, hi**zo**)

		yo	mi compañero/a
1.	reunirse con amigos	❏	❏
2.	comer fuera y pedir un plato caro	❏	❏
3.	charlar con alguien interesante	❏	❏
4.	dormir hasta muy tarde	❏	❏
5.	reírse mucho	❏	❏
6.	jugar a un deporte con pelota	❏	❏
7.	alquilar una película	❏	❏
8.	trasnochar	❏	❏
9.	tocar un instrumento musical	❏	❏
10.	pagar una cuenta	❏	❏
11.	mentir para "proteger" a alguien	❏	❏
12.	divertirse sin gastar dinero	❏	❏
13.	ir a un concierto	❏	❏
14.	ver una película en el cine	❏	❏
15.	vestirse con ropa elegante	❏	❏

Parte B: Ahora, cambien de pareja (*partner*) y cuéntenle a la otra persona algunas de las cosas que hicieron, algunas que hizo su compañero/a de la Parte A y otras cosas que hicieron los dos.

B Narrating in the Past: Meanings Conveyed by Certain Verbs

In Spanish, some verbs convey a different meaning depending upon whether they are used in the present or in the preterit. The meaning conveyed by the preterit usually indicates a completed action or the beginning or end of an action.

	Present	**Preterit**
saber (+ *information*) **conocer** (+ *place/* **a** + *person*)	to know (something) to know (some place/someone)	found out (something) met for the first time/began to know (some place/someone)

48 Fuentes: Conversación y gramática

Cuando Colón **supo** que a los portugueses no les interesaba su viaje, se fue a España.

When Columbus found out that the Portuguese weren't interested in his trip, he went to Spain.

En 1486 **conoció a** los Reyes Católicos en Córdoba.

In 1486 he met the Catholic Kings in Cordoba.

	Present	**Preterit**
no querer (+ *infinitive*)	not to want (to do something)	refused and <u>didn't</u> (do something)
no poder (+ *infinitive*)	not to be able (to do something)	was/were not able and <u>didn't</u> (do something)

Los portugueses **no quisieron** financiar las ideas de Colón; por eso **no pudo** hacer el viaje.

The Portuguese refused to finance Columbus's ideas; that is why he couldn't make the trip.

	Present	**Preterit**
tener que (+ *infinitive*)	to have to (do something)	had to <u>and did</u> (do something)

Colón **tuvo que** ir a España para pedir dinero.

Columbus had to go to Spain to ask for money.

ACTIVIDAD 7 Este semestre

Habla de la siguiente información sobre el principio de este semestre.

1. Nombra a tres personas que conociste el primer día de clases.
2. ¿Cuándo supiste el nombre de tus profesores, el semestre pasado o al principio del semestre?
3. ¿Intentaste entrar en una clase y no pudiste? Si contestas que sí, ¿cuál fue?
4. ¿Cuáles son dos cosas que tuviste que hacer cuando llegaste a la universidad?
5. ¿Alguien te invitó a hacerte miembro de un club, pero no quisiste por no tener suficiente tiempo libre?

ACTIVIDAD 8 ¿Qué tal la fiesta?

En parejas, usen las siguientes ideas para contarle a su compañero/a sobre la última fiesta a la que fueron.

1. cómo supiste de la fiesta
2. adónde fuiste
3. quién la organizó
4. cómo fuiste (caminaste, fuiste en metro/coche)

(Continúa en la página siguiente.)

5. a quién conociste
6. quiénes más asistieron
7. qué sirvieron para beber/comer
8. cuáles son tres cosas que hiciste
9. si lo pasaste bien o mal
10. si sueles ir a muchas fiestas

C Indicating When Actions Took Place: Time Expressions

1. To move the narration along in the past, use adverbs of time and other expressions of time that tell when an action took place. Some common expressions include:

a las tres/cuatro/etc.	at three o'clock/four o'clock/etc.
anoche	last night
anteanoche	the night before last
anteayer	the day before yesterday
ayer	yesterday
de repente	suddenly
el lunes/fin de semana/mes/año/ siglo pasado	last Monday/weekend/month/year/ century
en (el año) 1588	in (the year) 1588
la semana/década pasada	last week / in the last decade

Anteanoche miré una película sobre la Guerra Civil española.

The night before last I saw a movie about the Spanish Civil War.

Esa guerra empezó **en 1936.**

That war started in 1936.

2. To express how long ago an action took place, use one of the following formulas.

> **hace** + *period of time* + (**que**) + *verb in the preterit*
> *verb in the preterit* + **hace** + *period of time*

¿Cuánto tiempo **hace que** los europeos **probaron** el chocolate?

How long ago did Europeans try chocolate?

Que is frequently omitted in speech except when asking questions.

50 Fuentes: Conversación y gramática

Hace cinco siglos (que) los europeos **probaron** el chocolate por primera vez.

Europeans tried chocolate for the first time five centuries ago.

Los europeos **probaron** el chocolate por primera vez **hace cinco siglos**.

3. Use the following expressions with the preterit tense to denote how long an action occurred.

desde... hasta...	from . . . until . . .
durante...* años/semanas/horas	during . . . years/weeks/hours
por...* años/semanas/horas	for . . . years/weeks/hours

*****Note:** It is common to specify a time period with or without **por** or **durante**.

España dominó Hispanoamérica **por/durante 406 años.**

España dominó Hispanoamérica **406 años.**

ACTIVIDAD 9 Averigua

Usa la siguiente información para hacerles preguntas a tus compañeros sobre el presente y el pasado. Escribe solo los nombres de los que contesten que sí.

▶ —¿Asististe a un concierto de música rap el fin de semana pasado?
  —Sí, asistí a un concierto. —No, no asistí a ningún concierto.
  (*escribe el nombre de la persona*)

Nombre

1. _____ ir a la oficina de un/a profesor/a el semestre pasado
2. _____ tener cuatro materias este semestre
3. _____ elegir una clase fácil el semestre pasado
4. _____ darse cuenta de algo importante la semana pasada
5. _____ hacer ejercicio ayer durante 30 minutos
6. _____ faltar al trabajo anteayer
7. _____ dejar de salir con alguien el mes pasado
8. _____ hacer experimentos en un laboratorio todas las semanas
9. _____ sentirse muy cansado/a al principio del semestre
10. _____ generalmente discutir con su compañero/a de habitación (o novio/a, esposo/a o un pariente)
11. _____ tener un/a estudiante de posgrado como profesor/a el semestre pasado

ACTIVIDAD 10 ¿Qué hizo?

En parejas, túrnense para contar lo que Uds. creen que hizo su profesor/a ayer. Usen cada una de las siguientes expresiones de tiempo en cualquier orden. Tachen (*Cross out*) las expresiones al usarlas.

ayer	más tarde	durante dos horas
primero	luego	a las cinco
después	por la tarde	por la noche

ACTIVIDAD 11 ¿Cuánto hace?

En parejas, túrnense para preguntarse cuánto hace que hicieron las siguientes cosas y averiguar más información sobre cada una.

▶ A: ¿Cuánto tiempo hace que fuiste al cine con un amigo?

B: Hace tres días que fui al cine. / Fui al cine anteanoche.

A: ¿Qué viste?

B: ...

1. alquilar una película buena
2. invitar a alguien a cenar
3. conducir por lo menos dos horas
4. enojarse con alguien
5. ir a otra ciudad
6. venir a esta universidad
7. olvidarse de algo importante
8. faltar a una clase
9. gastar más de cien dólares en algo
10. hacer una locura (*something crazy*)

D Indicating Sequence: Adverbs of Time

In order to narrate a series of actions, it is necessary to use words that indicate when the actions occurred in relation to other actions. The following words and phrases are used to express sequence.

antes	before
antes de + *infinitive*	before + *-ing*
primero	first
luego/más tarde	later, then
después	later, then, afterwards
después de + *infinitive*	after + *-ing*
tan pronto como/en cuanto	as soon as
al terminar (**de** + *infinitive*)	after finishing (+ *-ing*)

preposition + infinitive: después **de** volv**er**

52 Fuentes: Conversación y gramática

antes	before
inmediatamente	immediately
enseguida	at once
finalmente	finally
al terminar (de + *infinitive*)	after finishing (+ *-ing*)

Enseguida may be written as one word or two: **en seguida**.

Note: When sequencing events, use **más tarde, luego,** and **después**. Only use **entonces** to indicate a result and not to indicate "later" or "afterwards". **Estaba cansada y entonces/por eso me fui a dormir.**

ACTIVIDAD 12 Un día terrible

En parejas, creen una historia sobre el día terrible que tuvo un amigo de Uds. Usen las expresiones de la columna A en el orden en que aparecen y las acciones de la columna B en orden lógico.

A	B
1. Esta mañana…	ponerse dos medias de diferente color
2. En cuanto…	salir de la casa tarde
3. Luego…	llegar a clase con la ropa sudada (*soaked with sweat*)
4. Después…	entrar en la ducha/quemarse con agua caliente
5. Más tarde…	levantarse tarde
6. Tan pronto como…	correr a clase cansadísimo/a
7. Enseguida…	tomar el autobús equivocado
8. Al terminar…	bajar del autobús/torcerse el tobillo (*ankle*)

ACTIVIDAD 13 Tu día, ayer

En grupos de tres, cuéntenle a sus compañeros con muchos detalles qué hicieron ayer. Usen palabras como: **primero, luego, más tarde** y **después de** + *infinitivo*.

ACTIVIDAD 14 Sus vacaciones

La arquitectura española

Parte A: Lee esta parte del diario de un turista sobre las vacaciones que tomó en Granada y luego responde a las preguntas de tu profesor/a.

… por la mañana fui hacia la Alhambra, un castillo moro increíble. Al llegar, vi a un grupo de gitanas con flores para venderles a los turistas, pero no compré ninguna flor. Luego entré en la Alhambra, donde, con un grupo de turistas, visité las diferentes salas decoradas con diseños geométricos y poemas escritos en árabe. Pero lo que más me impresionó fue el constante sonido del agua. Hay agua en el Patio de los Leones y por todas partes. Luego vimos los baños y un guía nos explicó que en el siglo XIV los moros tenían agua fría, agua caliente y agua perfumada…

El Patio de los Leones en la Alhambra.

Parte B: En parejas, usen las siguientes ideas para contarle a su compañero/a sobre sus últimas vacaciones. Recuerden usar palabras como: **primero, luego, después, después de** + *infinitivo*.

- adónde fuiste
- cuánto tiempo estuviste
- con quién fuiste
- cuánto costó
- cómo viajaste
- qué viste
- qué cosas hiciste
- a quién conociste

Al escuchar sobre las vacaciones de su compañero/a, reaccionen usando algunas de estas expresiones.

Para reaccionar

Para expresar sorpresa:	¡Por Dios!
	¡Por el amor de Dios!
Para comentar positivamente sobre algo:	¡Qué bueno!
	¡Qué divertido!
Para pedir más información:	¿Y después qué?
	¿Y qué más?

54 Fuentes: Conversación y gramática

E Past Actions That Preceded Other Past Actions: The Pluperfect

When narrating in the past, to express an action that occurred before another action Spanish uses the **pluperfect** (**pluscuamperfecto**). To form the pluperfect, use a form of the verb **haber** in the imperfect + *past participle* (**participio pasivo**).

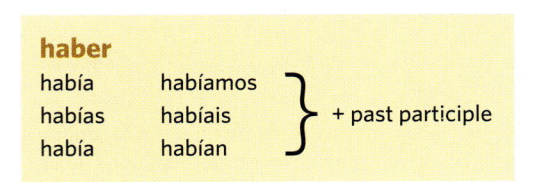

haber
había	habíamos
habías	habíais
había	habían

+ past participle

Past participles are formed by adding **-ado** or **-ido** (**hablado, vendido, comido**). Common irregulars include: **abrir → abierto, decir → dicho, escribir → escrito, hacer → hecho, poner → puesto, ver → visto, volver → vuelto**. To review the formation of past participles, see Appendix A, page 365.

The past participle always ends in **-o** when it is part of a verb phrase.

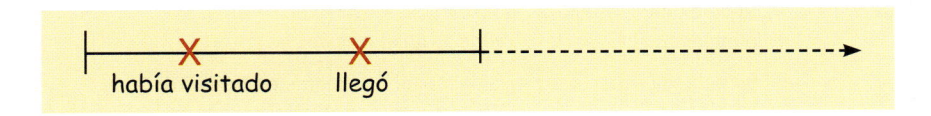

```
    X            X
|---|------------|------------|--------------->
  había visitado    llegó
```

Leif Ericsson ya **había visitado** América cuando **llegó** Colón.

Leif Ericsson had already visited America when Columbus arrived.

Note: **Ya** is frequently used before the pluperfect to emphasize that an action had *already* occurred before another took place.

ACTIVIDAD 15 ¿Ya habías...?

En parejas, háganse preguntas sobre su pasado. Sigan el modelo.

▶ viajar a Europa / terminar la escuela secundaria

—¿(Ya) habías viajado a Europa cuando terminaste la escuela secundaria?

—Sí, fui con mis padres en 2006. / —No, ...

1. sacar la licencia de manejar / empezar el tercer año de la escuela secundaria
2. aprender a leer / empezar el primer grado de la primaria
3. vivir en el mismo lugar toda la vida / venir a estudiar aquí
4. ver una película de Almodóvar / decidir tomar esta clase
5. compartir dormitorio con otra persona / empezar la universidad

ACTIVIDAD 16 La vida de Pedro Almodóvar

Parte A: El cineasta español Pedro Almodóvar es conocido en todo el mundo. Lee su información biográfica para responder a las preguntas de tu profesor/a.

cortometraje = short (film)

largometraje = feature-length film

Pedro Almodóvar (centro) con Antonio Banderas y Penélope Cruz cuando ganó el Oscar por *Todo sobre mi madre*.

guion = script; screenplay

Pedro Almodóvar	
1949	Nace* en Calzada de Calatrava, España, durante la dictadura de Francisco Franco.
1965	A los 16 años llega a Madrid justo después de cerrarse la Escuela Oficial de Cine.
1969–1980	Consigue trabajo en una compañía telefónica, donde se queda por casi 12 años. Filma cortometrajes con una cámara de 8 mm. En 1975 muere Franco.
1980	Hace su primer largometraje *Pepi, Luci, Bom y otras chicas del montón*, que se convierte en una película de culto entre los españoles.
1984	Su película *¿Qué he hecho yo para merecer esto?*, una comedia negra, recibe aclamación mundial.
1988	Recibe una nominación al Oscar a la mejor película de habla no inglesa por *Mujeres al borde de un ataque de nervios*.
1989	Su película *Átame* tiene problemas al estrenarse en los EE.UU. La Motion Picture Association of America la califica con "X". Almodóvar y otros artistas empiezan un proceso legal contra la MPAA y logran que esta establezca una nueva clasificación moral, la de "NC-17".
2000	Gana el Oscar a la mejor película de habla no inglesa por *Todo sobre mi madre*.
2003	Gana el Oscar al mejor guion original por *Hable con ella*.
2006	Todas las actrices de su película *Volver* reciben el premio a la mejor actriz en el festival de Canes y la protagonista, Penélope Cruz, recibe una nominación al Oscar por la misma película.

*It is possible to use the present tense instead of the preterit to narrate in the past. This is called the **presente histórico**.

Parte B: Ahora usa la siguiente información para formar oraciones sobre la vida de Almodóvar. ¡Ojo! Algunos verbos deben estar en el pretérito y otros en el pluscuamperfecto.

▶ Franco subir al poder / nacer Almodóvar

Franco ya había subido al poder cuando nació Almodóvar.

1. llegar a Madrid / la Escuela Oficial de Cine cerrarse
2. morir Franco / hacer *Pepi, Luci, Bom y otras chicas del montón*
3. recibir aclamación mundial / recibir una nominación al Oscar a la mejor película de habla no inglesa por *Mujeres al borde de un ataque de nervios*
4. la MPAA darle una clasificación de "X" a *Átame* / la MPAA establecer la clasificación de "NC-17"
5. ganar el Oscar al mejor guion original / ganar el Oscar a la mejor película de habla no inglesa

56 Fuentes: Conversación y gramática

¿Lo sabían?

Después de la muerte de Franco, España pasó por una época llamada "el destape". Es en este período cuando gente como Pedro Almodóvar pudo expresarse libremente. Para saber qué es el destape lee lo que dice una madrileña.

"El destape fue una época muy curiosa que empezó en el 75, año de la muerte de Franco. Se legaliza en la Semana Santa de 1976 el Partido Comunista. Se aprueba la Constitución en el 78. La represión existente en vida de Franco deja de existir. Surgieron muchas revistas que escribían sin censura y en las que hablaban de política, cotilleos, economía y sexualidad e incluían cantidad de fotos de chicas ligeras de ropa o topless (destapadas). Todos los artículos que acompañaban estas fotos hablaban de la liberación de la mujer, de que las españolas éramos 'retrógradas', de 'cómo vivían las europeas' (nosotras al parecer no lo éramos), etc. La 'movida madrileña', equiparable en su concepto al destape, fue un movimiento de libertad que llenó las calles de gente joven hasta las madrugadas y que también llenó de asombro a las personas conservadoras. Fue como la fiebre, una fuerte subida y después todo volvió a la normalidad."

¿Hubo una época parecida al destape en tu país?

ACTIVIDAD 17   La línea de tu vida

Parte A: En la siguiente línea marca un mínimo de cinco años importantes de tu vida. Algunas posibilidades son: el año en que naciste, el año en que recibiste un premio o tu equipo ganó una competencia, el año en que trabajaste por primera vez. Marca los años, pero no escribas qué hiciste en esos años.

Parte B: En parejas, muéstrense su línea y pregúntense sobre las fechas importantes de su vida. Hagan preguntas como: **¿Qué pasó en...? ¿En qué año (terminaste la escuela secundaria)? ¿Ya habías... cuando...?**

Parte C: Ahora hablen de la vida de su compañero/a diciendo oraciones como la siguiente.

▶ Elisa ya **había estudiado** un poco de español cuando **fue** a México por primera vez.

II. Discussing Movies

El cine

El cine

www.ojocritico.com.uy
Criticamos películas clásicas y de actualidad

Juana la Loca
España, 2001
Castellano, color, 115 minutos
Clasificación moral: No recomendada para menores de 13 años
Drama
Director: Vicente Aranda
Reparto: Pilar López de Ayala, Daniele Liotti, Rosana Pastor, Giuliano Gemma, Roberto Álvarez, Eloy Azorín, Guillermo Toledo, Susy Sánchez, Manuela Arcuri, Carolina Bona
Guion: Vicente Aranda, Antonio Larreta
Productor: Enrique Cerezo Producciones
Fotografía: Paco Femenía
Banda Sonora: José Nieto

Crítico: Nahuel Chazarreta
publicado hoy a las 18:15

○○○ Crítica

La película es la historia de amor y celos entre Juana, hija de los Reyes Católicos, y Felipe el Hermoso que se que se unen en un matrimonio por conveniencia. A pesar de que no refleja de forma verdadera la historia real, me gustó mucho la película, entre ellos las **actuaciones** de Pilar López de Ayala en el **personaje** de Juana y la de Daniele Liotti en el personaje de Felipe. Le actriz mencionada ganó un **premio** Goya a la mejor actriz. El guion, los diálogos y los **vestuarios** son maravillosos. Le doy 4 estrellas, no dejen de verla.

Rating
This film was rated "**No recomendada para menores de 13 años**" in Spain, but received a rating of R in the U.S. and AA in Canada.

Cast

Critic

Screenplay

Soundtrack

Critique/Review

acting; character

award; costumes
El personaje is always masculine: **Me gustó el personaje que representó Penélope Cruz en *Volver*.**
Los premios Goya en España son equivalentes a los Oscar.

Palabras relacionadas con el cine	
el actor/la actriz	
actuar	
los amantes	lovers
el argumento	plot
dar una película	to show a movie
los efectos especiales	
el estreno; estrenarse	premiere, opening; to premiere
filmar	
la fotografía	
el género	genre
comedia	
de acción	
de ciencia ficción	
de espionaje	spy movie

58 Fuentes: Conversación y gramática

de terror	
documental	
infantil	
melodrama	
musical	
las películas mudas	silent films
romántica	
thriller	
el papel de...	the role of . . .
hacer el papel del malo	to play the role of the bad guy
producir	to produce
los trailers	previews

Expresiones relacionadas con el cine	
seguir/estar en cartelera	to still be showing / "now playing"
ser muy hollywoodense	to be like a Hollywood movie
ser una película taquillera	to be a blockbuster

ACTIVIDAD 18 Definiciones

En parejas, túrnense para definir palabras o frases del vocabulario, pero no usen la palabra en su definición. La otra persona tiene que adivinar qué palabra o frase es. Usen frases como: **Es la persona que..., Es un tipo de película en que..., Es el lugar donde...**

ACTIVIDAD 19 La película

Mira el blog sobre la película *Juana la Loca* en la sección de vocabulario y contesta estas preguntas.

1. ¿Quién dirigió la película?
2. ¿Quiénes son los dos personajes importantes?
3. ¿Quién ganó un premio Goya y por qué?
4. ¿Cuándo se estrenó la película?
5. ¿De qué género es?
6. ¿Qué clasificación moral tiene?
7. Lee la crítica. ¿Te gustaría ver esta película? ¿Por qué sí o no?

ACTIVIDAD 20 El género

En grupos de tres, piensen en las películas que están dando en el cine y hablen sobre las siguientes ideas.

1. Clasifíquenlas por género.
2. Comenten si las bandas sonoras son buenas, malas o no son de importancia.
3. Comenten sobre la reacción de los críticos.
4. Nombren una película que vieron últimamente que no es un éxito de taquilla pero que vale la pena ver.
5. Comenten si todas las películas taquilleras son muy hollywoodenses o no.

ACTIVIDAD 21 Los Oscars

En grupos de cinco, decidan qué películas o personas deben recibir el Oscar este año en las siguientes categorías.

1. la mejor película
2. la mejor dirección
3. el mejor actor
4. la mejor actriz
5. el mejor guion original/adaptado
6. los mejores efectos especiales
7. el mejor vestuario

ACTIVIDAD 22 Mi favorita

Parte A: Piensa en tu película favorita. Después, prepárate para hablar de esa película con otra persona para convencerla de que debe alquilar la película o ir a verla si todavía sigue en cartelera. Piensa en los siguientes temas mientras te preparas para dar una pequeña sinopsis de la película.

- el/la director/a; los protagonistas
- la banda sonora; la fotografía
- si el guion está basado en un hecho real, una novela, un cuento, etc.
- dónde la filmaron y en qué año se estrenó
- si recibió alguna nominación o premio

Parte B: En parejas, hable cada uno de su película favorita usando el presente.

When summarizing the plot of a movie, it is common to use the present tense (**Es una película sobre una familia que vive en...**).

III. Stating Time and Age in the Past

The Imperfect

You saw how the preterit is used to move the narrative along. In this section you will see how the imperfect is used to set the scene or background when telling time and someone's age in reference to past events.

1. To tell time in the past, use **era/eran** + *the time*.

    A: ¿Qué hora **era** cuando empezó la película? — *What time was it when the movie started?*

    B: **Era** la una y cuarto. — *It was a quarter after one.*

    A: ¿Qué hora **era** cuando terminó? — *What time was it when it ended?*

    B: **Eran** las tres y pico. — *It was a little after three.*

2. To state someone's age in the past, use a form of the verb **tener** in the imperfect + *age*.

    Pedro Almodóvar **tenía 16 años*** cuando se mudó a Madrid. — *Pedro Almodóvar was 16 when he moved to Madrid.*

    *Note: The word **años** is necessary when expressing age.

ACTIVIDAD 23 ¿Qué hiciste el viernes pasado?

Parte A: Mira la lista de acciones y tacha las cosas que no hiciste el viernes pasado.

- levantarte
- ducharte
- desayunar
- asistir a tu primera clase
- almorzar
- dar una vuelta
- volver a casa
- estudiar
- hacer ejercicio
- ir al cine
- cenar
- reunirte con amigos
- acostarte

Parte B: En parejas, intercámbiense las listas. Pregúntenle a su compañero/a qué hora era cuando hizo las cosas de la lista que no están tachadas. Miren el modelo e intenten variar sus preguntas.

▶ —¿Qué hora era cuando te levantaste? / —¿A qué hora te levantaste?

—Eran las ocho y media cuando me levanté. / —Me levanté a las ocho y media.

(Continúa en la página siguiente.)

Parte C: Lean el siguiente párrafo que describe lo que hizo un joven español de 26 años el viernes pasado y comparen las horas a las que Uds. y él hicieron acciones similares.

▶ Se levantó a las 9, pero yo me levanté a las...

Fuente hispana

"Eran las 9:00 a. m. cuando me desperté el viernes. Me duché, desayuné y después empecé a estudiar para una asignatura. Eran las 11:30 cuando cogí el coche y conduje a la universidad para asistir a una hora de clase. Luego volví a casa a eso de la 1:00, encendí el ordenador y leí el mail. Era la 1:45 cuando preparé la comida. Comí solo y después de comer, leí el periódico en el sofá y luego dormí un poco. Eran las 5:00 cuando empecé a estudiar otra vez y estudié hasta las 8. Entonces me preparé para ir a nadar y fui a nadar por media hora. Eran las 9:15 cuando volví a casa y entonces mi familia y yo cenamos. Luego fui al cine con unos amigos. La película empezó a las 10:30. Al salir de la película, tomamos una cerveza en un bar. Allí hablamos un rato y después se fue cada uno a su casa. Eran las 2:00 de la mañana cuando llegué a casa." ■

ACTIVIDAD 24 Tenía...

Contesta estas preguntas sobre ti y tu familia.

1. ¿Cuántos años tenían tus padres cuando se conocieron? ¿Dónde se conocieron?
2. ¿Cuántos años tenía tu madre cuando tú naciste? ¿Y tu padre?
3. ¿Tienes un/a hermano/a menor? ¿Cuántos años tenías cuando nació?
4. ¿Tienes un/a hermano/a mayor? ¿Cuántos años tenía cuando tú naciste?
5. ¿Tienes un/a hijo/a o un/a sobrino/a? ¿Cuántos años tenías tú cuando nació?
6. ¿Cuántos años tenías cuando te graduaste de la escuela secundaria?
7. ¿Cuántos años vas a tener al terminar tus estudios universitarios?

ACTIVIDAD 25 La historia de la conquista

En parejas, una persona cubre el cuadro A y la otra persona cubre el cuadro B. Háganse preguntas para intercambiar la siguiente información y completar su cuadro sobre personajes famosos de la conquista.

a. cuándo nacieron
b. dónde nacieron
c. qué cosas importantes hicieron
d. cuántos años tenían cuando hicieron algunas de esas cosas
e. cuándo murieron y qué edad tenían cuando murieron

▶ A: ¿Cuándo nació Ponce de León?
B: Nació en... ¿Cuándo murió Ponce de León?
A: Murió en...

Estatua de Ponce de León en San Juan, Puerto Rico.

A

	Fechas	Nacionalidad	Datos importantes
Juan Ponce de León	_____ -1521	_____	_____, fundar San Juan, _____
Américo Vespucio	1451- _____	italiano	_____, hacer expediciones a América del Sur y América Central desde 1497 hasta 1503
Álvaro Núñez Cabeza de Vaca	_____ -1557	_____	ser explorador, explorar el suroeste de los Estados Unidos y llegar al Golfo de California, _____
Francisco Pizarro	1471- _____	_____	ser líder de la conquista del Perú desde 1530 hasta 1535

B

	Fechas	Nacionalidad	Datos importantes
Juan Ponce de León	1460- _____	español	ser gobernador de Puerto Rico desde 1510 hasta 1512, _____, explorar la Florida en 1513
Américo Vespucio	1451-1512	_____	ser explorador, hacer expediciones a _____ y _____
Álvaro Núñez Cabeza de Vaca	1490- _____	español	ser explorador, _____ y _____, ser gobernador de Paraguay desde 1541 hasta 1542
Francisco Pizarro	_____ -1541	español	_____

Vocabulario activo

Expresiones de tiempo
a las tres/cuatro/etc. *at three o'clock/ four o'clock/etc.*
anoche *last night*
anteanoche *the night before last*
anteayer *the day before yesterday*
ayer *yesterday*
de repente *suddenly*
desde... hasta... *from . . . until . . .*
durante... años/semanas/horas *during . . . years/weeks/hours*
el lunes/fin de semana/mes/año/siglo pasado *last Monday/weekend/ month/year/century*
en (el año) 1588 *in (the year) 1588*
la semana/década pasada *last week/ in the last decade*
por... años/semanas/horas *for . . . years/weeks/hours*

Palabras para indicar secuencia
al terminar (de + *infinitive*) *after finishing (+ -ing)*
antes *before*
antes de + *infinitive* *before + -ing*
después *later, then, afterwards*
después de + *infinitive* *after + -ing*
enseguida *at once*
finalmente *finally*
inmediatamente *immediately*
luego/más tarde *later, then*
primero *first*
tan pronto como/en cuanto *as soon as*

El cine
el actor/la actriz *actor/actress*
la actuación *acting*
actuar *to act*
los amantes *lovers*
el argumento *plot*
la banda sonora *soundtrack*
la clasificación moral *rating*
la crítica *critique*
el/la crítico/a de cine *movie critic*
dar una película *to show a movie*
el/la director/a *director*
los efectos especiales *special effects*
estrenarse *to premiere*
el estreno *premiere, opening*
filmar *to film*
la fotografía *photography*
el género *genre*
  comedia *comedy*
  de acción *action*
  de ciencia ficción *science fiction*
  de espionaje *spy movie*
  de terror *horror*
  documental *documentary*
  drama *drama*
  infantil *children's movie*
  melodrama *melodrama*
  musical *musical*
  las películas mudas *silent films*
  romántica *romantic*
  thriller *thriller*
el guion *script; screenplay*
el papel de... *the role of . . .*
  hacer el papel del malo *to play the role of the bad guy*
el personaje *character*
el premio *award*
producir *to produce*
el/la productor/a *producer*
el reparto *cast*
los trailers *previews*
el vestuario *costumes*

Expresiones relacionadas con el cine
seguir/estar en cartelera *to still be showing/ "now playing"*
ser muy hollywoodense *to be like a Hollywood movie*
ser una película taquillera *to be a blockbuster*

Expresiones útiles
año(s) clave *key year(s)*
estar harto/a (de + *inf.*) *to be fed up (with + -ing)*
hacer una locura *to do something crazy*
el lunes *on Monday*
los lunes *on Mondays*
ya *already*
¡Por Dios! / ¡Por el amor de Dios! *My gosh/God!*
¡Qué bueno! *That's great!*
¡Qué divertido! *How fun!*
¿Y después qué? *And then what?*
¿Y qué más? *And what else?*

Más allá

🎵 Canción: "Milonga del moro judío"

Jorge Drexler

Nació en Uruguay en 1964. Su abuelo tuvo que escaparse de Alemania en la época de Hitler por ser judío. En los años 70, los padres de Drexler y su familia tuvieron que irse de Uruguay al ser perseguidos por un gobierno militar y se establecieron un tiempo en Israel. Jorge Drexler estudió medicina en Uruguay, pero abandonó la profesión para ganarse la vida como cantautor. En 2005 recibió el Oscar a la mejor canción ("Al otro lado del río"). Hoy día vive en España con sus hijos y su pareja, quien es católica. Drexler se considera judío y "muchas otras cosas más".

La milonga es un tipo de música que tiene raíces similares al tango; puede tener un ritmo melancólico y tratar temas serios.

cantautor = cantante que escribe sus propias canciones

ACTIVIDAD: La canción y el cantante

Parte A: Antes de escuchar, lee el nombre de la canción y la biografía de Jorge Drexler y usa esa información para decir cómo crees que se relaciona el nombre de la canción con la vida del cantante. Después escucha la canción para ver si estás en lo cierto.

Parte B: Mientras escuchas la canción otra vez, busca la siguiente información y luego compártela con la clase.

- cómo se describe a sí mismo
- qué opina sobre las guerras
- quién gana en una guerra
- qué piensa sobre el concepto de un "pueblo elegido"

Parte C: En este capítulo aprendiste sobre la invasión de los moros en la península Ibérica y los casi 800 años de paz y convivencia intercalados con guerras. En grupos de cuatro, mencionen (además de la Reconquista española) persecuciones, conflictos, actos de terrorismo o guerras que se hicieron en nombre de la religión.

Videofuentes: *España: ayer y hoy*

Antes de ver

ACTIVIDAD 1 ¿Qué recuerdas?

Antes de ver un video sobre la historia de España, di cuáles son algunos de los grupos que habitaron la península Ibérica. Luego menciona personas famosas que están relacionadas con la historia de España.

Maimónides, médico, filósofo y rabino judío nacido en Córdoba, España, en 1135.

Mientras ves

ACTIVIDAD 2 Los invasores

Ahora lee las siguientes ideas y luego mira el video para buscar la información.

1. a. nombre de un grupo que invadió la península Ibérica
   b. cuándo llegaron
   c. en qué se vio su influencia
2. a. nombre de otro grupo que invadió la península Ibérica
   b. cuándo llegaron
   c. cuánto tiempo estuvieron
   d. en qué se vio su influencia
   e. dos lugares importantes que ocuparon en la península Ibérica
3. la importancia de la Reconquista y de Covadonga

Después de ver

ACTIVIDAD 3 La historia de su país

En grupos de tres, hablen sobre los siguientes datos de su país.

1. a. quiénes fueron sus primeros habitantes
   b. influencias que se ven hoy día
2. a. qué grupos llegaron al país
   b. cuándo llegaron
   c. influencias que se ven hoy día
3. dos momentos importantes en la historia de su país

66 Fuentes: Conversación y gramática

Película: *La lengua de las mariposas*

Drama: España, 1999
Director: José Luis Cuerda
Guion: Rafael Azcona y José Luis Cuerda, basado en *¿Qué me quieres, amor?*, una novela de Manuel Rivas
Clasificación moral: Todos los públicos
Reparto: Fernando Fernán Gómez, Manuel Lozano, Uxía Blanco, Gonzalo Martín Uriarte, más...

Sinopsis: Un niño de ocho años, Moncho (Manuel Lozano), asiste a la escuela primaria por primera vez en 1936 en un pueblo de Galicia, España. Forma una relación especial con su maestro (Fernando Fernán Gómez), quien le enseña sobre el mundo, la vida y la importancia de que las mariposas tengan la lengua en forma de espiral. Pero el 18 de julio de ese año las cosas cambian cuando empieza la Guerra Civil española.

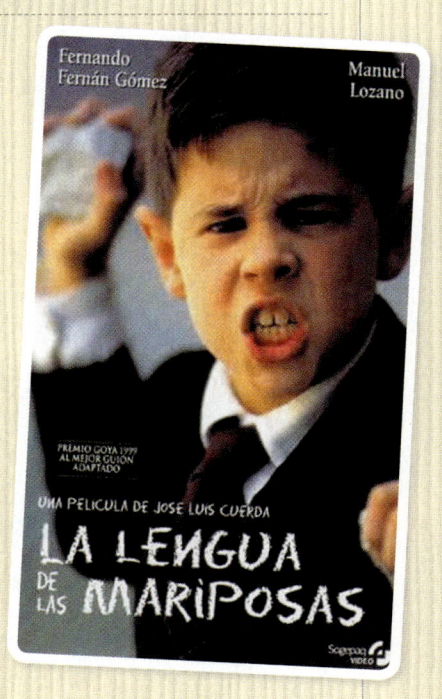

ACTIVIDAD Guerras de la historia

Parte A: La película que vas a ver ocurre en la época justo antes del comienzo de la Guerra Civil española. Para entender la historia del mundo hay que saber cómo un evento se relaciona con otro. En parejas, intenten decir qué guerra ocurrió antes que la otra.

▶ la Primera Guerra Mundial / la Guerra de Secesión norteamericana

La Guerra de Secesión norteamericana ya había ocurrido cuando empezó la Primera Guerra Mundial.

1. la guerra hispano-estadounidense / la Guerra Civil española
2. la guerra hispano-estadounidense / la Primera Guerra Mundial
3. la Guerra Civil española / la Primera Guerra Mundial
4. la Guerra Civil española / la Segunda Guerra Mundial
5. la Guerra Civil española / la guerra fría

Parte B: Ahora vayan al sitio de Internet del libro de texto y hagan las actividades que allí se presentan.

CAPÍTULO 3

La América precolombina

Estatua de la diosa Chihuateteo en Veracruz, México.

METAS COMUNICATIVAS

- narrar en el pasado (segunda parte)
- describir cosas y personas
- indicar el beneficiario de una acción

La leyenda del maíz

Había una vez...	Once upon a time there was/were . . .
¿A que no saben...?	Bet you don't know . . . ?
No saben la sorpresa que se llevó cuando...	You wouldn't believe how surprised he/she was when . . .

ACTIVIDAD 1 ¿Qué sucedió?

Parte A: La locutora de un programa de radio para niños va a contar una leyenda tolteca sobre cómo llegó el maíz a la tierra. El personaje principal de la leyenda se llama Quetzalcóatl. Antes de escucharla, en grupos de tres, miren los dibujos que también cuentan la leyenda e intenten adivinar qué sucedió.

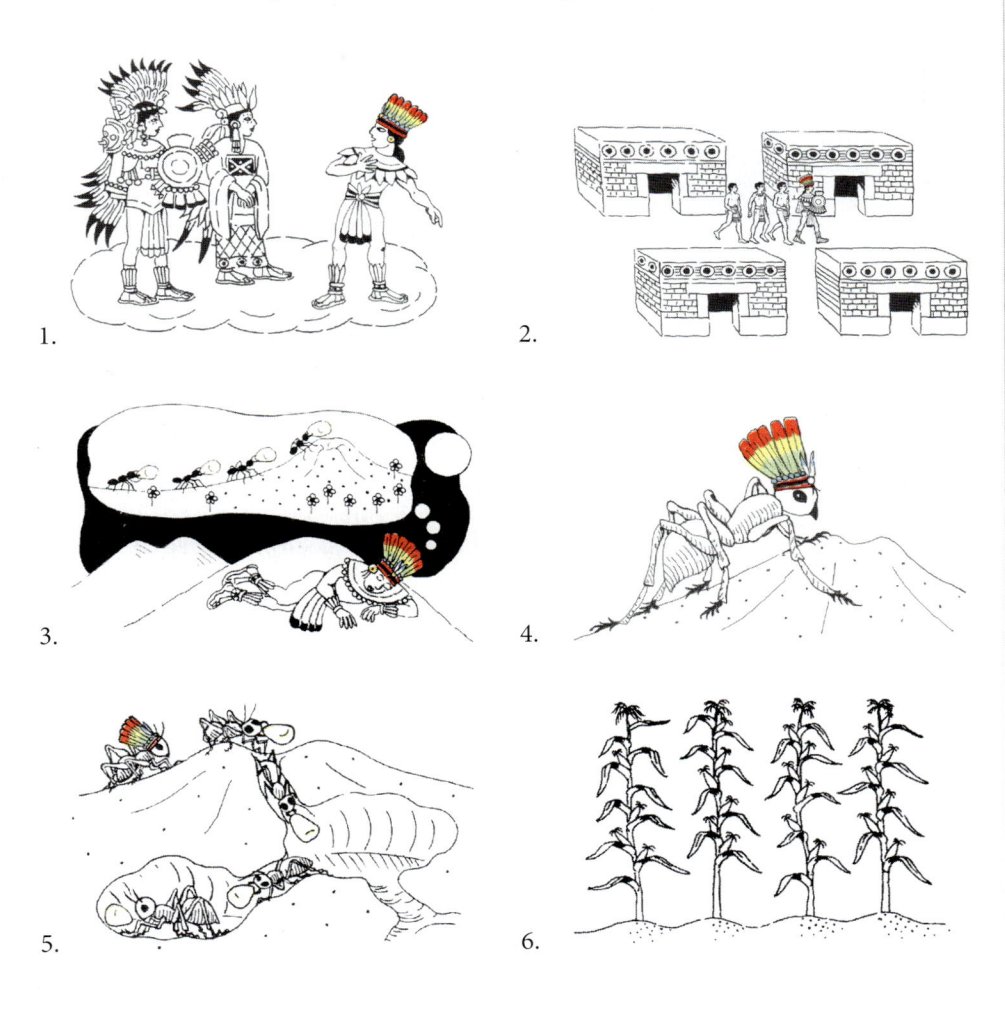

1.
2.
3.
4.
5.
6.

hormigas = ants
hormiguero = anthill

🔊 **Parte B:** Ahora escuchen la leyenda y al terminar, discutan en su grupo si su interpretación era correcta. De no ser así, resuman qué ocurrió.

🔊 **Parte C:** Escuchen la leyenda otra vez y agreguen (*add*) detalles, especialmente sobre cómo consiguió Quetzalcóatl los granos de maíz y qué hizo con ellos.

🌐 Leyendas

ACTIVIDAD 2 **Los regalos**

Discutan cuál de los cinco regalos de los dioses fue el mejor para los toltecas y expliquen por qué. Después, digan cuál de los cinco regalos les interesó más a los españoles durante su dominación de Hispanoamérica y por qué.

¿Lo sabían?

Quetzalcóatl, el dios emplumado, ocupa un lugar de mucha importancia en la mitología mexicana. En una leyenda se le atribuye la creación de la raza humana. Se dice que descendió de la tierra de los muertos, encontró unos huesos, vertió (*shed*) su propia sangre sobre ellos y así creó a los seres humanos. También se dice que inventó el calendario y les enseñó a los seres humanos la astronomía. Algunas leyendas cuentan que Quetzalcóatl era de color blanco y que tenía barba. Por eso, cuando Cortés llegó a México, Moctezuma, que era el líder azteca, creyó que había vuelto Quetzalcóatl y lo recibió amigablemente. Esto le facilitó a Cortés la conquista de México.

Cabeza de Quetzalcóatl en Teotihuacán, México.

¿Cuál es un personaje mitológico de gran importancia en el folclore de tu país? Descríbelo y explica qué hizo.

70 Fuentes: Conversación y gramática

I. Narrating in the Past (Part Two)

A Preterit and Imperfect: Part One

In Chapter 2, you reviewed how to use the preterit to refer to a completed past action, to the beginning or end of past actions, and for an action that occurred over a set period of time. You also learned how to express time and age using the imperfect. In this section you will review other uses of the imperfect and how it is used with the preterit to narrate past events.

Do the corresponding web activities as you study the chapter.

1. The imperfect is formed as follows.

estar		**hacer**		**dormir**	
est**aba**	est**ábamos**	hac**ía**	hac**íamos**	dorm**ía**	dorm**íamos**
est**abas**	est**abais**	hac**ías**	hac**íais**	dorm**ías**	dorm**íais**
est**aba**	est**aban**	hac**ía**	hac**ían**	dorm**ía**	dorm**ían**

For irregular forms, see Appendix A.

2. Use the imperfect:

   a. to describe past actions in progress in which neither the beginning nor the end of the action matters. Compare the following examples.

   Ayer a las siete **leía** otra leyenda tolteca.
   Yesterday at seven he was reading another Toltec legend (action in progress, start or end of action not important).

   Ayer a las siete **terminó** de leer otra leyenda tolteca.
   Yesterday at seven he finished reading another Toltec legend (end of an action).

   b. to describe two or more actions in progress that occurred simultaneously. Use **mientras** or **y** to connect the two actions.

Capítulo 3   71

La diosa Tierra **observaba** a su hijo Quetzalcóatl **mientras** él **ayudaba** a los toltecas.

Mother Earth was observing her son Quetzalcóatl while he was helping the Toltecs.

Él **seguía** a las hormigas y **miraba** lo que **hacían**.

He was following the ants and watching what they were doing.

Note: Past actions in progress can also be expressed using the imperfect progressive. It gives greater emphasis to the ongoing nature of the action than the imperfect. Form it by using the imperfect of **estar** + *present participle* (***gerundio***).

Mientras **hablaba/estaba hablando** con sus padres, **pensaba/estaba pensando** cómo ayudar a los toltecas.

While he was talking to his parents, he was thinking about how to help the Toltecs.

c. to describe an action in progress in the past when another action occurred or interrupted the action in progress. Use the preterit for the action that occurred or interrupted the action in progress. Use **cuando** or **mientras** to connect the two clauses. Compare the following sentences.

Quetzalcóatl **besaba/estaba besando** a su novia **cuando** su padre **abrió** la puerta.
Quetzalcóatl was kissing his girlfriend (action in progress) when his father opened the door (interrupting action). [Ok, so it wasn't part of the real legend . . .]

Quetzalcóatl **besó** a su novia y su padre **abrió** la puerta.
Quetzalcóatl kissed his girlfriend and his father opened the door. (First Quetzalcóatl kissed her, then his father opened the door.)

Quetzalcóatl **entró** al hormiguero **mientras** las hormigas **trabajaban/estaban trabajando** como locas.
Quetzalcóatl entered the anthill while the ants were working like crazy.

Cuando Quetzalcóatl **entró** al hormiguero, **tomó** los cuatro granitos y **se escapó.**
When Quetzalcóatl entered the anthill, he took the four grains and escaped.

ACTIVIDAD 3 ¿Qué hacías?

En parejas, túrnense para preguntarle a la otra persona sobre su pasado reciente y lejano. Hagan preguntas como: **¿Qué hacías ayer a las 2:30 de la tarde? ¿Dónde estabas...?**

1. ayer a las 10:15 de la mañana
2. en esta época el año pasado
3. en junio hace dos años
4. a las 9:20 de la noche el sábado pasado
5. en noviembre del año pasado
6. en agosto del año pasado

ACTIVIDAD 4 Acciones simultáneas

En parejas, digan qué hacía cada vecino en su apartamento e inventen lo que hacía un pariente o conocido.

▶ la señora del 3° B → hablar por teléfono, su hija → ¿?

Mientras la señora del 3° B hablaba/estaba hablando por teléfono, su hija jugaba/estaba jugando en el baño con el lápiz de labios.

1. el Sr. Pérez del 1° B → mirar televisión, su esposa → ¿?
2. el niño del 5° A → hacer la tarea, su hermana → ¿?
3. la mujer del 7° C → dar a luz (*give birth*) en su casa, su esposo → ¿?
4. la niña del 3° B → tocar el piano, su profesora de piano → ¿?
5. la abuelita del 4° A → dormir, sus nietos traviesos (*mischievous*) → ¿?

ACTIVIDAD 5 Situaciones

En parejas, combinen las acciones en progreso de la caja A con las interrupciones de la caja B para contar qué les ocurrió a diferentes personas de la clase. Por último, digan qué hicieron esas personas después. Sigan el modelo.

▶ afeitarse   cortarse la luz

John se afeitaba cuando se cortó la luz y por eso usó su afeitadora manual para terminar de afeitarse.

A (acciones en progreso)
1. ducharse
2. caminar por la calle
3. manejar por la autopista
4. cocinar un huevo en el microondas
5. bajar las escaleras
6. pasear al perro

B (interrupciones)
- caerse
- morder a una persona
- explotar
- ver a su novio/a con otro/a
- chocar con otro carro
- acabarse el agua caliente

C

¿Qué hizo/hicieron después?

B Preterit and Imperfect: Part Two

You have been using the imperfect to refer to past actions or states that were in progress. In this section you will review other uses of the imperfect.

Read this narration of a children's story.

> Jack y Jill **salieron** de casa a buscar agua y **empezaron** a subir una cuesta. El pobre Jack **se cayó** y **se rompió** la coronilla y Jill **se cayó** también. Nunca **recogieron** el agua.

Now read the following version of the same story.

> Jack y Jill **salieron** de casa a buscar agua y **empezaron** a subir una cuesta. La cuesta **era** muy grande y **había** muchas piedras que **dificultaban** la subida. Jack y Jill no **llevaban** botas de montaña ni **tenían** cuerdas ni otros aparatos para poder subir. El pobre Jack no **era** muy ágil y generalmente no **practicaba** deportes y por eso **se cayó** y **se rompió** la coronilla. Jill tampoco **tenía** mucha coordinación y, por eso, **se cayó** también. Nunca **recogieron** el agua.

había = there was/were

In the preceding paragraph, the blue verbs are in the imperfect and the ones in red are in the preterit. Which tense is used to describe or set the scene? Which is used to move the action along? If you answered imperfect to the first question and preterit to the second, you were correct. It is by combining the two that you can narrate and describe past events and convey your thoughts about them.

To review uses of the preterit, see Chapter 2, pp. 45, 48–49.

1. Use the preterit:
   a. to express a completed action or state.
   b. to denote the beginning or the end of a past action or state.
   c. to express an action or state that occurred over a specific period of time.

To review actions in progress, see pp. 71–72.

2. Use the imperfect:
   a. to describe actions in progress.
   b. to set the scene or background of a story by:
      - telling the time an action occurred
      - telling the age of a person
      - describing people, places, and things
      - describing ongoing emotions or mental states

To review time and age, see Chapter 2, p. 61.

Eran las once de la noche y **había** luna llena.	*It was eleven o'clock at night and there was a full moon.*
El hormiguero **estaba** en la colina y **había** hormigas y flores por todas partes.	*The anthill was on a hill and there were ants and flowers all over the place.*
Quetzalcóatl **tenía** tanto sueño que no podía quedarse despierto.	*Quetzalcóatl was so tired that he couldn't stay awake.*
Tenía solo veintitantos años, pero siempre hacía más de lo que sus padres **esperaban**.	*He was only twenty-something, but he always did more than his parents expected.*

74 Fuentes: Conversación y gramática

c. to describe habitual actions in the past.

Todos los días Quetzalcóatl **iba** a la montaña y les **rezaba** a sus padres, los dioses.

Every day Quetzalcóatl went up/ used to go up the mountain and prayed to his parents, the gods.

Durante el día **pasaba** el tiempo con los toltecas. **Trabajaba** y **comía** con ellos, pero sentía que les faltaba algo.

During the day he spent/used to spend time with the Toltecs. He worked/used to work and ate/used to eat with them, but he felt that they were lacking something.

Always use the verb **soler** in the imperfect when talking about the past since it is only used to describe past habitual actions. It can be translated as *used to* and is followed by an infinitive.

Quetzalcóatl solía ir a la montaña por la noche.

The following time expressions are usually used with the imperfect to describe past habitual actions. However, they can be used with the preterit to indicate recurring completed actions that occurred during a specific time period. Compare the sentences.

siempre	*always*
a menudo / con frecuencia / frecuentemente	*frequently*
todos los días/meses/años	*every day/month/year*
muchas veces	*many times*

Quetzalcóatl les **pedía** inspiración a sus padres a menudo.

Quetzalcóatl frequently used to ask his parents for inspiration.

Durante una semana entera, les **pidió** ayuda a sus padres a menudo.

During an entire week, he frequently asked his parents for help.

> Cuando era niña, comía chocolate todos los días. El sábado pasado comí un chocolatito y mira lo que me pasó.

Sorpresas "agradables" que te da la vida.

Capítulo 3

ACTIVIDAD 6 Cómo vivían los aztecas

Leticia está de visita en México y escribió en su blog sobre la vida de los aztecas. Completa el blog con el pretérito o el imperfecto de los verbos indicados.

contar
comenzar
ser
hablar
adorar
hacer
tener; asemejarse
construir

ver
pensar

fundar
estar
llegar
unirse
contar; perder
morirse
traer
aprender
hacer

El blog de Leticia — hoy a las 15:34

Bueno, el guía nos _____ (1) que la civilización azteca _____ (2) en México doscientos años antes de la Conquista. El gobierno que tenían los aztecas _____ (3) una monarquía elegida y la lengua que _____ (4) era el náhuatl. Esa civilización _____ (5) a una multitud de dioses y sus líderes religiosos _____ (6) muchos sacrificios humanos. _____ (7) numerosos templos que _____ (8) a las pirámides de Egipto. Los aztecas _____ (9) su capital Tenochtitlán en una isla porque un día uno de sus líderes religiosos _____ (10) en ese preciso lugar un águila en un cacto devorando una serpiente, y _____ (11) que se cumplía la profecía hecha por un dios. Los aztecas _____ (12) esa capital en 1428. El imperio _____ (13) unido por la fuerza y no por la lealtad; por eso, cuando Cortés _____ (14), algunas ciudades descontentas con los líderes _____ (15) a él en contra del imperio azteca. En el siglo XVI, la sociedad azteca, que _____ (16) con ocho millones de habitantes, _____ (17) más de la mitad de la población ya que muchísimos _____ (18) de viruela, una enfermedad que _____ (19) del Viejo Mundo los españoles. Como ves, durante mi visita a Tenochtitlán _____ (20) mucho sobre los aztecas, y por supuesto, a menudo, le _____ (21) preguntas al guía (¡lo volví loco!).

🌐 *Indígenas hoy día*

¿Lo sabían?

Después de la llegada de los colonizadores españoles, la vida de los indígenas cambió para siempre. Muchos de ellos murieron porque sus cuerpos no resistían las enfermedades extrañas de los europeos. Otros fueron matados por los colonizadores.

La mayoría de los colonizadores eran hombres que llegaban sin familia. Una vez allí, muchos tuvieron hijos con mujeres indígenas. El fruto de esas uniones tan tempranas en la historia poscolombina es el mestizo, que hoy en día forma una comunidad étnica predominante en muchos países hispanoamericanos, tales como Honduras (90%), El Salvador (90%), México (60%) y Colombia (58%).

La época de la colonización terminó cuando los países latinoamericanos se independizaron de España, pero hoy día, el avance de la modernización amenaza con hacer desaparecer las costumbres de los indígenas y es por eso que esa lucha por conservar sus costumbres, culturas y lenguas continúa.

¿Sabes quiénes son Rigoberta Menchú y Evo Morales? ¿Hay personas como ellos en tu país?

76 Fuentes: Conversación y gramática

ACTIVIDAD 7 Los mayas y los incas

Historia de los incas, mayas y aztecas

Parte A: En parejas, Uds. son arqueólogos: uno estudia a los mayas y el otro a los incas. Lea cada uno solamente su información y úsenla para hablarle a su compañero/a.

Los mayas
- habitar la península de Yucatán en el sur de México y en Centroamérica
- comer maíz, tamales, frijoles e insectos
- tener calendario; poder predecir los eclipses del sol y de la luna
- emplear una escritura jeroglífica con más de 700 signos y conocer el concepto del "cero"

Los incas
- vivir en el sur de Colombia, Perú, Bolivia, Ecuador y el norte de Chile y Argentina
- tener una red de caminos excelente
- usar la piedra y el bronce
- hacer telas a mano, cerámica artística
- cultivar la papa y el maíz
- no tener escritura; todo transmitirse por tradición oral

Parte B: Ahora, en grupos de cuatro, hablen de cómo vivían los indígenas de su país antes de que llegaran los europeos.

ACTIVIDAD 8 La vida antes de la tecnología

En grupos de tres, digan por lo menos una o dos cosas que hacía la gente cuando no existían los siguientes inventos. Luego, digan cuáles son las ventajas y desventajas de cada uno.

▶ Cuando no existía el MP3, la gente escuchaba música con grabadoras o estéreos. La calidad de la grabación no era...

1. el televisor
2. el avión
3. el plástico
4. la electricidad
5. la computadora

ACTIVIDAD 9 El barrio de tu infancia

En parejas, describan cómo era su vida y el barrio donde vivían cuando eran niños, usando los temas de la página siguiente como guía. Mientras escuchan sobre la vida de su compañero/a, háganle preguntas para obtener más información y reaccionen usando las expresiones que aparecen al final de la actividad.

▶ —Mi barrio era muy bonito porque tenía muchos árboles y era tranquilo.

—El mío también era tranquilo.

Casa, in this context, means where you lived.

Temas	
barrio	rural, urbano, casas, edificios, tiendas, centros comerciales, parques
amigos	descripción física y personalidad, lugares favoritos para jugar, cosas que hacían juntos
vecinos	descripción de personas interesantes o raras
robos (*thefts*)	muchos, pocos
casa	moderna o vieja, color, número de habitaciones
habitación	número de camas, compartir con un/a hermano/a
pertenencias	cosas favoritas y por qué

Para reaccionar

¡No me digas! / ¿De veras?
Yo también.
Yo tampoco.

El/La mío/a también.
El/La mío/a tampoco.
¡Qué chévere! (Caribe)
¡Qué lástima!

ACTIVIDAD 10 ¿Qué hacían tus padres?

Parte A: Una muchacha mexicana describe cómo era la vida de sus padres cuando tenían la edad que ella tiene ahora. Lee con cuidado la descripción.

Fuente hispana

"Mi mamá trabajaba en una tienda departamental, en el departamento de ropa, y le gustaba salir con sus amigas a caminar por el centro y platicar en las cafeterías. Veía a mi papá solo los fines de semana porque él trabajaba en una ciudad diferente y venía cada fin de semana a ver a sus padres y, por supuesto, a mi mamá. Él era comerciante en esa época y se casaron cuando él tenía 24 años y ella 21. A ellos les gustaba ir de vacaciones a ciudades coloniales como Oaxaca y a la playa en Veracruz o Acapulco. Los fines de semana salían al cine, o días de campo, también iban a conciertos de cantantes de boleros. A mi papá le gusta bailar, pero no a mi mamá, así que raramente iban a clubes nocturnos. Cuando tuvieron a su primera hija, tenían parejas de amigos con hijos pequeños, y salían con ellos porque se mudaron a la ciudad donde trabajaba mi padre y estaban lejos de la familia de ambos." ∎

Parte B: En parejas, describa cada uno la vida de sus propios (*own*) padres usando las siguientes ideas como guía. Luego compárenla con la de los padres de la muchacha mexicana de la Parte A.

- estudiar, dónde trabajar
- con quién/dónde vivir
- tener hijos
- qué hacer en su tiempo libre durante el día, durante la noche
- adónde ir de vacaciones

ACTIVIDAD 11 En el cielo

Unos animales están en el cielo contando cómo murió cada uno. Cada animal trata de impresionar a los otros con su cuento. En grupos de tres, usen la imaginación para completar lo que dijo cada uno y después compartan sus respuestas con la clase.

ACTIVIDAD 12 Una leyenda

Al principio de este capítulo escuchaste una leyenda tolteca sobre el maíz. En grupos de tres, usen la imaginación para crear una leyenda sobre cómo apareció el búfalo en Norteamérica. Utilicen las siguientes ideas como guía.

- quién era el personaje principal de la leyenda
- qué hacía en su vida diaria
- qué quería para su gente
- qué ocurrió un día
- después de crear al búfalo, cómo lo empezaron a utilizar los seres humanos para mejorar su vida

ACTIVIDAD 13   El encuentro

Parte A: Lee lo que dijeron un ecuatoriano y una venezolana sobre los aspectos positivos y negativos del encuentro entre los españoles y las culturas indígenas. Después contesta las preguntas de tu profesor/a.

Fuente hispana

"Uno de los aspectos positivos es que los europeos entendieron que el mundo era más grande, rico y diverso de lo que pensaban; que había personas con una vivencia cultural totalmente diferente de la tradicional europea.

Uno de los aspectos negativos es que esta vivencia sirvió para que la cultura europea se entendiera a sí misma, pero no para entender a las culturas indígenas."

Fuente hispana

"La conquista española trajo como consecuencia que diversas civilizaciones fueran exterminadas; los indígenas tuvieron que someterse al rey español y aprender un nuevo idioma y nuevas costumbres. Pero no todo fue malo, pues de ese encuentro resultó el mestizaje étnico y cultural que existe en Latinoamérica. Aunque tenemos muchos nexos con España, los latinos somos únicos, diferentes, y tenemos así una manera muy particular de ver la vida."

Parte B: En grupos de tres, digan los aspectos positivos y negativos del encuentro entre los europeos que llegaron a este país y las culturas indígenas. Luego compartan sus ideas con el resto de la clase.

II. Describing People and Things

A Descripción física

Emiliano Zapata, mexicano (1879-1919)

- el pómulo
- los bigotes
- la barbilla
- el pelo lacio
- la cara cuadrada
- la mandíbula cuadrada

Zapata luchó en México por las tierras que los ricos les habían confiscado a los campesinos (indígenas y mestizos).

Forma de la cara
ovalada	oval
redonda	round
triangular	triangular

Piel
blanca	light-skinned
morena	dark-skinned
trigueña	olive-skinned

Señas particulares
la barba	beard
la cicatriz	scar
los frenillos	braces
el hoyuelo	dimple
el lunar	beauty mark
las patillas	sideburns
las pecas	freckles
el tatuaje	tattoo
ser peludo/a	to be hairy
tener cuerpo de gimnasio	to be buff
tener brazos fornidos	to have muscular arms

Color de ojos
azules	blue
claros	light colored
color café	brown
color miel	light brown
negros	black
pardos	hazel
verdes	green

Color y tipo de pelo/cabello
tener pelo canoso/castaño/negro
to have gray/brown/black hair

ser pelirrojo/a o rubio/a
to be a redhead or a blond/e

tener permanente
to have a perm

tener pelo lacio (liso)/ondulado/rizado
to have straight/wavy/curly hair

ser calvo/a
to be bald

tener cola de caballo/flequillo/trenza(s)
to have a ponytail/bangs/braid(s)

Capítulo 3

B Personalidad

All of the following adjectives are used with the verb **ser** when describing personality traits.

Cognados obvios		
idealista	paciente	prudente
impulsivo/a	pesimista	realista
optimista		

Otros adjetivos	
acogedor/a	welcoming, warm
atrevido/a	daring (*negative connotation*), nervy
caprichoso/a	capricious; fussy
cariñoso/a	loving, affectionate
celoso/a	jealous
espontáneo/a	spontaneous
holgazán/holgazana / perezoso/a	lazy
juguetón/juguetona	playful
malhumorado/a	moody, ill-humored
orgulloso/a	proud (*negative connotation*)
osado/a	daring (*positive connotation*)
tacaño/a	stingy, cheap
travieso/a	mischievous, naughty

To review other adjectives for describing people, see pp. 8, 9, and 12.

tacaño/a = cheap (unwilling to spend money; describes people)

barato/a = cheap (inexpensive; describes goods and services)

ACTIVIDAD 14 ¿Quién tiene esto?

Parte A: Mira a tus compañeros y escribe el nombre de personas que tienen las siguientes características.

	Nombre		Nombre
pelo lacio y largo	_____	un tatuaje	_____
un lunar en la cara	_____	ojos color café	_____
cara ovalada	_____	pecas	_____
una cicatriz	_____	barba o bigotes	_____
pelo rizado	_____	cola de caballo o trenza(s)	_____

Parte B: En grupos de tres, comparen sus observaciones.

ACTIVIDAD 15 Lo positivo y lo negativo

En grupos de tres, escojan tres adjetivos de las listas de la personalidad y digan qué es lo positivo y lo negativo de poseer esas características.

▶ Si una persona es muy, muy prudente cuando maneja, siempre va a llegar tarde, pero sí llegará porque no va a tener accidentes.

ACTIVIDAD 16 La persona ideal

Parte A: En parejas, describan cómo son físicamente el hombre y la mujer ideales que aparecen en los anuncios comerciales de este país. Mencionen también tres adjetivos que describan su personalidad.

Parte B: Ahora lean las siguientes descripciones que hacen una mexicana y un ecuatoriano sobre la persona ideal. Compárenlas con las descripciones que hicieron Uds.

Fuentes hispanas

"El hombre ideal que aparece en los anuncios comerciales de México es alto (más de 1 metro 75), de complexión atlética (cuerpo de gimnasio), tiene espalda ancha y brazos fornidos (hmmmm); es moreno, por supuesto; de ojos más bien claros, color miel, cabello oscuro y bien peinado. No es muy peludo de la cara; tiene labios gruesos, mandíbula cuadrada, pómulos resaltados y nariz recta. Es serio, pero muy optimista." ▪

"Pues la mujer ideal tiene piel blanca o canela (durante el verano); es delgada, pero con curvas. Mide 1 metro 70. Tiene pelo castaño u oscuro, preferiblemente lacio. La boca es chica, la nariz respingada, los ojos claros y la cara delgada. Es idealista y cariñosa." ▪

1,75m = 5' 7"

pómulos resaltados = high cheekbones

1,70m = 5' 6"

nariz respingada = turned-up nose

ACTIVIDAD 17 ¿Cómo eras de adolescente?

En parejas, descríbanle a la otra persona cómo eran Uds. cuando tenían 14 años. Usen tres adjetivos para describir su personalidad y tres para su físico. Díganle también si en la actualidad tienen o no esas características.

▶ Cuando yo era adolescente, era muy celoso porque..., pero ahora...
   Físicamente, tenía...

ACTIVIDAD 18 Los famosos

Las siguientes son fotos de personas famosas que fueron tomadas cuando eran jóvenes. ¿Quiénes son? En parejas, cada uno seleccione dos de las fotos y después diga cómo eran físicamente esas personas y qué hacían un día típico. Por último, comenten cómo son esas personas ahora y qué hacen.

84 Fuentes: Conversación y gramática

III. Describing

A Ser and *estar* + Adjective

To describe, you can use **ser** and **estar** followed by adjectives. These rules will help you remember when to use which verb.

1. Use **ser** + *adjective* when you are describing the *being*, that is, when you are describing physical, mental, or emotional characteristics you normally associate with a person, or physical characteristics you associate with a thing.

   Pablo **es** tan **alto** como su padre.   Pablo is as tall as his father.

   Su esposa **es** (**una persona**) muy **celosa**. Él no puede ni mirar a otra mujer.   His wife is (a) really jealous (person). He can't even look at another woman.

   Su apartamento **es** (**un lugar**) muy **moderno**.   His apartment is (a) very modern (place).

2. Use **estar** + *adjective* when describing the *condition* or *state of being* [temporary] of a person, place, or thing.

   Nosotros **estábamos cansados** de estar en la playa.   We were tired of being at the beach.

   El agua **estaba muy fría**.   The water was very cold.

   Mi padre siempre **estaba enojado** con alguien de la familia.   My father was always mad at someone in the family.

   > **Siempre** is normally used with **estar**.
   > **Siempre está preocupado/borracho/enfermo**/etc.

3. Adjectives that are normally used with **ser** to describe the characteristics of a person or thing may be used with **estar** to indicate a change of condition.

Being ser + *adjective*	**Change of Condition** estar + *adjective*
Mi marido **es** (**un hombre**) muy **cariñoso**. *My husband is (a) very affectionate (man).*	**Estás** muy **cariñoso** hoy, ¿qué pasa? *You are really affectionate today; what's up?*
El gazpacho **es** una sopa española **fría**. *Gazpacho is a cold Spanish soup.*	Camarero, esta sopa **está fría**. *Waiter, this soup is cold.*

Capítulo 3 85

4. Some adjectives convey different meanings, depending on whether they are used with **ser** or **estar**. Remember that **ser** is used to describe the *being* and **estar** the *condition* or *state of being*.

	Being **ser** + *adjective*	Condition or State of Being (Temporary) **estar** + *adjective*
aburrido/a	boring	bored
bueno/a	good	(tastes) good
despierto/a	alert	awake
listo/a	smart	ready
vivo/a	smart/sharp	alive

La película **era aburrida.**
The movie was boring.

Nosotros **estábamos aburridos.**
We were bored.

Según la maestra, el niño **es muy despierto.**
According to the teacher, the child is very alert.

El niño **está despierto** y quiere jugar.
The child is awake and wants to play.

estar muerto/a = to be dead

ACTIVIDAD 19 Anuncios comerciales

Parte A: Las siguientes oraciones son partes de anuncios comerciales. Complétalas usando **ser** o **estar**.

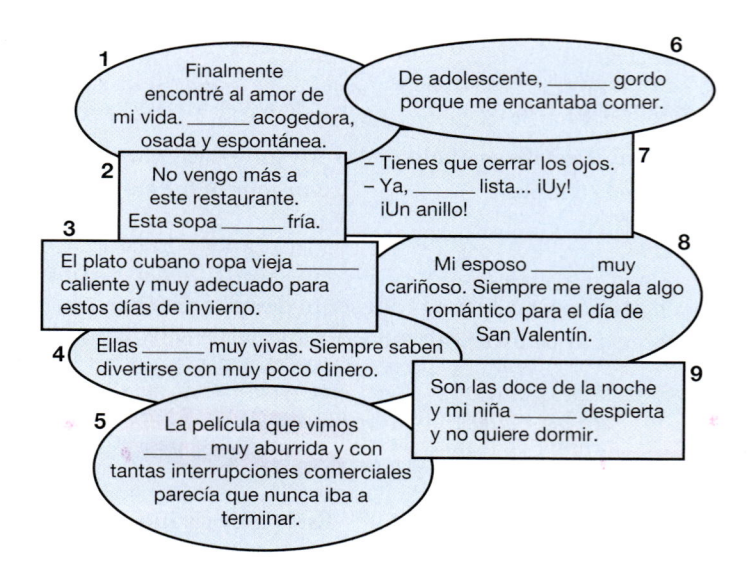

1. Finalmente encontré al amor de mi vida. _____ acogedora, osada y espontánea.
2. No vengo más a este restaurante. Esta sopa _____ fría.
3. El plato cubano ropa vieja _____ caliente y muy adecuado para estos días de invierno.
4. Ellas _____ muy vivas. Siempre saben divertirse con muy poco dinero.
5. La película que vimos _____ muy aburrida y con tantas interrupciones comerciales parecía que nunca iba a terminar.
6. De adolescente, _____ gordo porque me encantaba comer.
7. – Tienes que cerrar los ojos.
   – Ya, _____ lista... ¡Uy! ¡Un anillo!
8. Mi esposo _____ muy cariñoso. Siempre me regala algo romántico para el día de San Valentín.
9. Son las doce de la noche y mi niña _____ despierta y no quiere dormir.

Parte B: En parejas, escojan uno de los anuncios comerciales, imaginen qué ofrece y desarrollen (*develop*) el comercial.

ACTIVIDAD 20 Impresiones equivocadas

En parejas, imaginen que Uds. trabajan para una empresa y por primera vez asisten a una fiesta con sus compañeros de trabajo. Se sorprenden porque algunas personas están mostrando un aspecto de sí mismos que nunca se ve en la oficina. Reaccionen a las descripciones. Sigan el modelo.

▶ Marta Ramos: secretaria; siempre le encuentra el lado positivo a las cosas, pero esta noche no porque su novio está bailando con otra.

Marta es tan..., pero, ¡qué increíble! Esta noche está muy...

1. Jorge Mancebo: jefe de personal; siempre lleva corbata y habla poco; esta noche lleva una cadena de oro; está bailando cumbia con la cocinera.
2. Cristina Salcedo: trabaja en relaciones públicas; siempre habla con todos y escucha sus problemas; esta noche está sentada sola en un rincón mirando al suelo y tomando Coca-Cola.
3. Paulina Huidobro: jefa de producción; nunca sonríe y siempre le ve el lado negativo a todo; esta noche tiene una sonrisa de oreja a oreja y está besando apasionadamente a Juan Gris, el jefe de ventas.

cumbia = baile colombiano

ACTIVIDAD 21 Sus compañeros

En parejas, hablen de la personalidad de tres compañeros de la clase por lo menos y digan cómo creen que se sienten ellos hoy.

▶ Craig es muy cómico e hiperactivo. Hoy está preocupado porque se peleó con su novia.

ACTIVIDAD 22 Un conflicto escolar

En parejas, una persona es el padre o la madre de un niño y la otra persona es el/la maestro/a. Cada persona debe leer solamente las instrucciones para su papel. Al hablar, usen las siguientes expresiones de **Para reaccionar**.

Padre/Madre

Tu hijo de ocho años es muy bueno y obediente. Siempre te dice que el/la maestro/a no lo quiere y lo trata muy mal y por eso recibe malas notas. Estás muy enojado/a y ahora tienes una cita con su maestro/a. Explícale la situación y háblale de la personalidad de tu hijo.

Maestro/a

Eres maestro/a y hay un estudiante de ocho años que tiene muchos problemas de comportamiento (*behavior*) y ahora viene el padre o la madre a hablarte. Explícale cómo es su hijo y cómo se comporta últimamente.

Para reaccionar

Me parece que...	It seems to me that...
Creo que...	I think that...
En mi opinión...	In my opinion...
Es decir...	That is (to say)...
O sea...	
Ud. me dice que...	You are telling me that...

Capítulo 3

B The Past Participle as an Adjective

1. Use **estar** + *past participle* (**participio pasivo**) to indicate the result caused by an action.

Action	Result
Los padres **se preocupaban** porque sus hijos no sacaban buenas notas en la escuela.	**Estaban preocupados.** *They were worried.*
Pablo **pone** la mesa para comer.	La mesa **está puesta.** *The table is set.*

2. The past participle functions as an adjective and agrees in gender and number with the noun it modifies.

   El poll**o** está servid**o**.
   Las cam**as** están hech**as**.

3. Some irregular past participles that are frequently used as adjectives include:

abrir → abierto/a	poner → puesto/a
escribir → escrito/a	resolver → resuelto/a
hacer → hecho/a	romper → roto/a
morir → muerto/a	

To review formation and a more complete list of irregular past participles, see Appendix A, page 365.

ACTIVIDAD 23 En una disco

Parte A: Completa las conversaciones de la página siguiente que escuchas en una disco, usando **estar** + *el participio pasivo* de los siguientes verbos.

- abrir
- descomponerse (*to break down*)
- disponerse (*to get ready*)
- envolver
- hacer
- romper
- vestirse

88 Fuentes: Conversación y gramática

* NO reflexive pronouns w/ past participles!

1 El sistema de sonido de esta disco _____ _____.

Entonces, salgamos de aquí y vamos a tomar algo al café de la esquina.

2 Mira a esas dos muchachas.

Sí, _____ _____ con ropa ridícula.

3 Estoy convencida de que ella es una persona muy cerrada.

¿De veras? Ayer _____ _____ a nuevas ideas.

4 Vamos, abre el regalo.

Pero, ¿qué es? ¿Y por qué _____ _____ en papel de periódico?

5 Hace cinco minutos yo _____ _____ a sacar a bailar a ese chico.

¿Y qué ocurrió? ¿Por qué no bailaron?

6 Perdón, pero creo que necesitas dejar de bailar.

Pero, ¿por qué?

Es que tus pantalones _____ _____.

7 Mira los tatuajes que lleva este hombre y los va a tener para toda la vida.

No te preocupes. _____ _____ con tinta lavable. Después de bañarse, van a desaparecer.

Parte B: En parejas, escojan una de las conversaciones y continúenla.

ACTIVIDAD 24 La escena

La puerta del vecino estaba abierta y Uds. entraron en el apartamento. Describan lo que vieron y saquen conclusiones para explicar qué ocurrió.

Capítulo 3 89

IV. Indicating the Beneficiary of an Action

The Indirect Object

1. In Chapter 1 you saw that a direct object answers the questions *what* or *whom*. An indirect object normally answers the questions *to whom* or *for whom*. In the sentence "I gave a gift to my friend," "a gift" is *what* I gave (direct object), and "my friend" is the person *to whom* I gave the gift (indirect object).

2. If a sentence has an indirect object (**complemento indirecto**), it almost always needs an indirect-object pronoun. As you saw with the verb **gustar**, the indirect-object pronouns are:

me	nos
te	os
le	les

Mi amiga Dolores hace investigaciones en el Amazonas y no tiene teléfono; por eso **le** escribí una carta.	*My friend Dolores is doing research in the Amazon and doesn't have a telephone; that's why I wrote a letter to her.*
Le escribí una carta **a Dolores**.*	*I wrote a letter to Dolores.*
Les compré un regalo **a Marcos y a Ana**.*	*I bought a present for Marcos and Ana.*
Me compraste ese regalo **a mí**, ¿no?*	*You bought that present for me, didn't you?*

*Note: A prepositional phrase introduced by **a** can be used to provide clarity, or simply for emphasis. Here are the pronouns you can use after **a**.

a **mí**	a **nosotros/as**
a **ti**	a **vosotros/as**
a **Ud.**	a **Uds.**
a **ella**	a **ellas**
a **él**	a **ellos**

Use either the indirect-object pronoun or a prepositional phrase introduced by **para,** but not both in the same sentence. **Compré una camisa para mi padre. Le compré una camisa (a mi padre).**

Mí has an accent when it is a prepositional pronoun: **detrás de mí, a mí, para mí,** etc. **Mi** without an accent is a possessive adjective: **Mi madre es peruana.**

90 Fuentes: Conversación y gramática

3. Place indirect-object pronouns:

Before the Conjugated Verb	or	After and Attached to the Infinitive
Le escribí una postal a mi hermano ayer.		XXX
Le había escrito una postal antes de irme de Ecuador.		XXX
Le quiero escribir una postal.	=	Quiero escribir**le** una postal.

Before the Conjugated Verb	or	After and Attached to the Present Participle
Le estoy escribiendo una postal.	=	Estoy escribiéndo**le*** una postal.

*Note the need for an accent. To review accent rules, see Appendix F, pages 374–376.

ACTIVIDAD 25 ¿Quién besó a quién?

En parejas, miren el dibujo y decidan cuáles de las siguientes oraciones describen la escena.

1. Le dio ella un beso a él.
2. Él le dio un beso a ella.
3. Le dio un beso a ella.
4. Le dio un beso ella.
5. Le dio un beso.
6. Le dio un beso él.
7. Ella le dio un beso a él.
8. Le dio él un beso a ella.
9. Le dio un beso a él.
10. A ella le dio un beso.

ACTIVIDAD 26 El regalo

Usa pronombres de complemento indirecto para completar la historia sobre un episodio que le sucedió a un joven chileno durante un viaje.

Hace un mes mi hermano y yo fuimos de vacaciones a Oaxaca, México; una región que tiene hoy día un millón de indígenas. Allí _____ compramos a mis padres un jarrón de cerámica negra, típica de la región, para su aniversario de boda. Pusimos

(*Continúa en la página siguiente.*)

el regalo con mucho cuidado en una caja y lo facturamos (*checked it*) en el aeropuerto. Por desgracia, cuando llegamos a Santiago, nos dimos cuenta de que el jarrón estaba roto. Entonces fuimos directamente a la oficina de reclamos, donde _____ pidieron la queja (*complaint*) por escrito. Yo _____ escribí un mail al gerente de la aerolínea en ese aeropuerto. Poco después, el gerente _____ envió un mail disculpándose por lo que había pasado. Él _____ hizo muchas preguntas sobre el contenido de la caja y su valor en dólares norteamericanos. ¡Qué fastidio! Como yo no _____ pude contestar todas las preguntas, _____ pregunté a mi hermano que siempre lo sabe todo o, por lo menos, cree que lo sabe todo. Luego el gerente _____ ofreció el dinero que habíamos gastado, pero nosotros _____ explicamos enfáticamente que no queríamos el dinero, solo queríamos el recuerdo que _____ habíamos comprado a nuestros padres. A la semana siguiente recibimos otro mail del gerente que nos dejó boquiabiertos y en el que _____ proponía otra idea: _____ daba gratis (a nosotros) dos pasajes a Oaxaca, México, para nuestros padres. Nos fascinó la idea e inmediatamente _____ informamos que aceptábamos su oferta. ¡Valió la pena escribir tantos mails y ser tan perseverantes!

parientes = relatives

ACTIVIDAD 27 Parientes típicos o atípicos

Parte A: En parejas, entrevístense para obtener respuestas a las siguientes preguntas y así averiguar si la otra persona tiene parientes típicos o atípicos.

1. ¿Te regalan ropa pasada de moda o ropa de moda?
2. ¿Te dan mucha comida?
3. ¿Te pellizcaban (*pinched*) la mejilla cuando eras niño/a?
4. ¿Les daban muchos consejos a tus padres sobre cómo educarte cuando eras niño/a?
5. ¿Les ofrecen a otros parientes y a ti trabajos horribles en su compañía o su tienda durante los veranos?
6. ¿Les muestran a Uds. fotos o videos aburridísimos de la familia?
7. ¿Le dicen a la gente cuánto dinero ganan? Si contestas que sí, ¿le mienten sobre la cantidad?
8. Cada vez que te ven, ¿te dan dinero?
9. ¿Les piden dinero a tus padres?
10. ¿Te cuentan historias aburridas sobre su juventud?

padres = parents

Parte B: Ahora, díganle a su compañero/a si tiene una familia típica o atípica y defiendan su opinión.

▶ En mi opinión, tus parientes son atípicos porque te regalan...

ACTIVIDAD 28 ¿Cuándo fue la última vez que...?

Parte A: En parejas, túrnense para preguntarle a la otra persona cuándo fue la última vez que hizo las actividades de la lista de la página siguiente.

▶ A: ¿Cuándo fue la última vez que le compraste flores a una persona?

B: Hace un mes les compré flores a mis padres.

B: Nunca le compro flores a nadie.

A: ¿Por qué les compraste flores?

A: ¿Por qué nunca le compras flores a nadie?

B: Porque era su aniversario.

B: Porque no me gusta regalar flores.

1. darle un beso a alguien
2. hablarles a sus padres sobre su novio/a
3. escribirle una carta de amor a alguien
4. regalarle algo a un/a amigo/a
5. decirle a alguien "te quiero"
6. escribirle un poema a alguien
7. mandarle a alguien una tarjeta virtual cómica o cursi

Parte B: Ahora digan cuándo fue la última vez que alguien les hizo a Uds. las acciones de la Parte A.

▶ Hace cinco meses que alguien me regaló flores. / Mi hermana me regaló flores hace cinco meses. / Nadie me regala flores nunca.

ACTIVIDAD 29 La historia de la Malinche

Parte A: Lee el párrafo sobre un personaje importante de la historia de México y contesta la pregunta que le sigue.

Malinalli es la hija de un noble indígena y sabe hablar maya y también náhuatl, el idioma azteca. Cuando se muere su padre, su madre **la** vende y la compra un grupo de indígenas. Este grupo, a su vez, se la vende a otro grupo de indígenas. Después de la batalla de Tabasco, estos indígenas **le** dan un regalo a Cortés:
5 Malinalli. Él **la** bautiza y **le** pone el nombre de Marina. Aguilar, un español que sabe maya, **le** enseña español. Durante un período de seis años ella se convierte en compañera, intérprete, enfermera y amante de Cortés, y **le** enseña a Cortés a llevarse bien con los indígenas. **Lo** ayuda a formar una alianza con los tlaxcalas, archienemigos de los aztecas, para derrotar el imperio de Moctezuma. Doña
10 Marina, como **la** llaman los conquistadores, es indispensable tanto para los españoles como para los tlaxcalas. El gran conquistador y doña Marina tienen un hijo juntos y Cortés se queda con ella hasta que no **la** necesita más. Luego, doña Marina pasa a ser propiedad de uno de sus capitanes. Después de su separación de Cortés, esta mujer tan importante en la conquista de México pasa a
15 ser anónima. Hoy día se la conoce con el nombre de "la Malinche".

(*Continúa en la página siguiente.*)

¿A quiénes se refieren las palabras en negrita?

a. **la** en la línea 2 _____
b. **le** en la línea 4 _____
c. **la** en la línea 5 _____
d. **le** en la línea 5 _____
e. **le** en la línea 6 _____
f. **le** en la línea 7 _____
g. **lo** en la línea 8 _____
h. **la** en la línea 10 _____
i. **la** en la línea 12 _____

Moctezuma, Hernán Cortés y la Malinche en el mural *La alianza de Cortés*, de Desiderio Hernández Xochitiotzin.

La Malinche

Do the corresponding web activities to review the chapter topics.

Parte B: Es común usar el presente en un relato histórico. Este uso del presente se llama "el presente histórico". En parejas, lean la historia de la Malinche otra vez. Luego cierren el libro y entre los/las dos cuenten la historia usando el pretérito y el imperfecto.

Vocabulario activo

Adverbios de tiempo

a menudo / con frecuencia / frecuentemente *frequently*
mientras *while*
muchas veces *many times*
siempre *always*
todos los días/meses/años *every day/month/year*

Descripción física

Forma y partes de la cara *Shape and parts of the face*
cuadrada *square*
ovalada *oval*
redonda *round*
triangular *triangular*
la barbilla *chin*
la mandíbula *jaw*
el pómulo *cheekbone*

Color de ojos *Eye color*
azules *blue*
claros *light colored*
color café *brown*
color miel *light brown*
negros *black*
pardos *hazel*
verdes *green*

Color y tipo de pelo/cabello *Color and type of hair*
ser calvo/a *to be bald*
ser pelirrojo/a o rubio/a *to be a redhead or a blond/e*
tener cola de caballo/flequillo/trenza(s) *to have a ponytail/bangs/braid(s)*
tener pelo canoso/castaño/negro *to have gray/brown/black hair*
tener pelo lacio (liso)/ondulado/rizado *to have straight/wavy/curly hair*
tener permanente *to have a perm*

Piel *Skin*
blanca *light-skinned*
morena *dark-skinned*
trigueña *olive-skinned*

Señas particulares *Identifying characteristics*
la barba *beard*
los bigotes *mustache*
la cicatriz *scar*
los frenillos *braces*
el hoyuelo *dimple*
el lunar *beauty mark*
las patillas *sideburns*
las pecas *freckles*
el tatuaje *tattoo*
ser peludo/a *to be hairy*
tener cuerpo de gimnasio *to be buff*
tener brazos fornidos *to have muscular arms*

Descripción de la personalidad

acogedor/a *welcoming, warm*
atrevido/a *daring (negative connotation), nervy*
caprichoso/a *capricious; fussy*
cariñoso/a *loving, affectionate*
celoso/a *jealous*
espontáneo/a *spontaneous*
holgazán/holgazana *lazy*
idealista *idealistic*
impulsivo/a *impulsive*
juguetón/juguetona *playful*
malhumorado/a *moody, ill-humored*
optimista *optimistic*
orgulloso/a *proud (negative connotation)*
osado/a *daring (positive connotation)*
paciente *patient*
perezoso/a *lazy*
pesimista *pessimistic*
prudente *prudent*
realista *realistic*
tacaño/a *stingy, cheap*
travieso/a *mischievous, naughty*

Expresiones útiles

descomponerse *to break down*
disponerse *to get ready*
¿A que no saben...? *Bet you don't know...?*
Creo que... / En mi opinión... *I think that..., In my opinion...*
El/La mío/a también. *Mine too.*
El/La mío/a tampoco. *Mine either.*
Es decir... / O sea... *That is (to say)...*
Había una vez... *Once upon a time there was/were...*
Me parece que... *It seems to me that...*
No saben la sorpresa que se llevó cuando... *You wouldn't believe how surprised he/she was when...*
Ud. me dice que... *You are telling me that...*

Más allá

Canción: "La Llorona"

Lila Downs

Nació en 1968 en la región de Oaxaca, México, de madre mixteca y de padre norteamericano. Pasó su adolescencia en los Estados Unidos para luego regresar a México. Cuando su padre murió, ella volvió a los Estados Unidos, donde estudió en la universidad de Minnesota en Minneapolis. Entre las variadas influencias musicales que Downs menciona en su página de Facebook se encuentran Mercedes Sosa, Nina Simone, Celia Cruz, John Coltrane, Billie Holiday, Bob Marley y los Grateful Dead. Lila apareció y cantó varias canciones, incluyendo "La Llorona", en la película *Frida*.

ACTIVIDAD Canción y leyenda

Parte A: Antes de escuchar una canción de la región de Oaxaca, haz lo siguiente.

- Mira el nombre de la canción y busca una palabra que conoces dentro de la palabra principal (es una acción).
- Di si la persona que hace esa acción es un hombre o una mujer.
- Infiere cuál es el tono de la canción.

Parte B: Lee las siguientes ideas y luego, mientras escuchas la canción, marca las opciones correctas.

_____	un hombre le habla a una mujer	_____	una mujer le habla a un hombre
_____	él va a morir porque ella quiere	_____	ella va a morir porque él quiere
_____	él acepta la muerte	_____	ella acepta la muerte
_____	él está muy feo ahora	_____	ella está muy fea ahora
_____	él vio a la mujer	_____	ella vio al hombre
_____	él llevaba ropa elegante	_____	ella llevaba ropa bonita
_____	él siempre va a quererla	_____	ella siempre lo va a querer

Parte C: La canción que escuchaste está basada en una leyenda prehispánica que se refiere a una mujer fantasma que llora por la muerte de sus hijos. Esta leyenda a veces se usa en ciertas regiones de México y en partes de Latinoamérica para asustar a los niños cuando no se portan bien. En grupos de tres, digan si había un personaje mítico que sus padres usaban para asustarlos a Uds. cuando se portaban mal. Digan cómo se llamaba, cómo era físicamente y qué les hacía a los niños.

96 Fuentes: Conversación y gramática

Videofuentes: *Los mayas*

Antes de ver

ACTIVIDAD 1 **Indígenas de Latinoamérica**

Antes de mirar un video sobre un grupo indígena de Latinoamérica, habla sobre la siguiente información.

- grupos indígenas que habitan Latinoamérica
- la zona con que los asocias
- algo sobre sus tradiciones o conocimientos

Mientras ves

ACTIVIDAD 2 **La cultura maya**

Parte A: Mira la primera parte del video sobre la cultura maya, hasta donde empieza a hablar el guía turístico, y busca información sobre los siguientes lugares.

- Mérida
- Tulum
- Chichén Itzá

Chichén Itzá.

Parte B: Lee las siguientes preguntas y luego mira el resto del video para contestarlas.

1. ¿Quién era Kukulkán?
2. ¿Qué ocurre dos veces al año en su templo de Chichén Itzá?
3. Según el guía, ¿cómo desaparecieron los mayas?
4. ¿Cómo son físicamente los mayas?
5. ¿Por qué los jóvenes mayas se sienten avergonzados de ser mayas?

Familia maya.

Después de ver

ACTIVIDAD 3 La revalorización

En las últimas décadas se han empezado a apreciar más las culturas de los pueblos originales de Latinoamérica. En grupos de tres, discutan las siguientes preguntas sobre las culturas indígenas de su país.

1. ¿Qué grupos indígenas existen hoy día en su país?
2. ¿Qué lugares indígenas se pueden visitar? ¿Han estado en alguno de ellos?
3. ¿Conocen a alguien de origen indígena? Si contestan que sí, ¿saben si habla o no el idioma de sus antepasados? Si eres de origen indígena, ¿hablas el idioma de tus antepasados?
4. ¿Qué grupos indígenas conservan su idioma?

Proyecto: La leyenda de La Llorona

La leyenda de La Llorona es de origen prehispánico y, a través de los siglos, han aparecido muchas versiones diferentes de la misma. Casi todas estas versiones mencionan una mujer, unos niños, un hombre y un río. En este proyecto, vas a preparar una presentación de un mínimo de diez páginas de PowerPoint para contar una versión infantil de la leyenda de La Llorona. Necesitas seguir estos pasos:

1. leer en Internet diferentes versiones de la leyenda y escoger una
2. incluir en el cuento
    - cómo era cada uno de los personajes
    - el contexto en el que ocurrió la tragedia
    - cuál fue la tragedia
    - qué ve la gente hoy día que está relacionado con esta leyenda
3. agregar imágenes, efectos especiales y sonidos a tu presentación para que un niño pueda entenderla mejor

CAPÍTULO 4

Llegan los inmigrantes

Escena de mestizaje, Miguel Cabrera. México, 1763.

METAS COMUNICATIVAS

- hablar de la inmigración
- hablar de la historia familiar
- narrar y describir en el pasado (tercera parte)
- expresar sucesos (*events*) pasados con relevancia en el presente
- expresar ideas abstractas y sucesos no intencionales

Entrevista a un artista cubano

Alexandre Arrechea en su estudio de La Habana, Cuba.

por parte de (mi, tu, etc.) padre/madre	on my/your/etc. father's/mother's side
a pesar de que	even though
a la hora de + *infinitive*	when the time comes + infinitive

ACTIVIDAD 1 La influencia de los inmigrantes

Piensa en los diferentes grupos de inmigrantes que hay en este país y dónde se puede ver su influencia. Da ejemplos específicos.

ACTIVIDAD 2 La entrevista

Parte A: Vas a escuchar una entrevista con Alexandre Arrechea, un artista cubano. Mientras escuchas, anota la siguiente información.

1. origen de su familia
2. un ejemplo de influencia africana
3. un ejemplo de racismo

Parte B: Escucha la entrevista otra vez para contestar estas preguntas.

1. ¿Qué tipo de trabajo tuvieron sus antepasados de origen africano?
2. ¿Por qué dice el artista que la influencia africana en la comida cubana está camuflada?
3. ¿A qué se refiere el comentario "Tú no eres negro, eres blanco"?
4. En cuanto a las parejas, ¿hay muchos matrimonios entre blancos y negros?
5. Alex le sugiere a la entrevistadora que visite Cuba. ¿Dónde le recomienda que se quede para entender mejor a la gente?

¿Lo sabían?

Cuando los conquistadores llegaron al continente americano, usaron inicialmente a los indígenas para los trabajos pesados, pero con el tiempo muchos empezaron a morirse de enfermedades que padecían los españoles. Los españoles comenzaron a darse cuenta de que los indígenas también se resistían a servir a los conquistadores. Fue en parte por esa falta de mano de obra que comenzó el tráfico de esclavos de África hacia el Nuevo Mundo. Aunque llegaron esclavos a todo el continente, el 38,2% fue a Brasil, el 7,3% a Cuba y solamente el 4,6% llegó a los Estados Unidos. Hoy día, en Cuba, la influencia africana se encuentra en la música, el baile, la comida y en la cultura en general. Hasta en la religión que practican algunos cubanos, que se llama santería, se ve esta fusión de culturas al combinar a dioses africanos con santos de la religión católica.

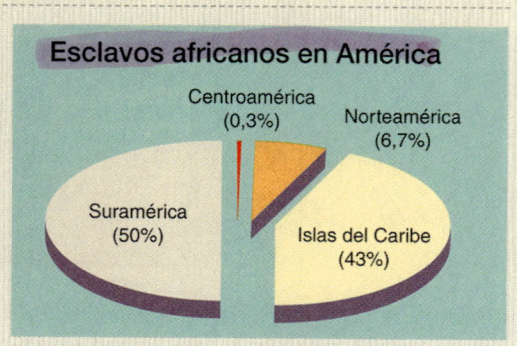

Esclavos africanos en América
- Centroamérica (0,3%)
- Norteamérica (6,7%)
- Suramérica (50%)
- Islas del Caribe (43%)

(Fuente: The African Presence in the Americas 1492–1992, Schomburg Center for Research in Black Culture, The New York Public Library. http://www.si.umich.edu/CHICO/Schomburg/text/migration7big.html.)

¿Qué fusión de culturas se puede observar en tu país?

ACTIVIDAD 3 En los Estados Unidos

En grupos de tres, hablen de los inmigrantes africanos que llegaron a los Estados Unidos. Digan cuándo y por qué llegaron y dónde se ve su influencia hoy día.

I. Discussing Immigration

La inmigración

Pedro Domínguez y sus hermanos; Buenos Aires, Argentina, 1926.

Do the corresponding web activities as you study the chapter.

🍂 Fuente hispana

"Mi madre es argentina y mi abuela también, pero mis **bisabuelos** maternos eran italianos. Mi abuelo materno **emigró** de Casablanca, Marruecos, cuando tenía 18 años. A lo largo de este capítulo voy a contar la historia de la inmigración de mi padre.

Mi padre llegó por barco a Buenos Aires, Argentina, desde España en 1925 cuando tenía dos años. Eran nueve en total: Mi abuelo, mi abuela y sus siete hijos. Todos **eran oriundos de** Cáceres en la región de Extremadura e iban a Argentina a **hacerse la América** y **en busca de nuevos horizontes**, porque la situación en España no era muy buena y América prometía más oportunidades de triunfar. Era una familia **de pocos recursos**, pero llegaron con algo de dinero y mi abuelo **tenía mucha iniciativa**. Él era comerciante en España y cuando llegó a Buenos Aires, abrió una camisería, una tienda donde hacía camisas a medida." ■

argentino

great-grandparents
emigrated

were originally from
to seek success in America; in search of new opportunities (horizons)

low-income
he had a lot of initiative

Capítulo 4 **103**

MUSEO DEL INMIGRANTE

Certificado de arribo a América

ISAAC BENSABAT
de Nacionalidad ESPAÑOLA
procedente de STA. CRUZ DE TENERIFE,
llegó a BUENOS AIRES
el 7 de Junio de 1907
en el buque CAP. VERDE

Sus datos de origen son:
EDAD : 58 años
Estado Civil : CASADO
Profesión : COMERCIANTE
Religión : CATOLICA

La información consignada fue obtenida por el C.E.M.L.A. según los registros de Embarque de inmigrantes de la Dirección Nacional de Población y Migración. No obstante este Certificado no tiene validez para realizar cualquier trámite administrativo, judicial o de otra índole.

Personas	
los antepasados	ancestors
el/la descendiente	descendant
el/la emigrante	
el/la esclavo/a	slave
el/la extranjero/a	foreigner
el/la inmigrante	
el/la mestizo/a	
el/la mulato/a	
el/la pariente lejano/a	distant relative
el/la refugiado/a político/a	political refugee
el/la residente	
el/la tatarabuelo/a	great-great-grandfather/grandmother

Otras palabras relacionadas con la inmigración	
la ascendencia	ancestry
la discriminación, discriminar a alguien	
la emigración	
el extranjero	abroad
hacer algo contra su voluntad	to do something against one's will
hacerse ciudadano/a	to become a citizen
inmigrar, la inmigración	
la libertad	freedom
el orgullo	pride
recibir a alguien con los brazos abiertos	to receive someone with open arms
sentir nostalgia (por)	to be homesick; to feel nostalgic (about)
sentirse rechazado/a	to feel rejected
ser bilingüe/trilingüe/políglota	
ser mano de obra barata	to be cheap labor
ser una persona preparada	to have an education
tener incentivos	
tener prejuicios contra alguien	to be prejudiced against someone
tener título	to have an education/a degree
tener un futuro incierto	to have an uncertain future

104 Fuentes: Conversación y gramática

ACTIVIDAD 4 Definiciones

En parejas, miren las listas de palabras sobre la inmigración de las páginas 103 and 104 y túrnense para definir una palabra o frase sin usarla en su definición. La otra persona debe adivinar qué palabra o frase es.

ACTIVIDAD 5 ¿Quiénes llegaron?

Latinoamérica ha recibido gente de todas partes del mundo. En parejas, una persona debe mirar la tabla A y la otra la tabla B. Luego háganse preguntas para completar su tabla sobre los diferentes inmigrantes que llegaron.

Los inmigrantes

A			
nacionalidad y épocas importantes de emigración	adónde fueron y por qué	condiciones en su país de origen	otros datos
alemanes ¿?	Chile – el gobierno (ofrecerles) tierra	¿?	• (ser) gente preparada como artesanos, (tener) título universitario
chinos 1849-1874	¿?	¿?	• ¿? • (trabajar) bajo condiciones infrahumanas
italianos ¿?	Argentina – (trabajar) en las fábricas y en ¿?	• ¿? • en el norte (haber) interés en hacerse la América	• (haber) dos hombres por cada mujer emigrante
judíos al final del siglo XIX	¿?	• (huir) de la pobreza y el antisemitismo en Rusia	¿?

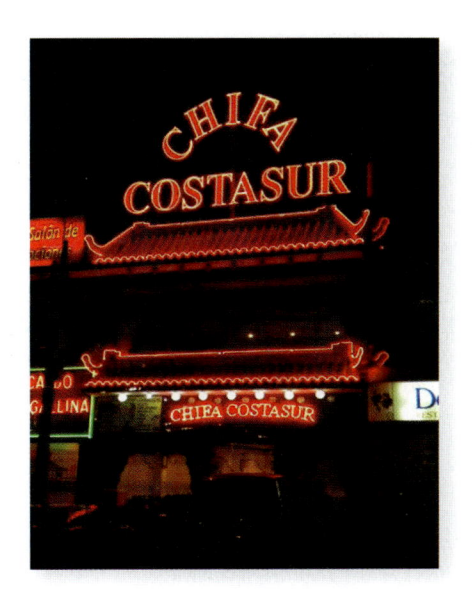

En Perú, hoy día hay restaurantes chinos que se conocen como *chifas*.

B			
nacionalidad y épocas importantes de emigración	**adónde fueron y por qué**	**condiciones en su país de origen**	**otros datos**
alemanes 1846–1851	¿?	(haber) problemas políticos (especialmente para la clase media con ideas liberales) y (haber) una crisis agrícola	¿?
chinos ¿?	Perú – (trabajar)	• (haber) sobrepoblación en China	• ¿? • casi todos (ser) hombres • hoy día 2 millones de peruanos (ser) de sangre china
italianos 1880–1914	Argentina – ¿? y (trabajar) en la agricultura	• en el sur (haber) sobrepoblación y pobreza • ¿?	¿?
judíos ¿?	Argentina – (haber) tolerancia religiosa después de independizarse de España	¿?	• Argentina (ser) hoy el séptimo país del mundo en números de judíos

¿Lo sabían?

En el año 1965, cuando la situación económica en Corea estaba en crisis, algunos ciudadanos coreanos optaron por inmigrar a países como Paraguay y Argentina, que ofrecían incentivos para inmigrantes, y con el tiempo llegaron a tener una posición económica estable. Aunque los hijos de estos inmigrantes asistían a escuelas donde se mezclaban con los niños locales, las familias coreanas vivieron apartadas y muchas nunca se integraron culturalmente. Desafortunadamente, cuando los países receptores entraron en un período económico difícil, algunas personas discriminaron a los coreanos por tener éxito con sus negocios cuando otras personas estaban perdiendo trabajo en el sector industrial. Por eso, algunos de esos inmigrantes decidieron irse del país que en un momento los había recibido con los brazos abiertos.

¿Puedes nombrar casos en la historia de tu país cuando el aumento de xenofobia ha coincidido con una crisis económica?

ACTIVIDAD 6 El mosaico de razas

Parte A: Todos los países tienen inmigrantes de diferentes partes del mundo. En grupos de tres, mencionen cuáles son los principales grupos de inmigrantes que vinieron a este país.

Shakira, colombiana de raíces siriolibanesas, canta con Stevie Wonder antes de la asunción de mando del presidente Obama.

Parte B: Ahora discutan las siguientes ideas sobre los italianos que llegaron a los Estados Unidos.

- cuándo llegaron
- por qué emigraron
- cuál era la situación en su país
- cómo llegaron a los Estados Unidos
- si fueron recibidos con los brazos abiertos
- qué idioma hablaban
- qué educación tenían
- si hubo discriminación una vez que llegaron
- en qué partes del país se establecieron

ACTIVIDAD 7 Un pariente

En parejas, lean otra vez la descripción de Pablo en la sección de vocabulario sobre cómo llegó su padre a Buenos Aires. Luego, cuéntenle a su compañero/a cómo llegó un/a pariente o un/a conocido/a suyo/a a este país.

II. Expressing Past Intentions, Obligations, and Knowledge

Preterit and Imperfect (Part Three)

was going to

1. To express a past plan that did not materialize, use the imperfect of **ir + a + infinitive**. This construction can be used to give excuses.

   Mi bisabuelo **iba a ir** a los EE.UU. en el *Titanic*, pero se enfermó y fue unas semanas más tarde en otro barco.

   My great-grandfather was going to go to the U.S. on the Titanic, *but he got sick and went some weeks later on another ship.*

   Iba a mudarse al norte, pero hacía mucho frío en esa región y por eso no fue.

   He was going to move to the north, but it was very cold in that region and that's why he didn't go.

2. Because the imperfect and the preterit express different aspects of the past, they may convey different meanings with certain verbs when translated into English. In these cases, the imperfect emphasizes the ongoing nature of the state, while the preterit emphasizes the onset or end of an action. These verbs or verb phrases include:

	Imperfect (ongoing state)	**Preterit (action)**
conocer (a + *person*)	knew (someone or some place)	met for the first time / began to know (someone or some place)
saber (+ *information*)	knew (something)	found out (something)
no querer (+ *infinitive*)	didn't want (to do something)	refused and didn't (do something)
no poder (+ *infinitive*)	was/were not able (to do something)	was/were not able and didn't (do something)
tener que (+ *infinitive*)	had to / was supposed to (do something), but didn't necessarily do it	had to and did (do something)

108 Fuentes: Conversación y gramática

Josef Hausdorf **no podía** vivir más en su país y por eso emigró con su familia a Chile.	Josef Hausdorf couldn't live in his country any more so he emigrated with his family to Chile.
Su hijo Hans **no quería** irse a Chile porque no **conocía** a nadie allá.	His son Hans didn't want to go to Chile because he didn't know anyone over there.
Hans **tenía que** despedirse de su mejor amigo Fritz, pero fue a su casa y no estaba.	Hans had to say good-by to his best friend Fritz, but he went to his house and he wasn't there.
Al final **no pudo** verlo, así que le escribió una carta donde **no quiso** decirle "adiós", sino "hasta luego".	In the end he wasn't able (didn't manage) to see him, so he wrote him a letter in which he refused to say "good-by" but rather "until later".
Al llegar al puerto, Hans **supo** que había otros niños en el barco a Chile.	When he arrived at the port, Hans found out there were other kids on the ship to Chile.
Conoció a quince niños la primera noche y para el segundo día ya **sabía** todos los nombres.	He met fifteen kids the first night and by the second day he already knew all their names.

ACTIVIDAD 8 Miniconversaciones

Parte A: Diferentes personas en la cafetería de la universidad hablan del fin de semana pasado. Completa las conversaciones con el pretérito o el imperfecto de los verbos indicados. Lee cada conversación antes de decidir qué forma del verbo usar.

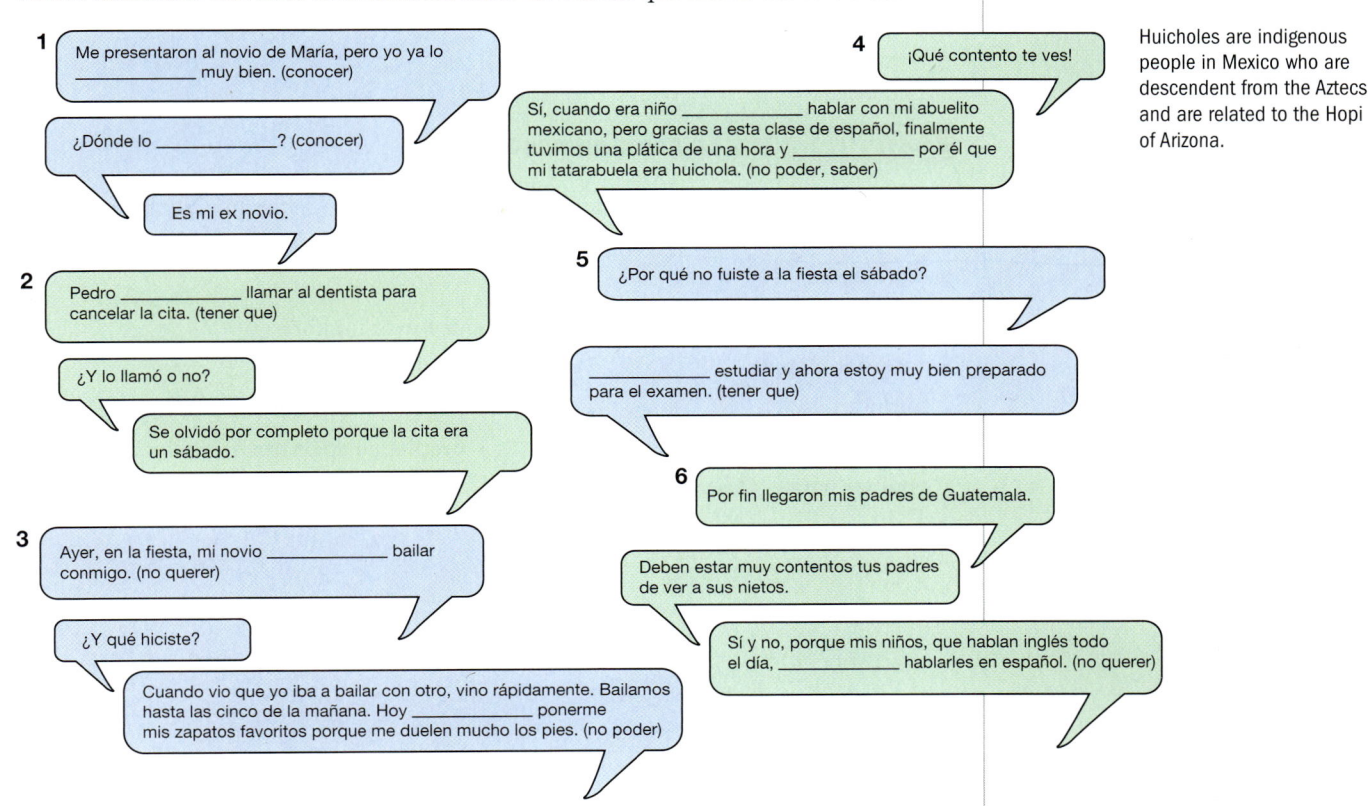

1
— Me presentaron al novio de María, pero yo ya lo _____ muy bien. (conocer)
— ¿Dónde lo _____? (conocer)
— Es mi ex novio.

2
— Pedro _____ llamar al dentista para cancelar la cita. (tener que)
— ¿Y lo llamó o no?
— Se olvidó por completo porque la cita era un sábado.

3
— Ayer, en la fiesta, mi novio _____ bailar conmigo. (no querer)
— ¿Y qué hiciste?
— Cuando vio que yo iba a bailar con otro, vino rápidamente. Bailamos hasta las cinco de la mañana. Hoy _____ ponerme mis zapatos favoritos porque me duelen mucho los pies. (no poder)

4
— ¡Qué contento te ves!
— Sí, cuando era niño _____ hablar con mi abuelito mexicano, pero gracias a esta clase de español, finalmente tuvimos una plática de una hora y _____ por él que mi tatarabuela era huichola. (no poder, saber)

5
— ¿Por qué no fuiste a la fiesta el sábado?
— _____ estudiar y ahora estoy muy bien preparado para el examen. (tener que)

6
— Por fin llegaron mis padres de Guatemala.
— Deben estar muy contentos tus padres de ver a sus nietos.
— Sí y no, porque mis niños, que hablan inglés todo el día, _____ hablarles en español. (no querer)

Huicholes are indigenous people in Mexico who are descendent from the Aztecs and are related to the Hopi of Arizona.

Parte B: En parejas, escojan una de las conversaciones y continúenla. Mantengan una conversación por lo menos de diez líneas usando el pretérito y el imperfecto dentro de lo posible.

ACTIVIDAD 9 Tenía todas las buenas intenciones

Ayer tus amigos y tú iban a hacer muchas cosas, pero todos tuvieron diferentes problemas. Usa la siguiente información para decir cuáles eran sus intenciones, por qué no las llevaron a cabo y qué hicieron después.

▶ Paul y yo íbamos a esquiar en el lago, pero no pudimos prender el motor del bote y por eso nos quedamos allí tomando el sol y nadando un poco.

A Intenciones
1. hacer un picnic
2. ir a una fiesta
3. comprar el libro de trigonometría
4. estudiar para el examen
5. jugar un partido de tenis
6. sacar un libro de la biblioteca
7. pagar la cuenta de la luz por Internet

B Problemas
no tener conexión
llover
estar cansados
invitarte a una fiesta
no haber más en la librería
no tener el carnet de estudiante
quedarse dormidos

C

¿Qué ocurrió después?

ACTIVIDAD 10 La semana pasada

En parejas, digan tres cosas que tenían que hacer y que no hicieron la semana pasada y por qué. Luego digan tres cosas que sí tuvieron que hacer. Piensen en cosas como las siguientes.

- dejar una clase
- hacer fotocopias
- comprar...
- llamar a sus padres / un/a amigo/a
- estudiar para la clase de...
- devolver un libro
- mandarle un mail a...
- pagar la cuenta de luz/gas/etc.
- limpiar su apartamento/habitación
- empezar a escribir un trabajo

110 Fuentes: Conversación y gramática

Más allá

🎵 Canción: "Papeles mojados"

Lamari

María del Mar Rodríguez o Lamari, como se la conoce, nació en 1975 en Málaga, una ciudad en el sur de España, en la región donde se encuentran las raíces de la música flamenca. Esta cantante y compositora es la voz del conjunto Chambao. Su estilo de música, conocido como *flamenco chill*, combina ritmos del flamenco con música electrónica. Según Lamari, "En la música no existen fronteras, ni barreras, ni razas, ni religiones" y es por eso que sigue experimentando y evolucionando. Como compositora, Lamari busca inspiración en todas partes del mundo, pero su música mantiene una conexión fuerte con el flamenco de su ciudad natal.

ACTIVIDAD Sin la documentación

Parte A: España es uno de los países de Europa que hoy día tiene que enfrentarse al tema de los indocumentados. Antes de escuchar la canción, di de dónde crees que llega a ese país el principal grupo de inmigrantes y cómo llega.

1. **principal grupo de inmigrantes**
    a. de Portugal
    b. del norte de África
    c. del sur de Francia
2. **cómo llega**
    a. a pie
    b. por barco
    c. por avión

Parte B: Ahora que sabes de dónde viene y cómo llega este grupo de inmigrantes, trata de explicar a qué hace referencia el nombre de la canción.

Parte C: Mientras escuchas la canción, marca las respuestas a las siguientes preguntas.

1. ¿Cómo se refiere la cantante a estas personas que emigran?
    a. refugiados políticos
    b. buena gente
    c. gente de poca educación
2. ¿Qué ocurre con muchos indocumentados?
    a. llegan y se integran
    b. llegan, pero luego se regresan
    c. no llegan porque mueren
3. Se personifica al mar en la canción. ¿Qué hace el mar?
    a. canta
    b. llora
    c. grita

(Continúa en la página siguiente.)

Capítulo 4 125

4. ¿Qué nos quiere mostrar la cantante?
   a. lo difícil que es decidir abandonar su país natal
   b. lo peligroso que es hacer el viaje para emigrar
   c. lo duro que es integrarse a otra cultura

Parte D: En grupos de tres, mencionen por los menos dos grupos de indocumentados que llegan a este país, y digan de dónde vienen, cómo llegan y qué peligros encuentran en el camino.

Videofuentes: *La legendaria Celia Cruz*

Antes de ver

ACTIVIDAD 1 Los famosos

Antes de ver un video sobre Celia Cruz, di cuántas personas de la primera lista conoces y si tienes música de algunas de ellas. Luego, en grupos de tres, discutan la lista de ideas de la segunda columna.

Elvis Presley
Billie Holiday
Jerry García
Jim Morrison
Ella Fitzgerald
Judy Garland
Bill Haley
Barry White
Frank Sinatra
John Lennon

- qué hicieron estas personas
- por qué fueron una leyenda en vida o después de su muerte
- qué talento tenían
- cómo se vestían para el escenario
- cuáles fueron sus innovaciones
- edad de la gente que los escuchaba
- qué aspectos tenían en común con otras personas famosas

La negra tiene tumbao = The black woman's got style

"La negra tiene tumbao", de Celia Cruz, ganó un Grammy Latino.

126 Fuentes: Conversación y gramática

Mientras ves

ACTIVIDAD 2 Su vida

▶ **Parte A:** Ahora mira el primer segmento del video hasta donde la reportera pregunta quién es Celia Cruz. Mientras miras el video, piensa en la siguiente información para después comentarla.

1. ritmos que influyeron en la salsa
2. año en que nació Celia Cruz
3. edad que tenía cuando llegó a los Estados Unidos
4. premios que recibió
5. año en que murió
6. lugar del funeral
7. bandera que llevaba el ataúd (*casket*)
8. lugares donde era famosa

▶ **Parte B:** Primero, lee las siguientes preguntas y después mira el resto del video para buscar las respuestas.

1. ¿Sabía hablar inglés?
    a. sí
    b. no
2. ¿Qué edad tenía el público que escuchaba a la cantante?
    a. 18–30 años
    b. 30–50 años
    c. mayores de 50 años
    d. gente de todas las edades
3. ¿Qué crees que hacía ella para mantener la atención de este público? (Marca todas las respuestas posibles.)
    a. Cantaba diferentes tipos de música.
    b. Se cambiaba el color del pelo con frecuencia.
    c. Sonreía mucho.
    d. Se vestía de maneras divertidas.
    e. Era optimista siempre.
    f. Bailaba mientras cantaba.
4. ¿Cómo se sentía respecto a su país natal?
    a. Nunca quería volver.
    b. Estaba enojada.
    c. Sentía nostalgia.
5. ¿Qué gritan al final los cantantes que le rinden homenaje (*pay homage*)?
    a. ¡Viva Celia!
    b. ¡Azúcar!
    c. ¡Rumba!

Después de ver

ACTIVIDAD 3 El funeral

Parte A: Lee la descripción del funeral de Celia Cruz y contesta las preguntas de tu profesor/a.

> Celia Cruz murió el 16 de julio de 2003 en su casa de Nueva Jersey. Después de su muerte, el cuerpo de la cantante fue trasladado a Miami para un velorio al que asistieron más de cien mil personas. En Nueva York, otras cien mil personas, incluyendo a políticos como Hillary Clinton y Charles Rangle, también le rindieron homenaje.
>
> El funeral de Celia Cruz se realizó en la catedral de San Patricio de Nueva York, donde asistieron actores y cantantes, tales como Antonio Banderas, Jon Secada, y Gloria y Emilio Estefan. El alcalde de Nueva York, Michael Bloomberg, acompañaba al marido de Celia al entrar en la catedral y Patti LaBelle cantó el Ave María durante la ceremonia. Se enterró a la cantante en el cementerio del Bronx, como era su deseo, ya que quería estar en ese barrio entre los latinos y los negros. Allí se encuentran personalidades famosas, como Miles Davis, Irving Berlin y Duke Ellington.

Parte B: En grupos de tres o cuatro, imaginen que la semana pasada murió un/a artista muy famoso/a. Decidan quién era e incluyan la siguiente información para describir el funeral.

- de qué o cómo murió
- dónde fue y quiénes asistieron
- quiénes hablaron y cantaron
- qué hacían sus admiradores mientras el ataúd pasaba por la calle
- dónde se enterró a la persona

Película: *Al otro lado*

Drama: México, 2005
Director: Gustavo Loza
Guion: Gustavo Loza
Clasificación moral: No apta para menores de 13 años
Reparto: Carmen Maura, Silke, Jorge Miló, Adrián Alonso, Nauofal Azzouz, Sanâa Alaoui, Nuria Badih, Ronny Bandomo, Susana González, más...
Sinopsis: Un niño cubano, otro mexicano y una niña marroquí enfrentan cada uno los problemas de la migración cuando un ser querido se va. Cada uno de estos niños echa de menos a su padre, que está "al otro lado". Este amor entre padres e hijos es universal y no tiene límites aun cuando uno de ellos está ausente. Cada niño reacciona de manera distinta al tratar de mejorar sus circunstancias.

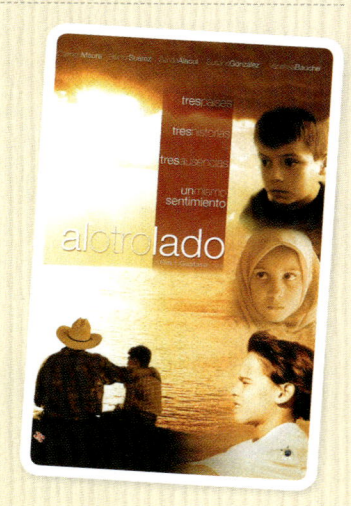

ACTIVIDAD **Familias separadas**

Parte A: La película *Al otro lado* presenta el tema migratorio y lo que ocurre cuando las fronteras separan a los hijos de sus padres. El caso de Elián González en los Estados Unidos fue un caso relacionado con el tema migratorio. Busca información en Internet para contestar las siguientes preguntas sobre ese caso.

1. ¿Con quiénes y de qué país salió Elián González? ¿Adónde iban ellos?
2. ¿Cuántos años tenía el niño?
3. ¿En qué viajaron? ¿Qué ocurrió durante el viaje? ¿Quiénes y dónde encontraron a Elián y a las otras dos personas?
4. ¿Con quiénes vivió el niño al llegar a los Estados Unidos?
5. ¿Dónde estaba su padre? ¿Sabía que su hijo iba a ir a otro país? ¿Cómo supo dónde estaba su hijo?
6. Al final, ¿qué pasó? ¿Quiénes estaban contentos y quiénes no?
7. ¿Dónde está hoy día Elián y cuántos años tiene?

Parte B: Ahora ve al sitio de Internet del libro de texto y haz las actividades que allí se presentan.

CAPÍTULO 5

Los Estados Unidos: Sabrosa fusión de culturas

Taco coreano, un ejemplo de fusión de culturas en Los Ángeles.

METAS COMUNICATIVAS

- influir, sugerir, persuadir y aconsejar
- dar órdenes directas e indirectas
- hablar de hábitos alimenticios
- informar y dar instrucciones

En esta mesa se habla español

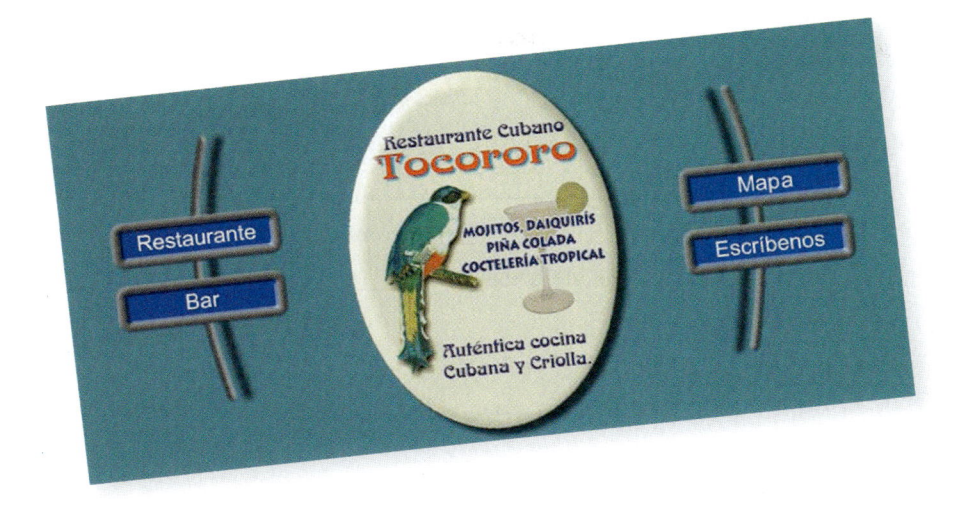

tener ganas de + *infinitive*	to feel like + *-ing*
¿Acaso no sabías?	But, didn't you know?
dar cátedra	to lecture someone (on some topic)
... y punto.	. . . and that's that.

catedrático/a = university professor

ACTIVIDAD 1 La comida y su origen

Parte A: Una familia está en los Estados Unidos almorzando en un restaurante hispano. Antes de escuchar su conversación, nombra platos típicos que conoces de España, México y Cuba. También nombra tipos de música que asocias con esos países.

Parte B: Ahora, mientras escuchas la conversación, marca los adjetivos que describan la conversación y luego, di qué problema tiene el niño con la comida.

_____	agresiva	_____	informativa
_____	estimulante	_____	romántica
_____	graciosa	_____	tensa
_____	inesperada	_____	tranquila

Capítulo 5 **131**

🌐 Lo afrocubano 🔊

ACTIVIDAD 2 En el restaurante

Lee las siguientes oraciones y complétalas mientras escuchas la conversación otra vez.

1. La familia pidió _____, _____ y _____ para comer.
2. Estos platos son de _____. (país)
3. El niño no quiere hablar _____. (idioma)
4. Hay un señor que está bailando _____ y no es buen bailarín.
5. El plátano es original de _____. (continente)
6. Los españoles llevaron el plátano al Caribe desde _____ (lugar) en _____. (año)
7. Los padres quieren que el niño ponga _____ en la mesa.
8. Según el niño, el plátano viene de _____.

🌐 El Tratado de Guadalupe Hidalgo

¿Lo sabían?

Por más de dos siglos, los españoles exploraron y ocuparon gran parte del territorio de lo que hoy son los Estados Unidos, especialmente la Florida y la región del suroeste. Entre 1810 y 1821, perdieron sus posesiones en Norteamérica. México logró su independencia de España en 1821 y luego, en 1848, por el Tratado de Guadalupe Hidalgo, le cedió a los Estados Unidos lo que hoy es conocido como el "Southwest". Los norteamericanos se encontraron allí con una población ya establecida que no hablaba inglés y que se integró a la cultura estadounidense a través de las sucesivas generaciones. Algunos de sus descendientes conservaron su lengua y sus tradiciones.

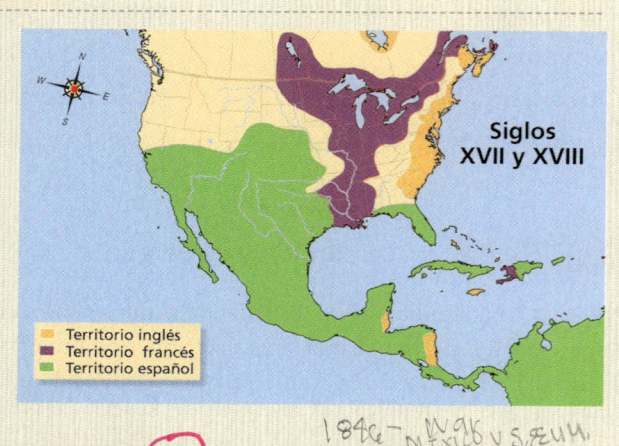

Hoy hay más de 45.000.000 de hispanos en los EE.UU., muchos de los cuales hablan solo inglés, otros solo español y otros son bilingües. Debido a que se encuentran rodeados de inglés, es común oír a hispanos alternar entre los dos idiomas dentro de una misma conversación, a veces sin darse cuenta.

¿Qué palabras del español usas al hablar inglés?

Siglos XVII y XVIII

Territorio inglés
Territorio francés
Territorio español

Es típico que a todo inmigrante adulto de primera generación le cueste aprender un idioma. Los hispanos de segunda y subsiguientes generaciones hablan bien inglés, pero empiezan a perder el idioma de sus padres y abuelos. Esto suele ocurrir también con otros grupos de inmigrantes (italianos, chinos, alemanes, etc.).

132 Fuentes: Conversación y gramática

ACTIVIDAD 3 La influencia culinaria

Parte A: En grupos de tres, intenten decir cuáles de estos alimentos conocían los indígenas del continente americano antes de 1492 y cuáles conocían los europeos. Si no están seguros, traten de adivinar. Sigan el modelo.

▶ Antes de 1492 los europeos ya conocían..., pero los indígenas no lo/la/los conocían.

1. la papa
2. los productos lácteos (*dairy*)
3. el tomate
4. el chocolate
5. el chile
6. el trigo (*wheat*)
7. el maíz
8. el azúcar

La comida hispana: Recetas

Se ofrecen productos de variado origen étnico en los EE.UU.

Parte B: Después de comparar sus respuestas con el resto de la clase, digan cómo influyeron estos productos en la dieta italiana, irlandesa y mexicana.

▶ En México, usan el queso (producto lácteo) para preparar chiles rellenos.

ACTIVIDAD 4 Las implicaciones

En la conversación que escuchaste, la mujer le dice al niño que el plátano está delicioso. Dado el contexto, lo que el mensaje probablemente implica es "Debes comértelo". Hay muchas maneras de influir sobre la forma de actuar de otra persona. Por ejemplo: si eres una persona muy perezosa y hay una ventana abierta y tienes frío, puedes decir frases directas e indirectas para lograr que otra persona se levante y cierre la ventana.

Directas	Indirectas
Por favor, ¿podrías cerrar la ventana?	¿No tienes frío? Te vas a enfermar.
Debes cerrar las ventanas cuando hace frío.	¿De dónde viene esa corriente de aire?
Tienes que cerrar la ventana... hace frío.	¡Qué frío!

En parejas, formen oraciones que muestren maneras directas e indirectas para lograr que otra persona haga estas acciones.

- preparar café
- sacar a pasear al perro
- lavar los platos
- no cambiar de canal de televisión constantemente

Capítulo 5 133

I. Influencing, Suggesting, Persuading, and Advising

A The Present Subjunctive

In Spanish, the indicative (**el indicativo**) and the subjunctive (**el subjuntivo**) are two verbal moods. So far in this text, you have been using the indicative mood in asking questions, stating facts, and describing. The subjunctive mood can be used in sentences that express influence, doubt, emotion, and possibility. This chapter will focus on the use of the subjunctive to express influence and give advice.

1. The present subjunctive endings are as follows.

	hablar			**comer**			**salir**	
que	hable	hablemos	que	coma	comamos	que	salga	salgamos
	hables	habléis		comas	comáis		salgas	salgáis
	hable	hablen		coma	coman		salga	salgan

To review the formation of the present subjunctive, see Appendix A, pages 361–362.

2. Compare the following columns and notice how you use the subjunctive to express influence or advice in a personal way, and the infinitive to merely express a person's own preferences.

Influencing or advising others	Stating one's own preferences
Verb of influence or advice + **que** + subjunctive	Verb of preference + *infinitive*
(Yo) Quiero que (Uds.) vengan mañana. *I want you to come tomorrow.*	**Quiero venir** mañana. *I want to come tomorrow.*
Ellos prefieren que Marc Anthony cante salsa. *They prefer that Marc Anthony sing salsa.*	**Ellos prefieren cantar** salsa. *They prefer to sing salsa.*

All the sentences in the first column contain two clauses, each with its own verb. For example, in the first sentence **(Yo) Quiero** is an independent clause and can stand on its own because it is a complete sentence. On the other hand, **que (Uds.) vengan mañana** is a dependent clause that is a phrase and cannot, therefore, stand on its own.

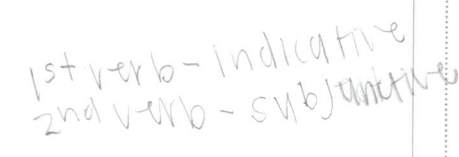

Do the corresponding web activities as you study the chapter.

3. Use these verbs to express influence or give advice.

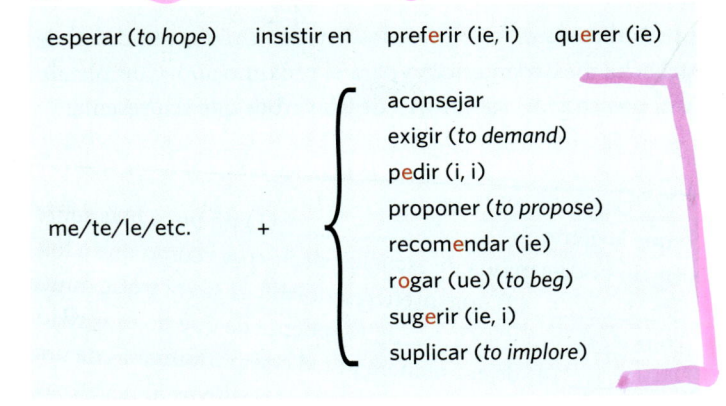

esperar (*to hope*)   insistir en   preferir (ie, i)   querer (ie)

me/te/le/etc. + {
- aconsejar
- exigir (*to demand*)
- pedir (i, i)
- proponer (*to propose*)
- recomendar (ie)
- rogar (ue) (*to beg*)
- sugerir (ie, i)
- suplicar (*to implore*)
}

Me aconsejan que pruebe el plátano frito.* *They advise me to try the fried plantain.*

Les rogamos que bajen la música.* *We beg them to lower the music.*

*Note: The indirect-object pronouns (**me, te, le,** etc.) refer to the person being advised/begged/etc. and not to the person doing the advising/begging/etc.

4. Compare the following columns. Notice how you can also use the subjunctive to express influence or advice in an impersonal way to a specific person, and the infinitive to express advice or influence to no one in particular.

Impersonal advice to a specific person	**Impersonal advice to no one specific**
Impersonal expression of influence or advice + *que* + *subjunctive*	Impersonal expression of influence or advice + *infinitive*
Es preferible que (Uds.) preparen las papas ahora. *It's preferable that you prepare the potatoes now.*	**Es preferible preparar las papas** ahora. *It's preferable to prepare the potatoes now.*
Es mejor que (tú) vuelvas mañana. *It's better that you return tomorrow.*	**Es mejor volver** mañana. *It's better to return tomorrow.*

5. Use the following impersonal expressions in the affirmative or the negative to express influence in an impersonal way.

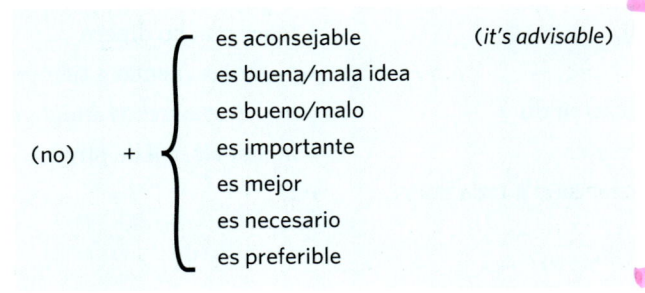

(no) + {
- es aconsejable   (*it's advisable*)
- es buena/mala idea
- es bueno/malo
- es importante
- es mejor
- es necesario
- es preferible
}

Es buena idea que pongamos la mesa. *It's a good idea that we set the table.*

Es importante que tengan todo listo. *It's important that you have everything ready.*

Capítulo 5   135

ACTIVIDAD 5 Un deseo

Parte A: Un periódico de un pueblo de los Estados Unidos publicó el deseo que tiene una muchacha mexicoamericana para el próximo año. Complétalo usando el infinitivo o el presente del subjuntivo de los verbos que se presentan.

aprender

trabajar

darse

generalizar

hacer

entender

saber

buscar

saber

entender

Mi deseo es muy simple: Espero que la gente _____ (1) un poco más sobre quiénes somos los hispanos. Estoy un poco cansada de escuchar decir cosas como que a los hispanos no les gusta _____ (2), que prefieren dormir la siesta y que nunca son puntuales. Es necesario que la gente _____ (3) cuenta de que no es verdad y que no es bueno _____ (4) de esa manera por el comportamiento de unos pocos. Prefiero que nadie _____ (5) comentarios ni positivos ni negativos. Es importante _____ (6) que los hispanos somos muy variados ya que no todos hablamos español y, si hablamos español, no todos somos de España. También es importante que los americanos _sepan_ (7) que no todos somos católicos y que no todos comemos arroz con frijoles. Les recomiendo que _busquen_ (8) en Internet información sobre quiénes somos los hispanos, pues es importante _saber_ (9) con quién compartimos nuestro día a día. Un guatemalteco y un chileno tienen tantas diferencias como un estadounidense y un inglés. Pero lo más importante es que quiero que _entendamos_ (10) que somos tan americanos como el resto del país. Ese es mi deseo para el próximo año.

Parte B: En grupos de tres, mencionen los estereotipos que existen en los Estados Unidos sobre diferentes grupos (hombres blancos, mujeres asiáticas, rubias, deportistas, etc.). Expliquen si alguna vez alguien ha hecho comentarios de este tipo sobre Uds. y qué quieren Uds. que sepa la gente que hace esa clase de comentarios.

ACTIVIDAD 6 El compañero de cuarto

En parejas, díganle a la otra persona qué cualidades son importantes y qué cualidades no son importantes en un/a compañero/a de cuarto o apartamento.

▶ Para mí, es importante que mi compañero/a no ponga música a todo volumen.

- ser ordenado/a
- saber cocinar
- no fumar
- no hacer mucho ruido
- ser hombre/mujer
- no mirar la televisión a toda hora

- no usar mis cosas sin permiso
- tener mucho dinero
- pagar las cuentas a tiempo
- no llevar muchos amigos a casa
- no hablar mal de otros
- ¿?

136 Fuentes: Conversación y gramática

ACTIVIDAD 7 Choque de culturas

El show de Silvina, similar al show de Oprah Winfrey, pero para hispanos en los Estados Unidos, presenta hoy un programa que se llama "Padres hispanos, hijos rebeldes". Lean los siguientes comentarios típicos de padres e hijos.

Comentarios de los padres	Comentarios de los hijos
"Mi hija es una rebelde. Nunca llega a casa a la hora que le digo."	"Mamá no habla inglés bien."
"Mi hijo siempre lleva la misma gorra (*cap*). Nunca se la quita."	"Me molesta hablar español en público."
"Ahora anda con unos que no respetan a los mayores."	"A los 18 años me voy a ir de la casa."

En parejas, imaginen que Uds. son psicólogos invitados al programa. Deben pensar en los comentarios y preparar por lo menos tres consejos para darles a padres e hijos hispanos.

▶ Es importante que Uds. aprendan a escuchar a la otra persona.

▶ Les recomiendo que conozcan a los amigos de sus hijos.

ACTIVIDAD 8 "Sí, se puede"

Parte A: Lee esta biografía de Dolores Huerta y cámbiala al pasado usando el pretérito y el imperfecto.

Dolores Huerta

Nace en Nuevo México en 1930. Cuando deja la casa de sus padres, se muda con su madre, dos hermanos y su abuelo a Stockton, California, donde tiene parientes. Puesto que su madre tiene un restaurante y un hotel, puede vivir con cierta comodidad. Después de su primer matrimonio, durante el cual nacen dos hijas, obtiene un título universitario. Después de la Segunda Guerra Mundial, participa en un grupo que se dedica a inscribir a la gente para votar y organiza clases de ciudadanía; finalmente termina trabajando como la mano derecha de César Chávez en la organización y administración del sindicato de trabajadores agrícolas *United Farm Workers* y, cuando muere Chávez, la nombran presidenta del sindicato. Hoy día es la presidente de la Fundación Dolores Huerta y sigue con su trabajo de defensora de los derechos del campesino y de la mujer.

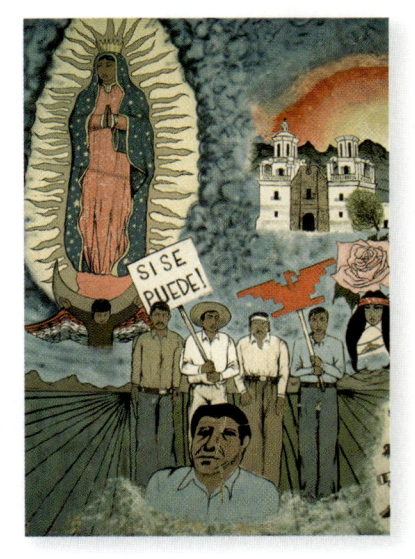

Mural en Tucson, Arizona.

Parte B: Muchas personas que trabajan en los campos agrícolas de los Estados Unidos van de granja en granja. Sus niños muchas veces viajan con ellos y van de escuela en escuela. Formen oraciones con las siguientes frases para hacer una lista de medidas que organizaciones como *United Farm Workers* esperan que los dueños de las granjas tomen.

Vocabulario activo

Verbos de influencia
aconsejar to advise
esperar to hope
exigir to demand
insistir en to insist
pedir (i, i) to ask (for)
preferir (ie, i) to prefer
proponer to propose
querer (ie) to want
recomendar (ie) to recommend
rogar (ue) to beg
sugerir (ie, i) to suggest
suplicar to implore

Expresiones impersonales para expresar influencia
es aconsejable it's advisable
es buena/mala idea it's a good/bad idea
es bueno/malo it's good/bad
es importante it's important
es mejor it's better
es necesario it's necessary
es preferible it's preferable

La comida

Carnes Meat
el cerdo pork
el cochinillo roast suckling pig
el cordero lamb
el solomillo filet mignon
la ternera veal

Pescado Fish
las anchoas anchovies
el atún tuna
el lenguado sole
la merluza hake
las sardinas sardines

Mariscos Seafood
los calamares calamari, squid
los camarones/las gambas (Spain) shrimp
los langostinos prawns
los mejillones mussels
las ostras oysters

Fruta Fruit
el aguacate avocado
el durazno/melocotón (Spain) peach
la manzana apple
la naranja orange
la pera pear
la piña pineapple
el plátano banana; plantain
la sandía watermelon

Verduras Vegetables
la berenjena eggplant
el brócoli broccoli
la cebolla onion
la lechuga lettuce
el maíz corn
la papa/patata (Spain) potato
el pepino cucumber
el pimiento (verde/rojo) (green/red) pepper
el tomate tomato
la zanahoria carrot

Legumbres Legumes
las arvejas/los guisantes (Spain) peas
los frijoles beans
los garbanzos garbanzos (chick peas)
las lentejas lentils

Embutidos Types of Sausages
la salchicha sausage

Cereales Cereals
el arroz rice

Dulces Sweets
el flan custard
el pastel cake; pie

Frutos secos Nuts
las almendras almonds
el maní/los cacahuetes (Spain)/los cacahuates (Mexico) peanuts
las nueces walnuts

Productos lácteos Dairy products
la crema cream
la leche milk
la leche descremada skim milk
la mantequilla butter

Bebidas Drinks
el agua mineral
  con gas sparkling water
  sin gas mineral water
el café con leche coffee with milk
el cortado espresso with a touch of milk
el jugo/zumo (Spain) juice
el vino wine

Productos Products
congelado/a frozen
enlatado/a canned
fresco/a fresh

Platos Dishes, courses
el aperitivo food and beverage before a meal
el primer plato first course
el segundo plato second course
el postre dessert

Verbos para la cocina
añadir to add
bajar el fuego to lower the heat
calentar (ie) to heat
echar to pour; to put in
freír (i, i) to fry
hervir (ie, i) to boil
mezclar to mix
subir el fuego to raise the heat

Expresiones útiles
¿Acaso no sabías? But, didn't you know?
la comida chatarra junk food
dar cátedra to lecture someone (on some topic)
tener ganas de + infinitive to feel like + -ing
…y punto. . . . and that's that.
Buen provecho. Enjoy your meal.
Estoy satisfecho/a. / No puedo más. I'm full.
querer repetir to want a second helping
ser de buen comer to have a good appetite
tener un hambre atroz to be really hungry

Más allá

Canción: "Ella y él"

Ricardo Arjona

Nació en 1964 en un pueblo de Guatemala. A los ocho años su padre le regaló una guitarra y el niño pronto empezó a soñar con ser músico. Después de una juventud rebelde, grabó su primer disco a los 21 años, pero no tuvo éxito. Por eso dejó el sueño de su juventud y jugó al basquetbol para el equipo nacional guatemalteco, estudió en la universidad y también, siguiendo el camino de su padre, fue maestro de escuela por unos años. Pero su sueño lo persiguió y volvió al estudio de grabaciones para hacer otro álbum. Este tuvo éxito regional, y fue al grabar su tercer disco que sus canciones con letras poéticas llegaron a ser conocidas mundialmente.

ACTIVIDAD Los opuestos se atraen

Parte A: En parejas, digan qué tienen en común las personas de cada pareja y en qué son diferentes.

Will Smith y Jada Pinkett	Demi Moore y Ashton Kutcher
Jennifer López y Marc Anthony	Bill y Hillary Clinton
Michelle y Barack Obama	Angelina Jolie y Brad Pitt

Parte B: La canción "Ella y él" de Ricardo Arjona habla de dos personas que son opuestas y se enamoran. Lee la siguiente lista y luego, mientras escuchas la canción, marca con quién asocias cada palabra o frase, con ella o con él.

ella		él	ella		él
_____	Cuba	_____	_____	champagne	_____
_____	Estados Unidos	_____	_____	mojito	_____
_____	salsa, rumba, mambo	_____	_____	moreno/a	_____
_____	rock and roll	_____	_____	blanco/a	_____
_____	intelectual	_____	_____	habla español	_____
_____	liberal	_____	_____	habla inglés	_____
_____	conservador/a	_____	_____	habla mucho y rápidamente	_____
_____	comida norteamericana	_____	_____	Lincoln, Clinton, el Tío Sam	_____
_____	comida caribeña	_____	_____	Fidel, Lenín	_____

158 Fuentes: Conversación y gramática

Parte C: Escucha la canción otra vez y contesta estas preguntas: ¿Dónde se conocieron? ¿Por qué estaban allí? ¿Dónde viven hoy?

Parte D: Ahora, en parejas, una persona debe recomendarle a su compañero/a que salga con un/a amigo que es totalmente el opuesto de él/ella. La otra persona debe mostrarse reticente.

Videofuentes: *Entrevista a John Leguizamo*

Antes de ver

ACTIVIDAD 1 Hispanos famosos

Antes de ver la entrevista a un hispano famoso, di el nombre de hispanos famosos que viven en los Estados Unidos, explica de dónde son o de qué origen es su familia y qué hacen.

Mientras ves

ACTIVIDAD 2 Leguizamo y su vida

Mira la primera parte de la entrevista con el actor y cómico John Leguizamo hasta donde explica en qué idioma siente. Contesta las siguientes preguntas.

1. ¿De dónde es? ¿De dónde son sus padres?
2. ¿Cuántos años tenía cuando llegó a los Estados Unidos?
3. Según Leguizamo, ¿en qué idioma piensa y en qué idioma siente? ¿Por qué crees que dice que piensa en un idioma y siente en otro?

ACTIVIDAD 3 **Los inmigrantes**

Mira ahora el resto de la entrevista para contestar las siguientes preguntas.

1. ¿Qué mensaje quiere el cómico que entendamos?
2. Según el cómico, ¿cuál es la dura realidad del hispano que emigra a los Estados Unidos?
3. ¿Qué les recomienda a las personas que estudian español?

Después de ver

ACTIVIDAD 4 **Los estereotipos**

Parte A: En el video, vemos cómo John Leguizamo se ríe de los estereotipos de los latinos que viven en los Estados Unidos. En grupos de tres, discutan en qué consiste el estereotipo de la gente norteamericana que existe en otros países.

Parte B: Ahora, en su grupo, digan cómo quieren Uds. que el resto del mundo vea a la gente de los Estados Unidos.

Proyecto: Una receta

Vas a filmar un programa de cocina para *Gourmet*, un canal de televisión. En el video, vas a dar instrucciones usando el **se pasivo** (se corta/n, se añade/n, etc.) y órdenes (mezclen, hiervan, etc.) para preparar una receta de un país de habla española. Aquí hay algunas posibilidades: tortilla española, moros y cristianos, baleada, tamales de Cambray, empanadas, arepas con queso, sancocho y churros.

Nuevas democracias

CAPÍTULO 6

Chilenos protestan en reclamo por familiares que desaparecieron durante la dictadura de Pinochet.

METAS COMUNICATIVAS

- expresar emociones y opiniones
- expresar duda y certeza
- hablar de política

METAS ADICIONALES

- formar oraciones complejas
- usar *para* y *por*

Nadie está inmune

los desaparecidos	missing people
quién diría	who would have said/thought
salirse con la suya	to get his/her way

Sting cantó "Ellas danzan solas" para familiares de desaparecidos en Argentina.

ACTIVIDAD 1   La situación política

Parte A: Antes de escuchar a dos chilenos hablar sobre la gente que desapareció en Chile durante el gobierno militar del general Pinochet, identifica las siguientes cosas.

- dos países hispanos, aparte de Chile, que han tenido gobierno militar
- un país hispano que hoy día tiene un gobierno estable
- dos factores que pueden causar inestabilidad económica en una democracia

Parte B: Lee las siguientes oraciones y luego escucha la conversación para completarlas.

1. En _____ (año), Sting dio un concierto en Mendoza, Argentina, en honor de _____.
2. Durante el gobierno militar de Chile torturaron e hicieron desaparecer a _____ personas.
3. Pinochet, el ex dictador chileno, estaba de viaje en _____ cuando el juez español Garzón le pidió a ese país su extradición.
4. Algunas de las víctimas de Pinochet eran de ascendencia _____.
5. Al final, el dictador Pinochet no fue encarcelado por sus crímenes por estar _____.

Mendoza es una ciudad en Argentina al lado de los Andes y cerca de la frontera con Chile.

162 Fuentes: Conversación y gramática

ACTIVIDAD 2 Más datos

Escucha la conversación otra vez para responder a las siguientes preguntas.

1. ¿Por qué fueron 15.000 chilenos al concierto de Sting en Mendoza, Argentina?
2. Sting escribió una canción dedicada a las madres y esposas de los chilenos desaparecidos. ¿Por qué crees que la llamó "Ellas danzan solas"?
3. ¿A qué se refiere la chica cuando dice que los gobernantes no van a salirse con la suya?
4. ¿Por qué decidieron los familiares de los desaparecidos hacer el reclamo a España?
5. Pinochet creía que tenía inmunidad diplomática, pero Garzón no opinaba lo mismo. Después de lo que ocurrió en Inglaterra, ¿va a ser más fácil o más difícil para los gobernantes que violan los derechos humanos visitar otros países?

¿Lo sabían?

Durante la dictadura de Pinochet en Chile, entre el 11 de septiembre de 1973 y 1990, desaparecieron o murieron más de 3.000 personas. Entre ellos había estudiantes, trabajadores de fábricas, artistas y profesionales. Muchos de ellos fueron torturados y asesinados por disentir del gobierno. La forma pacífica que encontraron algunas madres y esposas de los desaparecidos para expresar su protesta era bailar la cueca frente a una estación de policía. Este es un baile típico de Chile que es lento y se baila en pareja, pero en esas ocasiones las mujeres llevaban en su pecho la foto del familiar desaparecido y bailaban con un compañero invisible. Cuando el cantante Sting se enteró de la situación en Chile, se conmovió por lo ocurrido, escribió una canción en honor de esas mujeres y la llamó "Ellas danzan solas". La canción imitaba en parte el ritmo de la cueca.

Hay músicos o actores que han dado conciertos o han hecho anuncios a favor de los derechos humanos. ¿Conoces a alguno?

Los desaparecidos

ACTIVIDAD 3 La situación aquí

En grupos de tres, digan si están de acuerdo con estas ideas sobre su país y justifiquen sus respuestas.

1. La situación económica de este país está cada día mejor.
2. Cada vez hay más gente de clase media y menos gente de clase baja.
3. Existe la violación de los derechos humanos en este país.
4. Hay muchos actos de violencia.

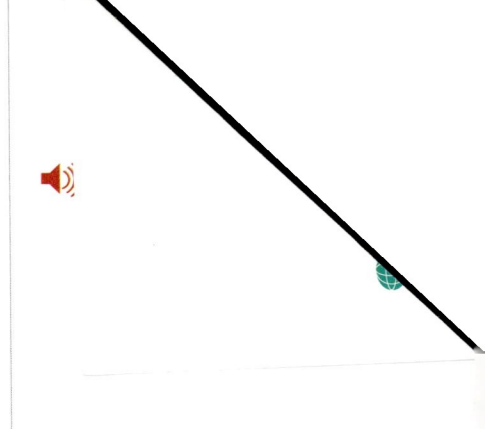

Capítulo 6 163

I. Expressing Feelings and Opinions about Future, Present, and Past Actions and Events

> Do the corresponding web activities as you study the chapter.

A The Present Subjunctive

In Chapter 5, you learned how to use the subjunctive to make suggestions, persuade, influence, and give advice. The subjunctive can also be used to express feelings and opinions about another person's states or actions.

1. Compare the following columns and notice how you use the subjunctive to express feelings and opinions in a personal way about another person's situation, and the infinitive to merely express a person's feelings about their own situation.

Expressing feelings/opinions about another person's situation	Expressing feelings/opinions about one's own situation
Verb of emotion + **que** + subjunctive	Verb of emotion + *infinitive*

(Nosotros) estamos contentos de que (Uds.) puedan votar.
We are happy that you can vote.

(Nosotros) estamos contentos de poder votar.
We are happy to be able vote.

(Ella) espera que (él) vote por el Partido Verde.
She hopes that he votes for the Green Party.

(Ella) espera votar por el Partido Verde.
She hopes to vote for the Green Party.

2. Use the following verbs to express feelings or opinions.

esperar	estar contento/a (de)	estar triste (de)	lamentar (*to lament, to be sorry*)
sentir (ie, i) (*to be sorry*)	temer (*to fear*)		tener miedo (de)

me/te/le/etc. + {
  alegrar* (*to be glad/happy*)
  dar pena* (*to feel sorry*)
  molestar*
  sorprender* (*to be surprised*)
}

*Note: These verbs function like **gustar** and take the singular form when followed by a clause introduced by **que**: me/te/le alegra/da/molesta/sorprende.

164 Fuentes: Conversación y gramática

(A ellas) **Les molesta que no haya** libertad de palabra.
It bothers them that there is no freedom of speech.

(A ellas) **Les molesta no tener** libertad de palabra.
It bothers them not to have freedom of speech.

Me alegra que (tú) puedas ir a la manifestación.
I'm happy that you can go to the protest.

Me alegra poder ir a la manifestación.
I'm happy to be able to go to the protest.

3. Compare the following columns and notice how you can also use the subjunctive to express feelings or opinions in an impersonal way about a specific person or situation, or the infinitive to express feelings or opinions about no one in particular.

Impersonal feelings/opinions about a specific person
Impersonal expression of emotion + *que* + *subjunctive*

Impersonal feelings/opinions about no one specific
Impersonal expression of emotion + *infinitive*

Es una vergüenza que ese político sea corrupto.
It's shameful that this politician is corrupt.

Es una vergüenza ser corrupto.
It's shameful to be corrupt.

¡Qué lástima que no tengamos elecciones este año!
What a shame not having elections this year!

¡Qué lástima no tener elecciones este año!
What a shame that we aren't having elections this year!

4. Use the following impersonal expressions to express feelings or opinions.

es horrible/terrible
es fantástico
es maravilloso

es bueno/malo
es una lástima/pena (*it's a pity/shame*)
es una vergüenza (*it's a shame/shameful*)

es lamentable
es raro (*it's strange*)
¡Qué sorpresa...! (*What a surprise . . . !*)
¡Qué bueno...! (*How good . . . !*)
¡Qué lástima/pena...! (*What a pity/shame . . . !*)
¡Qué vergüenza...! (*How shameful . . . !*)

5. The word **ojalá** (*I hope*) comes from the Arabic expression *may Allah grant* and is used to express wishes. The verb that follows **ojalá** is always in the subjunctive form. **Que** is optional.

Ojalá (que) tengamos paz en el mundo.

I hope that we have peace in the world.

ACTIVIDAD 4 Un colega

Parte A: Dos oficinistas están hablando sobre un colega de la oficina. Completa la conversación con la forma apropiada del presente del subjuntivo o el infinitivo de los verbos que se presentan.

MARTA   Me sorprende que nuestros jefes no le _____ (1) un aumento de sueldo a Carlos el mes que viene. (dar)

ERNESTO   ¿Qué dices? ¿Cómo lo sabes?

MARTA   Me lo contó nuestra jefa. Es una lástima que él no _____ (2) aumento como nosotros. Ojalá que la jefa _____ (3) de idea. (recibir, cambiar)

ERNESTO   Mira, mujer. Me alegra que la jefa _____ (4) el trabajo que nosotros hacemos y lamento que la empresa no le _____ (5) a Carlos el aumento. Pero tú sabes que él no trabaja tanto como los demás. Es bueno que las cosas _____ (6) justas. (reconocer, dar, ser)

MARTA   ¡Qué increíble! Es lamentable _____ (7) este tipo de comentario de tu parte. (oír)

ERNESTO   ¿A qué te refieres?

MARTA   ¡Qué pena que tú no _____ (8) ser objetivo y que no _____ (9) hacer un comentario imparcial sobre un colega! Dices eso sobre Carlos porque te molesta que él _____ (10) mejor trabajador que tú. Y punto. (intentar, poder, ser)

Parte B: En parejas, usen la conversación entre Ernesto y Marta como ejemplo, pero cámbienla para hablar de un estudiante de la escuela secundaria que no va a recibir una beca (*scholarship*) el año que viene y por eso no va a poder ir a la universidad.

ACTIVIDAD 5 Me molesta

En grupos de tres, usen la lista para decir cuatro o cinco cosas que les molestan o no de otras personas. Digan si les molestan mucho, un poco o nada, y expliquen por qué.

▶ Me molesta (mucho) que una persona siempre esté contenta porque...

- ser inmadura
- fumar cerca de ti
- quejarse constantemente
- masticar (*chew*) chicle y hacer ruido
- hablar mal de otros
- mentir mucho
- votar a un candidato solo por ser carismático
- dar consejos
- hablar con la boca llena
- no compartir sus cosas
- pedir dinero prestado
- opinar de política sin fundamentos (*facts*)
- criticar al gobierno, pero no votar
- ¿?

ACTIVIDAD 6 ¿Lamentables o raras?

Parte A: Lee las situaciones siguientes e indica si son buenas, lamentables o si son raras o no.

　　a. es bueno　　　　c. es raro
　　b. es lamentable　　d. no es raro

1. _____ un hombre / gastar / mucho dinero en ropa
2. _____ una persona desconocida / pedirte / dinero para el autobús
3. _____ un hombre / ser / víctima de acoso (*harassment*) sexual
4. _____ tu ex novio/a / salir / con tu mejor amigo/a
5. _____ tus amigos / criticar / a tu pareja
6. _____ un esposo / quedarse / en casa con los niños y / no trabajar
7. _____ una persona / no pagar / los impuestos (*taxes*)
8. _____ un estudiante muy perezoso / recibir / una beca importante

Parte B: Ahora, en parejas, túrnense para dar su opinión sobre estas situaciones y expliquen por qué piensan así.

▶ (No) Es raro que un hombre gaste mucho dinero en ropa porque generalmente a los hombres (no) les interesa la ropa.

ACTIVIDAD 7 La universidad y sus prioridades

La situación actual de tu universidad te afecta como estudiante y por eso crees que se necesitan cambios. En parejas, miren la siguiente lista y elijan dos cambios de cada categoría. Luego escriban su opinión sobre la situación actual e indíquenles a las autoridades de la universidad los cambios necesarios.

▶ Es lamentable que no haya facultad de estudios afrocaribeños. Es necesario que Uds. abran esa facultad.

Facultades
- abrir una nueva facultad de...
- contratar a más profesores para la facultad de...
- tener más/menos ayudantes de cátedra (*teaching assistants*)
- prestar más atención a las evaluaciones de los profesores que hacen los estudiantes
- poner en Internet las evaluaciones que hacen los estudiantes

Vivienda y transporte
- construir más residencias estudiantiles
- construir apartamentos baratos para estudiantes casados o con hijos
- aumentar/implementar el/un sistema de autobuses gratis
- ofrecer más lugares para estacionar carros y bicicletas
- bajar el precio de las residencias y las comidas

(Continúa en la página siguiente.)

Remember: **facultad** = academic department (Biology) or school (Law)

Tecnología

- emplear a más personal para reparar computadoras
- tener soporte técnico gratis las 24 horas
- darles a los estudiantes un programa de correo electrónico más moderno
- modernizar los laboratorios de ciencias

ACTIVIDAD 8   Las elecciones en Perú

Parte A: Así como participar en la política de la universidad hace que se produzcan cambios, votar en las elecciones presidenciales también genera cambios. Lee lo que explica una peruana sobre el voto en Perú.

> ### 💬 Fuente hispana
>
> *"En Perú el voto es obligatorio, como en varios países de Latinoamérica, pero cuando no nos gustan los candidatos que se presentan, tenemos la opción de votar en blanco. Ese tipo de voto se usa como señal de protesta y los políticos lo tienen muy en cuenta. También en Perú, un candidato necesita el 50% más un voto para ganar. Pero si nadie obtiene ese porcentaje, se realiza una segunda elección entre los dos candidatos con el mayor número de votos. Lo bueno es que entonces todo el pueblo puede reevaluar su voto y volver a votar."* ∎

El voto en blanco

Parte B: En grupos de tres, digan si han votado en el pasado y especifiquen en qué elecciones. Luego den su opinión sobre el voto obligatorio, el voto en blanco y la segunda votación en Perú. ¿Creen que pueda existir una segunda votación en este país algún día? Usen expresiones como: **Me alegra que... porque..., Espero que..., Tengo miedo de que..., Me sorprende que...**

B The Present Perfect Subjunctive

So far, you have learned how to express feelings about the present and the future using the present subjunctive. Look at the following sentences said by a man who has not seen his wife in a while and is anxiously waiting for her.

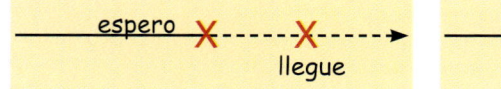

```
———— espero X----X---->          ———— espero X----------->
           llegue                          X esté
```

Espero que el vuelo de LanChile **llegue** pronto.
I hope that the LanChile flight arrives/will arrive soon.

Espero que Rosa **esté** en ese vuelo.
I hope that Rosa is on that flight.

When expressing present feelings about something that has already occurred, use an expression of emotion + **que** + *present perfect subjunctive* (**pretérito perfecto del subjuntivo**), which is formed by using the present subjunctive form of the verb **haber** + *past participle*.

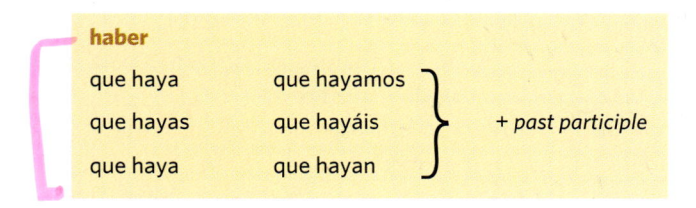

haber

que haya	que hayamos
que hayas	que hayáis
que haya	que hayan

+ *past participle*

To review the formation of past participles, see Appendix A, page 365.

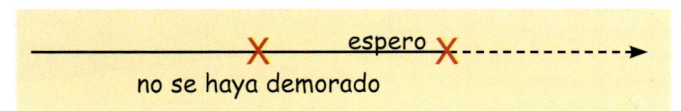

```
———— X ———— espero X---------->
    no se haya demorado
```

Espero que el avión no **se haya demorado.***
I hope that the plane hasn't had any delays.

¡Qué bueno que ella **haya encontrado** un pasaje económico!
How good that she (has) found a cheap ticket!

Me sorprende que hayan puesto a Rosa en primera clase.
It surprises me that they (have) put Rosa in first class.

*Note: In a verb phrase, past participles (e.g., **demorado**) always end in **-o.** Also note that reflexive and object pronouns (**me, lo, le, se,** etc.) are placed before **haber.**

Capítulo 6 **169**

ACTIVIDAD 9 Mail a una hija

Un padre le escribe un mail a su hija que está en otro país. Completa esta parte del mail con la forma apropiada del presente del subjuntivo, del pretérito perfecto del subjuntivo o con el infinitivo de los verbos que se presentan.

estar

poder
tener

elegir

tener
tomar
hacer
estar

ponerse
equivocarse

Querida Gabriela:

Espero que _____ (1) bien. Toda la familia te echa de menos. Sí, finalmente se acabaron las elecciones. Es una pena que tú no _____ (2) escuchar el discurso del nuevo presidente porque estuvo sensacional. Él dijo que es necesario _____ (3) paciencia, pero que las cosas van a cambiar. Es maravilloso que el domingo pasado los ciudadanos _____ (4) a alguien del P.R.U. después de años de un gobierno opresivo. Por mi parte, estoy contento de que el país _____ (5) este nuevo presidente. Ahora es importante _____ (6) conciencia de la situación del país y que nosotros _____ (7) algo para que la situación mejore. Lamento que tú no _____ (8) aquí la noche de las elecciones para ver las celebraciones en las calles por toda la ciudad. Ojalá que _____ (9) un recordatorio en tu agenda para ir al consulado a votar el domingo pasado y que no _____ (10) de fecha. Me olvidé de recordártelo antes. Como sabes, creo que el voto es un derecho que todos tenemos que ejercer.

Las páginas Web de los partidos norteamericanos en español

Latina trabajando para la campaña presidencial de Barack Obama.

¿Lo sabían?

A la hora de las elecciones, los candidatos para la presidencia de los Estados Unidos tienen muy en cuenta a la población hispana ya que, con más de 45 millones, es la minoría más grande de ese país. El votante hispano tiende a ser conservador en asuntos (*issues*) sociales, pero en general, apoya a aquellos candidatos que suelen ser un poco más liberales. Aunque, como grupo de votantes, existe una tendencia entre los latinos a inclinarse hacia el partido demócrata, también hay grupos que suelen votar por los republicanos, como los cubanoamericanos, cuyos votos, especialmente en el estado de Florida, fueron de gran importancia en las elecciones presidenciales del año 2000. Ocho años más tarde el voto hispano fue igual de importante para los demócratas, especialmente en estados como Florida, Colorado, Nuevo México y Nevada.

Hoy día, los políticos organizan campañas para atraer el voto latino y algunos de ellos dan discursos y hacen debates en español. Además, tienen páginas Web en español y hacen propaganda en Univisión y Telemundo.

¿Sabes el nombre de algún político hispano en tu ciudad, estado o en el gobierno federal?

ACTIVIDAD 10 Acontecimientos importantes

Expresa tu opinión sobre los siguientes acontecimientos del pasado con frases como **Es lamentable que..., Me alegra que..., Es interesante que...**

▶ administración del canal de Panamá / pasar a manos panameñas

Me alegra que la administración del canal de Panamá haya pasado a manos panameñas porque el canal está en ese país y ellos están capacitados para administrarlo.

1. México / venderles California a los Estados Unidos
2. en 2003 los hispanos / convertirse en la minoría más numerosa de los Estados Unidos
3. en Argentina / desaparecer 30.000 personas durante la guerra sucia entre 1976 y 1983
4. Michelle Bachelet / ser la primera mujer presidenta de Chile
5. Óscar Arias (ex presidente costarricense) / ganar el Premio Nobel de la Paz
6. el Che Guevara / escribir su famoso diario entre 1966 y 1967
7. Perón (ex presidente argentino) / quemar iglesias

ACTIVIDAD 11 El año pasado

Parte A: En parejas, miren la siguiente lista de acciones. Escoja cada uno dos temas para hablar en detalle sobre cosas que hicieron el año pasado.

1. aprender español
2. conseguir un buen trabajo
3. preocuparte seriamente por los estudios
4. hacer nuevos amigos
5. hacer un viaje a otro país
6. ver un documental sobre...

Parte B: Ahora miren la lista otra vez y expresen cómo se sienten con respecto a algunas cosas que hicieron el año pasado. Expliquen también las consecuencias que esas acciones tienen hoy día en su vida. Usen expresiones como: **Es una lástima que..., Es fantástico que...**

▶ ir a fiestas

Es una lástima que no haya ido a más fiestas porque me encantan. Ahora que tengo clases más difíciles y un trabajo, no tengo mucho tiempo para divertirme.

ACTIVIDAD 12 **Los jubilados**

Parte A: En parejas, uno de Uds. es don Rafael, un jubilado que está haciendo una revisión de su vida, y la otra persona es su amiga doña Carmen. Lean la biografía de Rafael y hagan comentarios. Don Rafael debe hablar de las cosas que lamenta de su pasado usando expresiones como: **¡Qué lástima que...!, Es triste que...** Doña Carmen debe hacerle ver a don Rafael el lado positivo usando expresiones como: **¡Qué bueno que...!, Es maravilloso que...** Pueden inventar detalles.

> **Rafael Legido, 75 años, jubilado**
>
> Cuando era joven, sus padres ofrecieron pagarle los estudios universitarios, pero no quiso estudiar. En vez de estudiar, fue a trabajar de cajero en un banco. Después de muchos años, llegó a ser subgerente del banco. En su trabajo, conoció a la mujer con la cual se casó. No tuvieron hijos. Sus compañeros de trabajo jugaron juntos a la lotería y ganaron 10 millones de dólares. Él no quiso jugar.

Parte B: Ahora, Carmen hace una revisión negativa de su vida y Rafael trata de hacerle ver el lado positivo.

> **Carmen Ramos, 77 años, jubilada**
>
> Llegó a ser Miss Chile. Nunca usó su fama para luchar contra el abuso de menores o la pobreza de su país. No se casó con el amor de su vida porque él no tenía dinero. En cambio, se casó con un millonario, pero no tuvo un matrimonio feliz. Tuvo seis hijos, pero nunca les dedicó mucho tiempo; más bien pasó su tiempo viajando.

II. Discussing Politics

La política

🗨️ Fuente hispana

*"El **activismo** político y social es una faceta más de la vida estudiantil universitaria de América Latina. Diariamente, antes de empezar clases, entre clases y después de ellas, los estudiantes se reúnen en cafeterías cerca de las universidades para charlar y es frecuente debatir la situación política y social del país. El mantenerse al tanto de lo que está sucediendo no se considera una tarea sino un deber ciudadano, un **compromiso** social.*

*Pero la participación sociopolítica no solo es el discutir los **sucesos del momento**, sino también la intervención en **huelgas** o **paros** nacionales y en **protestas** y **manifestaciones** públicas para que se realicen cambios en el sistema que afectan **el bienestar común**. Tan importantes son la valoración y el consenso estudiantil para la vida política de un país en Latinoamérica, que en algunos países la Cámara y el Senado tienen representantes de la juventud."* ■

— *ecuatoriano*

🌐 *Las noticias del día*

activism

commitment

current events
strikes; work stoppages
protests; demonstrations
the common good

Cognados obvios	
el abuso, abusar	la estabilidad/inestabilidad
la corrupción	la influencia, influir* en
la democracia, democrático/a	la protección, proteger
la dictadura, el/la dictador/a	protestar
la eficiencia/ineficiencia	

*Note: irregular verb

To refer to the two major U.S. political parties use **el partido demócrata** and **el partido republicano.**

For irregular verbs, see Appendix A, page 355.

Capítulo 6 **173**

Otras palabras	
el acuerdo	agreement/pact
estar de acuerdo	to be in agreement
llegar a un acuerdo	to reach an agreement
la amenaza, amenazar	threat, to threaten
el apoyo, apoyar	support, to support
el asunto político/económico	political/economic issue
la campaña electoral	political campaign
la censura, censurar, censurado/a	censorship, to censor, censored
el golpe de estado	coup d'état
la igualdad/desigualdad	equality/inequality
la inversión, inv**e**rtir (ie, i)	investment, to invest
la junta militar	military junta
la libertad de palabra/prensa	freedom of speech/the press
la política	politics
el político / la mujer política	politician
el pueblo	the people
el respeto a / la violación de los derechos humanos	respect for / violation of human rights
el soborno	bribe

el soborno = la mordida (*México*)

ACTIVIDAD 13 La democracia y la dictadura

En parejas, digan cuáles de las siguientes palabras asocian Uds. con la dictadura y cuáles con la democracia y por qué. Es posible asociar la misma palabra con las dos.

- amenazas
- gran número de robos (*thefts*)
- campaña electoral
- censura
- soborno
- corrupción
- ineficiencia
- violación de derechos humanos
- libertad de prensa
- gran número de manifestaciones

Una joven vota en Guazapa, El Salvador.

ACTIVIDAD 14 La voz de los jóvenes

En grupos de tres, comparen lo que dice el ecuatoriano en la página 173 con lo que pasa en su universidad o en su país. ¿Hablan de política los estudiantes? Comenten sobre la participación o falta de participación de los estudiantes de su universidad y den ejemplos específicos de su participación reciente.

Manifestantes en Quito.

ACTIVIDAD 15 Situación política en Hispanoamérica

Da tu opinión y expresa emociones sobre los siguientes ejemplos de la situación política y social pasada y actual de Hispanoamérica, y explica por qué piensas así. Usa expresiones como: **(No) Me sorprende, Es una lástima, Es bueno/malo.**

▶ Un juez español pidió la extradición de un militar argentino para juzgarlo en España.

Me alegra que un juez español haya pedido la extradición de un militar argentino para juzgarlo en España porque...

1. Rigoberta Menchú, indígena guatemalteca, ganó el Premio Nobel de la Paz.
2. Existe discriminación racial en Hispanoamérica.
3. La CIA ayudó al general Pinochet a subir al poder en Chile con un golpe de estado.
4. Hay mucha desigualdad económica en Hispanoamérica.
5. Han muerto muchos políticos en Colombia por hacerles frente a los narcotraficantes.
6. Los militares tienen mucha influencia en algunos gobiernos hispanoamericanos.
7. El voto en blanco ganó en las elecciones de legisladores de Buenos Aires en 2002.

ACTIVIDAD 16 ¿Intervenir?

Di si es bueno o no que un país intervenga en otros países y defiende tu opinión. Usa expresiones como: **(No) Es buena idea que un país... porque..., Me molesta que un país... porque...**

▶ ayudar a educar a los analfabetos

Es buena idea que un país ayude a educar a los analfabetos de otros países porque si más gente sabe leer, creo que esos países van a necesitar menos ayuda en el futuro.

1. darles ayuda económica para mejorar su infraestructura
2. venderles armas y entrenar a los militares para combatir el tráfico de drogas
3. tolerar la violación de los derechos humanos
4. mandarles medicamentos y construir hospitales
5. ayudar a proteger el medio ambiente
6. abrir fábricas y crear fuentes de trabajo
7. contribuir a la campaña electoral de algunos candidatos
8. ayudar cuando hay desastres naturales

III. Expressing Belief and Doubt about Future, Present, and Past Actions and Events

In this chapter you have seen how to use the subjunctive to express feelings and opinions about other people's actions. Additionally, the subjunctive is used to express doubt.

1. Compare the following columns and notice how the subjunctive is used to express doubt in a personal way about your or another person's future, present, and past situation. In contrast, the indicative is used to express belief and certainty about self or others.

   certeza

To express doubt about self or others	To express belief or certainty about self or others
Verb of doubt + **que** + *subjunctive*	Verb of belief/certainty + **que** + *indicative*

   El candidato no está seguro (de) que (él) tenga suficientes votos.*
   The candidate isn't sure that he has enough votes.

   El candidato está seguro (de) que (él) tiene los votos que necesita para ganar.
   The candidate is sure he has the votes he needs in order to win.

   (Yo) dudo que (ellos) reformen la Constitución.
   I doubt that they will reform the Constitution.

   (Yo) estoy seguro (de) que (ellos) van a reformar la Constitución.
   I am sure that they will reform the Constitution.

   Ana no cree que la policía haya detenido a su hermano en la manifestación.
   Ana doesn't think (believe) that the police (have) arrested her brother at the demonstration.

   Ana cree que la policía ha detenido / detuvo a su hermano en la manifestación.
   Ana believes that the police (have) arrested her brother at the demonstration.

   *Notice that the verb indicating doubt and the verb following **que** can have the same subject.

2. Here is a list of expressions of doubt that take the subjunctive and a list of those that necessitate the use of the indicative to express belief and certainty.

Expressions of Doubt: Subjunctive	Expressions of Belief or Certainty: Indicative
no estar seguro/a (de)	estar seguro/a (de)
no creer	creer
¿creer?	
dudar	
¿Crees que el presidente tenga una buena política exterior?	**Creo que el presidente tiene** una buena política exterior.

176 Fuentes: Conversación y gramática

3. Compare the following columns to see how you can use the subjunctive to express doubt in an impersonal way or the indicative to express certainty in an impersonal way.

Impersonal expression of doubt + que + *subjunctive*	Impersonal expression of certainty + que + *indicative*
Es probable que nosotros **hayamos perdido** las elecciones.	**Es evidente que** nosotros **hemos perdido / perdimos** las elecciones.
No es verdad que los partidos políticos **tengan** mucho dinero.	**Es verdad que** los partidos políticos **tienen** mucho dinero.

4. The following lists contain impersonal expressions of doubt and of certainty.

Impersonal Expressions of Doubt: Subjunctive	Impersonal Expressions of Certainty: Indicative
es imposible*	está claro
(no) es posible*	no cabe duda (de)
(no) es probable	es seguro
(no) puede ser	
no es evidente	es evidente
no es obvio	es obvio
no es verdad/cierto	es verdad/cierto

negation of reality

*Note: These impersonal expressions can be followed by an infinitive if no specific person is mentioned. Compare:

Es imposible que ganen con esa política exterior.	**Es imposible ganar** con esa política exterior.
No es probable que ella haya perdido las elecciones solo por no tener el apoyo de los sindicatos.	**No es posible haber perdido** las elecciones solo por no tener el apoyo de los sindicatos.

ACTIVIDAD 17 Un candidato a presidente

Parte A: Un candidato presidencial está preparando su discurso final antes de las elecciones. Complétalo con la forma apropiada de los verbos correspondientes.

Querido pueblo:

Mañana son las elecciones y llega el momento de la decisión final. Si Uds. me eligen como líder del país, pueden estar seguros de que _____ (1) a hacer todo lo que prometí durante la campaña electoral. Ya sé que es imposible _____ (2) a todos los ciudadanos, que hay gente que no cree que yo _____ (3) por sus problemas en el pasado y que duda que yo _____ (4) y que _pasado_ _____ (5) escuchar los problemas del pueblo cuando _era_ senador.

Lo niego (*deny*) categóricamente. No es verdad que a mí no me _____ (6) sus problemas. Admito que _____ (7) errores en esa época, pero no cabe duda que _____ (8) los problemas del pueblo y se lo voy a demostrar a todos. Les prometo prestar atención a todas sus necesidades. Yo quiero trabajar por el país, pero creo que todos _____ (9) que poner nuestro granito de arena para que el país progrese. Mis colaboradores y yo creemos que _____ (10) empezar a actuar ya mismo. No cabe duda de que el país _____ (11) un cambio inmediato. Pueblo querido: ¡Mañana triunfaremos!

ir
complacer
preocuparse
abrirse
poder
importar
cometer
conocer
nosotros tener
deber
necesitar

Parte B: Ahora, en grupos de tres, expresen su opinión sobre los políticos en general usando frases como: **(No) Creo que..., (No) Estoy seguro/a (de) que..., Dudo que...**

▶ Dudo que muchos políticos se preocupen por los niños de este país porque ellos no votan.

- prestar atención al medio ambiente
- hacer lo que quiere la gente
- preocuparse por los pobres
- cumplir sus promesas
- interesarse por las grandes empresas
- ser honrados

ACTIVIDAD 18 Un político con éxito

En parejas, elijan las cinco características más importantes para que un político tenga éxito y justifiquen sus ideas. Usen expresiones como: **(No) Es importante, (No) Es necesario, (No) Es posible.**

▶ Es importante que el político aparezca con niños en las fotos.

▶ No es posible que tenga éxito si no habla bien.

- ser honrado/a
- besar a los bebés
- tener buena apariencia física
- tener dinero para su campaña electoral
- creer en Dios
- ser buen padre o buena madre
- tener título universitario
- tener buen sentido del humor
- estar casado/a
- serle fiel a su esposo/a
- estar en buen estado físico
- ¿?

178 Fuentes: Conversación y gramática

ACTIVIDAD 19 ¿Mentira o verdad?

Parte A: ¡Vas a decir mentiras! Escribe una lista de cinco cosas que hiciste en el pasado; algunas deben ser mentira.

Parte B: En parejas, escuchen lo que dice su compañero/a y decidan si es verdad o no.

▶ —Me gradué de la escuela secundaria cuando tenía dieciséis años.

—Dudo que te hayas graduado de la escuela secundaria cuando tenías dieciséis años.

—Creo que es verdad porque eres muy inteligente.

ACTIVIDAD 20 Opiniones sobre historia

En grupos de tres, den su opinión sobre los siguientes sucesos usando expresiones como: **(No) Creo que... porque..., Dudo que..., No cabe duda que...**

1. Mark McGwire fue el mejor bateador de la historia del béisbol.
2. Michael Jordan fue el mejor jugador de la historia del basquetbol.
3. Bill Clinton aspiró el humo cuando fumó mariguana.
4. O. J. mató a Nicole Brown Simpson y a Ron Goldman.
5. Oswald actuó solo en el asesinato de Kennedy.
6. Madoff estafó (*swindled*) a miles de personas e instituciones.

IV. Forming Complex Sentences

The Relative Pronouns *que* and *quien*

As you progress in your study of Spanish, using relative pronouns (**pronombres relativos**) in your speech and writing will improve your fluency. Compare these two narrations in English.

Dick and Jane are friends. They have a dog. The dog's name is Spot. Spot runs fast.	Dick and Jane, who are friends, have a dog named Spot that runs fast.

As you can see, relative pronouns are important to connect shorter sentences in order to avoid repetition. They help make speech interesting to listen to and give prose richness and variety.

> Remember to use **que** for essential information even when referring to people.

1. When you want to describe a person, place, or thing with information that is essential and omitting it would change the meaning of the sentence, you may introduce it with **que** (*that/which/who*).

En los países hispanos, las personas **que estudian inglés** tienen mejores oportunidades de trabajo.	*In Hispanic countries, the people who/that study English have better job opportunities.* (only the people who study English)
Cursé una clase de geografía social **que me interesaba mucho.**	*I took a social geography class which/that interested me a lot.*
El cuadro ganador fue pintado por un niño **que solo tenía cuatro años.**	*The winning painting was painted by a child who/that was only four years old.*

> **Quien(es)** is generally preferred in writing to give nonessential information about people.

2. When you want to give nonessential information in a sentence, you may introduce it with **que** or **quien(es)** for people, and **que** for things. In writing, you must set off the nonessential information with commas. Note that nonessential information may be omitted from a sentence without changing the meaning of the sentence. Compare the following sentences.

La maestra fue con algunos niños a la playa. Los niños, **que/quienes** sabían nadar, se metieron en el agua en cuanto llegaron.	*The teacher went with some kids to the beach. The kids, who knew how to swim, got in the water as soon as they arrived.* (All the kids knew how to swim, all the kids got in the water.)
La maestra fue con algunos niños a la playa. Los niños **que** sabían nadar se metieron en el agua en cuanto llegaron. Los otros hicieron castillos de arena.	*The teacher went with some kids to the beach. The kids who knew how to swim got in the water as soon as they arrived. The others made sand castles.*

180 Fuentes: Conversación y gramática

ACTIVIDAD 21 Comentarios

Completa estos comentarios que se oyeron en una manifestación en contra del presidente y el Congreso con **que** o **quien(es)**.

1. Los políticos _____ entienden los problemas económicos votaron en contra de un aumento de sus propios sueldos. Al final perdieron porque hay más congresistas egocéntricos, _____ se preocupan de sí mismos y no por el bienestar del pueblo. ¡Qué pena!

2. El presidente, _____ se divorció tres veces, cree que el matrimonio como institución es fundamental. Claro, con tanta práctica...

3. Los senadores _____ ganaron las elecciones este año recibieron una invitación de la esposa del presidente a una cena de gala. Van a comer como reyes mientras el pueblo se muere de hambre.

4. Todos los políticos del Partido Populista, _____ votaron en bloque contra la protección del medio ambiente, son unos sinvergüenzas.

5. El presidente invitó a un grupo de congresistas a su despacho e incluyó en ese grupo a los tres congresistas _____ habían participado en el golpe de estado hace cinco años. ¡Increíble! Estos tres hombres no creen en un gobierno democrático.

6. Josefina Montoya, _____ es la Malinche de hoy día, dice una cosa durante la campaña y luego hace otra. Basta de mentiras. Basta de corrupción.

ACTIVIDAD 22 Identifica a hispanos famosos

En parejas, túrnense para identificar al mayor número posible de hispanos famosos usando pronombres relativos.

▶ La Malinche es la mujer que ayudó a Cortés a entenderse con los indígenas.

- Carlos Santana
- Isabel Allende
- Alex Rodríguez
- Juan Domingo Perón
- Evo Morales
- Celia Cruz
- Hernán Cortés
- Hugo Chávez
- Cameron Díaz
- Francisco Franco
- Gabriel García Márquez
- Isabel la Católica

ACTIVIDAD 23 ¿Qué es eso?

Parte A: Al llegar a un país nuevo, muchas personas tienen problemas para entender los modismos y expresiones del nuevo idioma. En parejas, una persona es un/a extranjero/a que no entiende algunas cosas que oye en CNN y la otra persona le explica los significados. Usen pronombres relativos en las respuestas. Sigan el modelo.

> ▶ —Dicen que el candidato de Texas no puede ganar las elecciones porque tiene *baggage*. No entiendo. ¿A quién le importa si tiene maletas o no?
>
> —*Baggage* no significa "maletas" en ese contexto. Significa que el candidato hizo cosas que pueden ser ilegales o que no les van a gustar a los ciudadanos del país.

1. Oí que el partido republicano tuvo un *field day* ayer porque alguien descubrió que una senadora demócrata había recibido sobornos. ¿Significa que pasaron el día en el campo?
2. Luego dijeron que esa senadora le dio una explicación a la prensa, pero muchos la llamaron un *tall story*. ¿Cómo puede ser alto un cuento?
3. Otros comentaron que la senadora iba a salir adelante porque había asistido al *school of hard knocks* y por eso iba a sobrevivir el escándalo. ¿Existe una escuela con ese nombre?
4. Más tarde oí decir que los de la radio le iba a poner su *spin* a la historia. ¿Qué es *spin*?

Parte B: Ahora, cambien de papel.

1. Dijeron en la tele que iban a poner *sound bites* de una pelea entre dos políticos. No es posible que muerdan el sonido, ¿verdad? ¿Lo oí mal?
2. Uno de los políticos llamó a otro un *fuddy-duddy*. No tengo la más remota idea qué significa eso. ¿Sabes tú?
3. Luego dijeron que ese *fuddy-duddy* estaba *ticked off*. No entendí nada.
4. Más tarde dijeron que el *fuddy-duddy* salió en un programa de televisión y que había tenido un *hissy fit*. ¿Se enfermó? ¿Tuvo un ataque de asma?

V. Indicating Cause, Purpose, and Destination

Por and *para*

por looking back
para looking ahead

Uses of *por*

a. to express *on behalf of, for the sake of,* or *instead of*

Acepto este premio **por** mi padre que murió durante la guerra sucia.	*I accept this award for (on behalf of) my father who died during the Dirty War.*
Debes hacerlo **por** el bienestar común.	*You should do it for (for the sake of) the common good.*
Ayer trabajé **por** mi tío.*	*Yesterday I worked for (instead of) my uncle.*

*Note: Compare this sentence with **Ayer trabajé para mi tío.** Yesterday I worked for my uncle. (He is my boss.)

b. to indicate movement *through* or *by*

Caminé **por** el Congreso.	*I walked through the Congress.*
Pasé **por** el Congreso.	*I went by the Congress.*

c. to express reason or motivation

La congresista va a tomar licencia **por** estar* embarazada.	*The congresswoman is going to take a maternity leave.* (The pregnancy is the reason she is taking her leave.)
Por el golpe de estado en 1973, los chilenos vivieron años de mucha inseguridad.	*Because of the coup d'état in 1973, the Chileans lived years of much insecurity.*

*Note: **Por** and **para** are prepositions; therefore, verbs immediately following them need to be in the infinitive form.

Remember to use prepositional pronouns after **por** and **para** when needed: **mí, ti, Ud., él/ella, nosotros/as, vosotros/as, Uds., ellos/as.**

d) unit of measure
e) exchange for
f) express frequency of an action = per
g) by means of
h) price
i) length of time

Uses of *para*

a. to express physical or temporal destination

Después del terremoto, el gobierno mandó medicinas **para** los damnificados.	After the earthquake, the government sent medicine for the victims. (physical destination)
El presidente salió **para** la estación de radio e hizo un anuncio.	The president left for the radio station and made an announcement. (physical destination)
Deben tener listo el discurso presidencial **para** mañana, ¿verdad?	They should have the presidential speech ready for tomorrow, right? (temporal destination)

b. to express purpose / *intention / in order to*

Ella trabaja como voluntaria en el Congreso **para** adquirir experiencia en la política.	She works as a volunteer in Congress to have experience in politics.
Este programa de computación es **para** realizar gráficos tridimensionales.	This computer program is for making three-dimensional graphs.
Estudia **para** (ser) diplomática.	She's studying to be a diplomat.

c) express intended recipient of an action
d) express opinion
e) to indicate use

After having studied the uses of **por** and **para,** compare the following sentences and analyze the reason for using **por** or **para** in each case.

El presidente sale mañana **para** la zona del desastre.	Va a pasar cinco horas viajando **por** los pueblos más afectados.
Lo va a hacer **para** ayudar a los damnificados.	Lo va a hacer **por** ser su responsabilidad.

ACTIVIDAD 24 Los itinerarios

Elige un itinerario de la primera columna y el lugar de paso lógico de la segunda para formar la ruta completa de cada viaje. Consulta los mapas de este libro si es necesario. Sigue el modelo.

▶ Washington → Miami / Atlanta

Mañana salgo de Washington **para** Miami y pienso pasar **por** Atlanta.

Inicio del viaje → destino final	Lugar de paso
• Lima → Machu Picchu	Taxco
• Madrid → Barcelona	Córdoba
• la Ciudad de México → Acapulco	Zaragoza
• La Paz → Sucre	Valparaíso
• Buenos Aires → Salta	Antigua
• Santiago → Viña del Mar	Cali
• Medellín → Popayán	Cochabamba
• Guatemala → Chichicastenango	Cuzco

ACTIVIDAD 25 Los cacerolazos

Parte A: Lee la historia sobre un tipo de protesta muy popular en Latinoamérica y completa los espacios con **por** o **para**.

En Chile, durante el gobierno de Allende, se empezó un tipo de protesta llamada "el cacerolazo". Espontáneamente, algunas madres de familias salieron de sus casas, caminaron _____ (1) las calles con sus ollas, sartenes y cucharas, y empezaron a hacer ruido _____ (2) estar descontentas con el gobierno _____ (3) la falta general de comida. Los cacerolazos, como los famosos *sit-ins* de los años 60 en los Estados Unidos, son una manera no violenta _____ (4) luchar _____ (5) el bienestar del pueblo.

A través de los años, las cacerolas se convirtieron en símbolo de protesta; hasta se ven cacerolas como iconos en algunas páginas web. Hoy día se anuncian la hora y el lugar de los cacerolazos _____ (6) Internet o muchas veces _____ (7) mensaje de texto _____ (8) obtener una buena difusión.

Parte B: En grupos de tres, hablen de diferentes problemas a nivel internacional, nacional, estatal o local. Digan si saben de algo interesante que hizo la gente de su país como forma de protesta.

Cacerolazo contra el presidente en Venezuela.

ACTIVIDAD 26 Motivos y propósitos

Habla de los motivos y propósitos de cada una de las siguientes situaciones, formando oraciones con una frase de la primera columna y una de la segunda. Debes encontrar dos posibilidades para cada frase de la primera columna: una con **por** para indicar el motivo de la acción y otra con **para** para indicar el propósito.

▶ La familia llegó a casa tarde, a las nueve, **por** el tráfico que había.

▶ La familia llegó a casa a las nueve **para** ver su programa de televisión favorito.

Personas y hechos	Motivos y propósitos
1. Romeo y Julieta se suicidaron	a. haber prometido cambios radicales
2. El presidente subió al poder	b. las oportunidades de trabajo que crea
3. César Chávez hizo una huelga de hambre	c. vender sus productos
4. Nike usa en sus anuncios a muchos deportistas	d. estar unidos en la muerte
5. El gobierno norteamericano participa en el Tratado de Libre Comercio (TLC)	e. protestar contra el uso de insecticidas en las huertas
	f. la fama que tienen entre los jóvenes
	g. mejorar la situación económica
	h. los problemas de salud de los campesinos
	i. amor
	j. aumentar las exportaciones a México y Canadá

ACTIVIDAD 27 Debate sobre la pena de muerte

Parte A: La pena de muerte es un tema muy controvertido. Lee las siguientes ideas y completa las que tienen espacio en blanco con **por** o **para**. Luego marca si las oraciones están a favor (AF) o en contra (EC) de la pena de muerte.

                                                                    AF   EC

1. La pena de muerte se implementa _____ evitar
   más asesinatos.   _____   _____

2. La violencia genera violencia.   _____   _____

3. Los asesinos pasan _____ un juicio (*trial*) imparcial
   antes de ser condenados a muerte.   _____   _____

4. La ejecución es necesaria _____ aliviar el sufrimiento
   de los familiares de la víctima.   _____   _____

5. _____ miedo a la pena de muerte, los criminales
   matan menos.   _____   _____

6. _____ el bien de la sociedad, no debe haber pena
   de muerte. Somos un país civilizado.   _____   _____

7. Es muy costoso darles a los criminales cadena perpetua
   (*life imprisonment*).   _____   _____

8. Matar al asesino no es una solución _____ los
   familiares de la víctima.   _____   _____

9. La gente que no tiene dinero _____ contratar a un
   abogado suele perder el caso.   _____   _____

10. Se puede ejecutar a algunas personas _____ crímenes
    que no cometieron.   _____   _____

Parte B: Ahora, en grupos de cuatro, dos personas van a debatir a favor de la pena de muerte y dos personas en contra. Pueden usar sus propias ideas y las de la Parte A para defender su postura.

Para debatir

Para estar de acuerdo:
Estoy de acuerdo
(con lo que dices).
Seguro.
Es verdad/cierto.

Para no estar de acuerdo:
No estoy de acuerdo
(con lo que dices).
Lo dudo.

Para interrumpir:
Pido la palabra.
(*May I speak?*)
Perdón, pero...
Quiero hablar.

Do the corresponding web activities to review the chapter topics.

Capítulo 6 187

Vocabulario activo

Verbos para expresar emoción u opinión

alegrarle (a alguien) to be glad/happy
darle pena (a alguien) to feel sorry
esperar to hope
estar contento/a (de) to be happy
estar triste (de) to be sad
lamentar to lament, to be sorry
molestarle (a alguien) to be bothered/annoyed by
sentir (ie, i) to be sorry
sorprenderle (a alguien) to be surprised
temer to fear
tener miedo (de) to be afraid (of)

Expresiones impersonales para expresar emoción u opinión

es bueno it's good
es fantástico it's great
es horrible it's horrible
es lamentable it's a shame/lamentable
es una lástima it's a pity/shame
es malo it's bad
es maravilloso it's wonderful
es una pena it's a pity/shame
es raro it's strange
es terrible it's terrible
es una vergüenza it's a shame/shameful
ojalá I hope
¡Qué bueno...! How good...!
¡Qué lástima...! What a pity/shame...!
¡Qué pena...! What a pity/shame...!
¡Qué sorpresa...! What a surprise...!
¡Qué vergüenza...! How shameful...!

Expresiones para indicar duda

¿creer? to think/believe?
dudar to doubt
es imposible it's impossible
no creer not to think/believe
no es cierto it's not true
no es evidente it's not evident
no es obvio it's not obvious
(no) es posible it's (not) possible
(no) es probable it's (not) probable
no es verdad it's not true
no estar seguro/a (de) not to be sure
(no) puede ser it can(not) be

Expresiones para indicar certeza

creer to think/believe
es cierto it's true
es evidente it's evident
es obvio it's obvious
es seguro it's certain
es verdad it's true
está claro it's clear
estar seguro/a (de) to be sure
no cabe duda (de) there is no doubt

Palabras relacionadas con la política

abusar to abuse
el abuso abuse
el activismo activism
el acuerdo agreement/pact
  estar de acuerdo to be in agreement
  llegar a un acuerdo to reach an agreement
la amenaza threat
amenazar to threaten
apoyar to support
el apoyo support
el asunto político/económico political/economic issue
el bienestar común the common good
la campaña electoral political campaign
la censura censorship
censurado/a censored
censurar to censor
el compromiso commitment
la corrupción corruption
la democracia democracy
democrático/a democratic
los desaparecidos missing people
la desigualdad inequality
el/la dictador/a dictator
la dictadura dictatorship
la eficiencia efficiency
la estabilidad stability
el golpe de estado coup d'état
la huelga strike
la igualdad equality
la ineficiencia inefficiency
la inestabilidad instability
la influencia influence
influir en to influence (something)
la inversión investment
invertir (ie, i) to invest
la junta militar military junta
la libertad de palabra/prensa freedom of speech/the press
la manifestación demonstration
el paro work stoppage
el partido demócrata Democratic party
el partido republicano Republican party
la política politics
el político / la mujer política politician
la protección protection
proteger to protect
la protesta protest
protestar to protest
el pueblo the people
el respeto a / la violación de los derechos humanos respect for / violation of human rights
el soborno bribe
el suceso; los sucesos del momento the event; current events

Expresiones útiles

el/la ayudante de cátedra teaching assistant
la beca scholarship
Lo dudo. I doubt it.
quién diría who would have said/thought
salirse con la suya to get his/her way
(No) Estoy de acuerdo (con lo que dices). I (don't) agree (with what you say).
Perdón, pero... Excuse me, but...
Pido la palabra. May I speak?
Quiero hablar. I want to speak.
Seguro. Sure.

188 Fuentes: Conversación y gramática

Más allá

🎵 Canción: "Desapariciones"

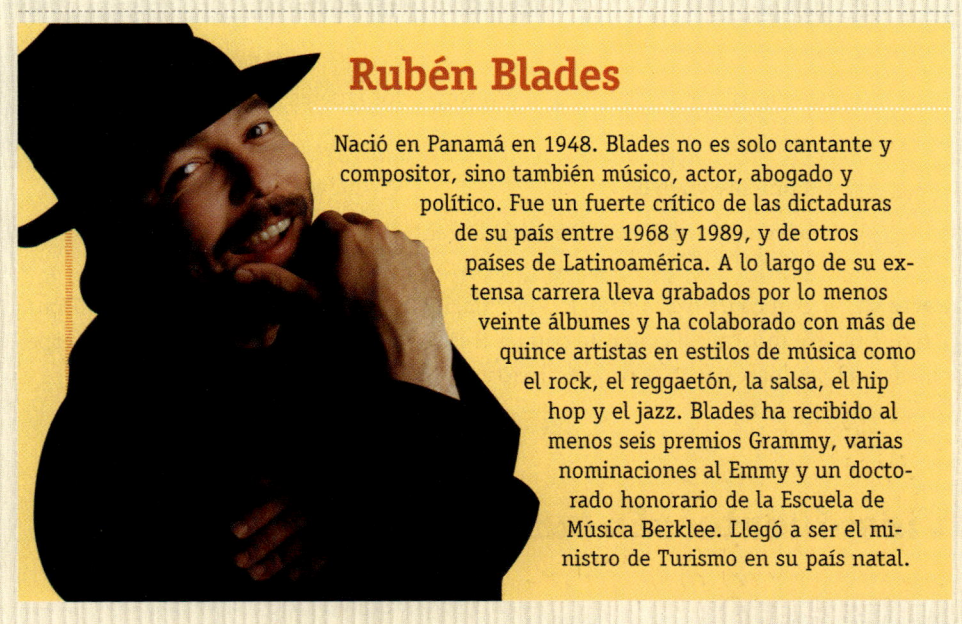

Rubén Blades

Nació en Panamá en 1948. Blades no es solo cantante y compositor, sino también músico, actor, abogado y político. Fue un fuerte crítico de las dictaduras de su país entre 1968 y 1989, y de otros países de Latinoamérica. A lo largo de su extensa carrera lleva grabados por lo menos veinte álbumes y ha colaborado con más de quince artistas en estilos de música como el rock, el reggaetón, la salsa, el hip hop y el jazz. Blades ha recibido al menos seis premios Grammy, varias nominaciones al Emmy y un doctorado honorario de la Escuela de Música Berklee. Llegó a ser el ministro de Turismo en su país natal.

ACTIVIDAD ¿Quiénes desaparecieron?

Parte A: Antes de escuchar la canción, mira el título y di qué aprendiste en este capítulo sobre los desaparecidos. Explica quiénes eran, por qué se los llama así, por qué desaparecieron y en qué país/es ocurrió esto.

Parte B: Escucha la canción y completa los seis puntos siguientes. Recuerda leer cada punto con cuidado antes de escuchar la canción.

1. En la primera parte de la canción, diferentes personas hablan del familiar que desapareció en cada caso.

Desaparecido	Parentesco del desaparecido	Cuándo desapareció	Por qué desapareció
No. 1			X
No. 2			X
No. 3			
No. 4		X	

2. Escribe cuatro de los muchos ruidos que escuchó el hombre anoche en la calle.

   _____   _____   _____   _____

3. A pesar de los ruidos la gente no salió a la calle porque...

   _____ tenía miedo   _____ miraba una telenovela   _____ llovía

(Continúa en la página siguiente.)

Capítulo 6 189

4. Se puede buscar a los desaparecidos en...

   _____ los hospitales   _____ centros de detención   _____ el agua

5. Las personas desaparecen porque....

   _____ critican al gobierno   _____ no son todos iguales   _____ ponen bombas

6. Los desaparecidos...

   _____ finalmente vuelven   _____ vuelven muertos

   _____ vuelven solo al pensamiento de la gente

Parte C: En grupos de tres, miren la información que anotaron en la Parte B y discutan qué quiere mostrar el cantante con las tres partes de la canción (las personas específicas que desaparecieron, lo que ocurrió anoche y las preguntas y respuestas sobre los desaparecidos).

Videofuentes: *En busca de la verdad*

Antes de ver

ACTIVIDAD 1 ¿Qué recuerdas?

Antes de ver un video sobre algo que ocurrió durante la dictadura militar en Argentina entre 1976 y 1983, hablen en grupos de tres sobre lo que saben de las siguientes ideas.

- los desaparecidos de Chile y el general Pinochet
- Sting y los derechos humanos
- los desaparecidos de Argentina y las Madres de Plaza de Mayo

Mercedes Meroño, vicepresidenta de Madres de Plaza de Mayo.

Mientras ves

ACTIVIDAD 2 Los desaparecidos

Lee las siguientes preguntas y luego, para contestarlas, mira el video sobre los desaparecidos, hasta donde Horacio empieza a hablar de sus padres.

1. ¿Cuántas personas desaparecieron en Argentina?
2. ¿Qué les ocurrió a los desaparecidos? ¿Y a sus hijos?
3. ¿Cuáles fueron los grupos de protesta que se formaron y cuáles eran sus objetivos?

ACTIVIDAD 3 **La historia de Horacio**

Ahora lee las siguientes ideas y luego mira el resto del video para escuchar la historia de Horacio.

1. qué hace Horacio
2. quiénes eran sus padres y qué les ocurrió
3. cómo llegó Horacio a su nueva familia
4. cómo descubrió su verdadera identidad
5. por qué es importante no olvidar lo que ocurrió

Horacio Pietragalla Corti describe a su familia.

Después de ver

ACTIVIDAD 4 **Nunca más**

En grupos de tres, discutan las siguientes preguntas sobre los derechos humanos. Usen expresiones como: **Dudo que... haya..., Creo que..., Es terrible que...**

1. ¿Conocen otros países donde hubo o hay hoy día violaciones de derechos humanos? ¿El mundo hizo o hace algo para detenerlas? ¿Alguien hizo o hace algo para juzgar a los culpables?
2. ¿Alguna vez ha violado el gobierno de este país los derechos humanos de sus ciudadanos? ¿Y de los ciudadanos de otros países? Si contestan que sí, ¿el mundo hizo algo para detenerlo? ¿Alguien hizo algo para juzgar a los culpables? ¿Cómo reaccionaron los ciudadanos del país?
3. ¿Qué creen que se pueda hacer para que los gobiernos del mundo respeten los derechos humanos? Mencionen por lo menos cuatro ideas.

Proyecto: Una viñeta política

Busca en Internet dos viñetas políticas de uno de los siguientes humoristas gráficos hispanos y luego contesta las preguntas que se presentan. Entrégale al/a la profesor/a las viñetas que seleccionaste y las respuestas a las preguntas.

- Lalo Alcaraz (mexicoamericano)
- Quino (argentino)
- Allan McDonald (hondureño)

1. ¿Qué ocurre en la escena? ¿Qué crítica hace el humorista? ¿Qué quiere que el lector comprenda?
2. ¿Qué lamenta el humorista? ¿Qué le molesta? ¿Qué espera que ocurra? Empieza tus respuestas con **El humorista lamenta que..., A él le molesta que..., Espera que...**

CAPÍTULO 7

Nuestro medio ambiente

Grupo de ecoturistas cruzan la laguna Carhuacocha, Perú.

METAS COMUNICATIVAS

- afirmar y negar
- describir lo que uno busca
- evitar la redundancia
- describir acciones que van a ocurrir
- hablar del medio ambiente y del turismo de aventura

Unas vacaciones diferentes

Ecoturismo

¡Ya sé!	I've got it!
algo así	something like that
desde luego	of course

Mujeres quichuas preparan terrazas de cultivo en Latacunga, Ecuador.

ACTIVIDAD 1 Viajando se aprende

Parte A: Antes de escuchar la conversación, menciona los tres últimos lugares adonde fuiste de vacaciones, di qué hiciste en cada viaje y cómo lo pasaste.

Parte B: Ahora vas a escuchar una conversación en la cual María José habla con Pablo sobre sus próximas vacaciones. Primero lee las siguientes oraciones y luego, mientras escuchas, marca si son ciertas (**C**) o falsas (**F**).

1. _____ María José no conoce muchos lugares.
2. _____ Ella quiere ir a un lugar donde pueda visitar catedrales.
3. _____ El verano pasado estuvo en Venezuela.
4. _____ Un amigo de Pablo estuvo en Ecuador.
5. _____ A María José no le interesa ir a Ecuador.

ACTIVIDAD 2 Los detalles

Primero, lee las siguientes preguntas y después escucha la conversación otra vez para contestarlas.

1. ¿Qué grupo indígena vive en Capirona, Ecuador?
2. ¿En qué consiste el programa que organizan?
3. ¿Qué es una minga?
4. ¿Cómo se llega al pueblo?
5. ¿Por qué crees que le interese este viaje a María José?

ACTIVIDAD 3 Opiniones

En grupos de tres, discutan qué es lo peligroso, lo divertido y lo beneficioso de hacer un viaje de ese tipo.

Para más información: www.volunteerabroad.com y www.ecotourism.org

¿Lo sabían?

La toma de conciencia por el medio ambiente ha despertado interés por hacer viajes que incluyan más que una semana en la playa. Por eso hay muchas organizaciones que preparan grupos para viajar a regiones del mundo donde se necesita ayuda. Una de ellas es "Amigos de las Américas", que recluta a gente para trabajar en proyectos en pueblos rurales de América Latina. Hoy día, también hay numerosos lugares que son frecuentados por ecoturistas. Entre ellos están: las Islas Galápagos de Ecuador para ver la flora y fauna, el Parque Tayrona en Colombia para explorar la selva, la laguna de Scammon en México para ver ballenas y los glaciares de la Patagonia en Argentina.

¿Tu universidad ofrece estos tipos de viajes?

Parque Nacional Natural Tayrona, Colombia.

194 Fuentes: Conversación y gramática

I. Discussing Adventure Travel and the Environment

A El equipaje

El blog de Sara

Para ver fotos, haz clic

Mis Links
Camino del Inca
Machu Picchu
Ecoturismo
Cuzco
Iquitos
Amazonas en peligro
Selva negra

Mi padre y yo llegamos hace unos días de hacer el Camino del Inca que termina en Machu Picchu. Estamos agotados, pero valió la pena hacerlo. Fue increíble. Pisamos las mismas piedras y cruzamos los mismos puentes que construyeron los incas antes de la llegada de los españoles. Para los que quieran hacer este viaje de tres días y medio por las montañas de Perú, recuerden que hay que estar en buen estado físico, pero por suerte los porteadores (asistentes) cargan **las tiendas de campaña** y **las mochilas.** No se preocupen por comprar **mapa** topográfico porque un guía siempre acompaña al grupo. Lo fundamental para llevar es **saco de dormir, linterna** (con **pilas cargadas**), **repelente contra insectos** y —siempre viene bien— **una navaja suiza.** También **un buen protector solar** es esencial porque a esas alturas el sol es peligroso. Y fundamental para este viaje es **una buena cámara** con **la batería cargada** porque se van a querer pegar un tiro si no pueden sacar fotos del espectáculo maravilloso que van a ver.

Do the corresponding web activities as you study the chapter.

tents
backpacks; map
sleeping bag
flashlight; charged batteries (AA, AAA);
insect repellent; Swiss army knife;
sunscreen
charged battery (cell phone, camera)

B Deportes

acampar

bucear, el buceo

escalar (montañas)

hacer alas delta

hacer vela

Capítulo 7   195

You may also see the word **piragua** for *kayak*.

hacer rafting = hacer navegación de rápidos (*Costa Rica*)

Many sports that have become popular in recent years take their names from English. These words may change in the future and already vary in use from one country to another. The words presented here are the most common.

Otros deportes	
hacer	
una caminata	to go for a walk/hike
esquí nórdico/alpino/acuático	to cross country/downhill/water ski
kayak	
rafting	
senderismo/trekking	to hike
snorkel	
snowboard	
surf	
montar	
a caballo	to ride a horse
en bicicleta de montaña	

El reciclaje

For basic words related to the environment, see Appendix G.

contaminación = polución, but the former is preferable.

C El medio ambiente

la agricultura sostenible	sustainable agriculture
los cambios climáticos	climate changes
la contaminación, contaminante, contaminar	pollution, contaminating, to contaminate/pollute
los desechos, desechable, desechar	rubbish, disposable, to throw away
el desperdicio, desperdiciar	waste, to waste
la destrucción, destruir	destruction, to destroy
el equilibrio/desequilibrio	balance/imbalance
la extinción, extinguirse	extinction, to become extinct
las fuentes de energía renovable	sources of renewable energy
la huella ecológica	ecological footprint
la preservación, preservar	
la protección, proteger	
recargable, el cargador (solar)	rechargeable, (solar) charger
los recursos naturales	natural resources
reducir	
la restricción, restringir	

ACTIVIDAD 4 Los viajes

En grupos de tres, hagan una lista de cosas que se necesitan para hacer las siguientes actividades y compártanla con la clase.

1. acampar un fin de semana
2. una caminata de un día
3. un viaje de una semana por la selva
4. un viaje en bicicleta de 15 días

ACTIVIDAD 5 Categorías

En grupos de tres, túrnense para nombrar por lo menos cuatro deportes que pertenecen a las siguientes categorías. Incluyan palabras del vocabulario y otras que sepan.

1. deportes acuáticos
2. deportes en los cuales los participantes usan zapatos especiales
3. deportes que se practican en el aire
4. deportes que se practican cuando hace frío
5. deportes que se practican cuando hace calor
6. deportes baratos
7. deportes caros

Iquitos, Perú.

ACTIVIDAD 6 Deportes peligrosos

Parte A: En grupos de tres, discutan las siguientes preguntas.

1. ¿Practican algún deporte peligroso?
2. ¿Qué deportes peligrosos se pueden practicar en la ciudad donde viven o cerca de allí?
3. ¿Por qué creen que algunas personas disfrutan de los deportes peligrosos como escalar montañas o bucear en cuevas del Caribe?

Parte B: Hay gente que dice que todos los deportes son peligrosos. Cuente cada uno un accidente que tuvo mientras practicaba un deporte. Si no tuvieron ninguno, hablen de un accidente que tuvo alguien que conozcan.

ACTIVIDAD 7 Cuidemos el mundo en que vivimos

En grupos de tres, discutan las siguientes preguntas.

1. ¿Qué factores contribuyen a los cambios climáticos que se están viendo en nuestro planeta hoy día? ¿Qué productos destruyen la capa de ozono y cuáles no la contaminan?
2. ¿Cuántos animales que están en peligro de extinción pueden nombrar? ¿Por qué están en peligro? ¿Podemos hacer algo para detener su extinción?
3. ¿Qué se puede usar en los carros en lugar de gasolina? ¿Creen Uds. que los países deben tener restricciones en el nivel de emisiones tóxicas que producen los carros? ¿Por qué?

ACTIVIDAD 8 Los recursos naturales

Parte A: Lee lo que dice una venezolana sobre los recursos naturales de Latinoamérica y explica de qué manera no intencional recicla la gente.

consumir menos, conservar más

🌱 Fuente hispana

"En muchos países latinoamericanos se usan menos recursos naturales que en países como los Estados Unidos porque la gente, que en general tiene menos dinero, compra menos y por lo tanto consume menos. Esto incluye la compra de comida, de ropa, de objetos de diversión y recreación, como música, artículos de deportes, etc., y también energía. Mucha gente consume menos gasolina porque usa el transporte público o tiene carros pequeños que consumen menos. Y cuando algo se rompe, como un televisor, un microondas o un secador de pelo, conviene llevarlo a arreglar ya que la mano de obra para arreglarlo es mucho más barata que el valor del producto nuevo. Entonces en Latinoamérica muchas veces se recicla no necesariamente de manera consciente, sino porque resulta más práctico y económico y así al consumir menos, logran conservar más."

Parte B: Ahora, en grupos de tres, preparen por lo menos cinco recomendaciones para hacerle a la clase sobre qué puede hacer cada uno en su vida diaria para consumir menos recursos naturales y reducir su huella ecológica. Miren la lista de ideas que se presenta abajo y al hablar, usen expresiones como: **Les recomendamos que...**, **Les aconsejamos que...**

▶ Les recomendamos que vayan menos a las tiendas para no ver tantas cosas atractivas y así comprar menos cosas innecesarias.

- cosas que se compran todos los días
- cantidad de plástico/papel que se usa para empacar las cosas
- gas/electricidad/agua/gasolina
- cantidad de comida que se compra
- compras innecesarias
- productos desechables
- compra de libros versus biblioteca
- uso innecesario del carro
- comerciales en la tele, el periódico y la radio
- propaganda por correo (catálogos, ofertas del supermercado, etc.)

ACTIVIDAD 8 Los recursos naturales

Parte A: Lee lo que dice una venezolana sobre los recursos naturales de Latinoamérica y explica de qué manera no intencional recicla la gente.

consumir menos, conservar más

Fuente hispana

"En muchos países latinoamericanos se usan menos recursos naturales que en países como los Estados Unidos porque la gente, que en general tiene menos dinero, compra menos y por lo tanto consume menos. Esto incluye la compra de comida, de ropa, de objetos de diversión y recreación, como música, artículos de deportes, etc., y también energía. Mucha gente consume menos gasolina porque usa el transporte público o tiene carros pequeños que consumen menos. Y cuando algo se rompe, como un televisor, un microondas o un secador de pelo, conviene llevarlo a arreglar ya que la mano de obra para arreglarlo es mucho más barata que el valor del producto nuevo. Entonces en Latinoamérica muchas veces se recicla no necesariamente de manera consciente, sino porque resulta más práctico y económico y así al consumir menos, logran conservar más." ∎

Parte B: Ahora, en grupos de tres, preparen por lo menos cinco recomendaciones para hacerle a la clase sobre qué puede hacer cada uno en su vida diaria para consumir menos recursos naturales y reducir su huella ecológica. Miren la lista de ideas que se presenta abajo y al hablar, usen expresiones como: **Les recomendamos que...**, **Les aconsejamos que...**

▶ Les recomendamos que vayan menos a las tiendas para no ver tantas cosas atractivas y así comprar menos cosas innecesarias.

- cosas que se compran todos los días
- cantidad de plástico/papel que se usa para empacar las cosas
- gas/electricidad/agua/gasolina
- cantidad de comida que se compra
- compras innecesarias
- productos desechables
- compra de libros versus biblioteca
- uso innecesario del carro
- comerciales en la tele, el periódico y la radio
- propaganda por correo (catálogos, ofertas del supermercado, etc.)

ACTIVIDAD 9 Ecoturismo, ¿peligro o no?

*Héctor Ceballos Lascuráin, creador del término **ecoturismo***

Parte A: Lee las siguientes oraciones y marca tu opinión usando esta escala:

a = estoy seguro/a   **b** = es posible   **c** = no lo creo

1. _____ La sola presencia del ser humano destruye el medio ambiente.
2. _____ Para llegar a lugares remotos hay que usar medios de transporte que contaminan el medio ambiente.
3. _____ Para tomar conciencia del valor de la naturaleza, hay que ver las zonas remotas y vírgenes con nuestros propios ojos.
4. _____ El dinero que gastan los turistas se puede usar para la preservación de las áreas silvestres.
5. _____ Después de hacer un viaje de ecoturismo, los participantes tienen un papel más activo en el movimiento verde: reciclan más, compran productos que contaminan menos e intentan cambiar las leyes de su país para proteger el medio ambiente.
6. _____ Los controles de un gobierno nunca van a ser suficientemente estrictos para controlar los problemas que puede traer el ecoturismo.
7. _____ El contacto con los turistas cambia para siempre la vida de las personas de una región.
8. _____ Los ecoturistas nunca tiran basura ni hacen nada para destruir el lugar que visitan.
9. _____ La presencia constante de grupos de turistas no es natural y por eso, crea un desequilibrio en el área.

Parte B: Algunos creen que el ecoturismo es beneficioso porque así la gente aprende a apreciar y preservar la naturaleza. Otros creen que el mismo ecoturismo ayuda a destruir el medio ambiente. Formen grupos de cuatro, con dos a favor y dos en contra, y preparen un debate sobre este tema. Pueden usar las ideas mencionadas en la Parte A y expandirlas e inventar otras razones para apoyar su postura. Al debatir usen las siguientes expresiones.

Para debatir

Para estar de acuerdo:	Para no estar de acuerdo:	Para interrumpir:
Tienes razón.	No estoy de acuerdo del todo.	¿Me dejas hablar?
Sin duda alguna. (*Without a doubt.*)	No me termina de convencer. (*I'm not totally convinced.*)	Ahora me toca a mí. (*Now it is my turn.*)
Opino como tú.	De ningún modo. (*No way.*)	Un momento.

II. Affirming and Negating

In this section you will review commonly used affirmative and negative expressions, and specifically how negative expressions are used.

1. Here is a list of common affirmative and negative expressions.

Affirmative Expressions	Negative Expressions
todo everything **algo** something	**nada** nothing, (not) anything
todos/as everyone **todo el mundo** everyone **muchas/pocas personas** many/few people **alguien** someone	**nadie** no one
siempre always **muchas veces** many times **con frecuencia / a menudo** frequently **a veces** sometimes **una vez** once	**nunca / jamás** never

2. Two common ways to create sentences with negative expressions in Spanish are:

Remember: If you use **no** before the verb, use a negative word after the verb.

> **no** + verb + negative word
> negative word + verb

—¿Te ayudó la Sra. López? — *Did Mrs. López help you?*

—¿Ayudarme? Esa mujer **no** me **ayuda jamás.** / Esa mujer **jamás** me **ayuda.** — *Help me? That woman doesn't ever help me / never helps me.*

—¿Quiénes fueron a la reunión de negocios? — *Who went to the business meeting?*

—**No fue nadie.** / **Nadie fue.** — *Nobody went.*

—¿Funciona? — *Does it work?*

—No, **no funciona nada** en esta oficina. / No, **nada funciona.*** — *No, nothing works in this office.*

*Note: **Nada** can only precede the verb when it is the subject.

200 Fuentes: Conversación y gramática

I. Discussing Work

El trabajo

Hace una semana que llegué a Chile desde mi querido El Salvador natal y poco a poco me estoy acostumbrando a mi nuevo lugar de trabajo aquí en Santiago. Gracias a la organización AIESEC conseguí una **pasantía** donde trabajo **medio tiempo** en una **empresa** de publicidad. Estoy aprendiendo bastante sobre diseño gráfico y esta semana empecé a colaborar en una campaña de una **ONG** para ayudar a los niños de la calle. Espero que tenga éxito la campaña porque el tema me entristece mucho. Con mis compañeros de trabajo me llevo muy bien y, en cuanto a la pasantía, gano un pequeño **sueldo**, pero no recibo ni **seguro médico** ni otros **beneficios**. Lo que sí voy a tener es **experiencia laboral**, que pienso incluir en mi **curriculum**, y espero que mi jefe me dé una buena **carta de recomendación** para mejorar así las posibilidades de conseguir un buen trabajo. Acá estoy en el trabajo—¿te gusta la corbata roja? Mi jefe es el de pelo canoso que está detrás de mí.

Do the corresponding web activities as you study the chapter.

You may also hear **práctica profesional** instead of **pasantía.**

internship
part time; company

organización no gubernamental

salary
health insurance; benefits
work experience; CV, résumé

letter of recommendation

Palabras relacionadas con el trabajo

los avisos clasificados	classified ads
completar una solicitud	to fill out an application
contratar/despedir (i, i) a alguien	to hire/fire someone
entrevistarse (con alguien)	to be interviewed (by someone)
estar desempleado/a / estar sin trabajo	to be unemployed
la oferta y la demanda	supply and demand
las referencias	references
sin fines/ánimo de lucro	nonprofit
solicitar un puesto/empleo	to apply for a job
tomar cursos de perfeccionamiento/ capacitación	to take continuing education/training courses

estar desempleado/a = estar sin empleo / estar en (el) paro (*España*)

Capítulo 8   227

Note: **sueldo** = salary; **salario** = wages (hourly pay)

el aguinaldo = la paga extraordinaria (*España*)

Cómo buscar trabajo

El empleo	
aumentar/bajar el sueldo	to raise/lower the salary
los ingresos	income
el pago mensual/semanal	monthly/weekly pay
el salario mínimo	minimum wage
trabajar tiempo completo	to work full time

Los beneficios	
el aguinaldo	end-of-the-year bonus
los días feriados	holidays
la guardería (infantil)	child care center
la licencia por maternidad/paternidad/enfermedad/matrimonio	maternity/paternity/sick/wedding leave
el seguro dental/de vida	dental/life insurance

ACTIVIDAD 4 Quiero un trabajo

Usa el vocabulario sobre el trabajo y di qué se necesita hacer para conseguir un trabajo.

ACTIVIDAD 5 Los beneficios

En grupos de tres, discutan cuáles son los beneficios que puede ofrecer una empresa. Luego pónganse de acuerdo para ponerlos en orden de importancia y justifiquen su orden. Comiencen diciendo **¿Cuáles son algunos de los beneficios que...?**

ACTIVIDAD 6 Las pasantías

Parte A: La mitad de la clase debe buscar información en su universidad sobre qué oportunidades hay para hacer pasantías. La otra mitad tiene que buscar información de organizaciones que ofrecen pasantías en el extranjero. Para la próxima clase deben estar listos para hablar de diferentes posibilidades.

Parte B: En grupos de cuatro, hablen de lo que encontraron sobre las pasantías.

Parte C: Miren el chiste y luego discutan si es común que a la persona que hace una pasantía se le pida que haga cosas que no tienen nada que ver con su descripción laboral.

¡INODORO TAPADO EN EL BAÑO DE HOMBRES... TODO SUYO, PEREYRA!

Pereyra, estudiante de ingeniería hidráulica, descubre que su pasantía puede estar llena de sorpresas

ACTIVIDAD 7 Historia laboral

En grupos de tres, discutan las siguientes preguntas.

1. ¿Han trabajado alguna vez?
2. ¿Han tenido o tienen trabajo de tiempo completo con beneficios? Si contestan que sí, ¿qué beneficios recibieron?
3. ¿Han trabajado medio tiempo? ¿Han trabajado solo durante los veranos? Si contestan que sí, ¿recibieron algunos beneficios?
4. ¿Cuál es el mejor o el peor trabajo que han tenido? Descríbanlo y expliquen por qué fue bueno o malo.
5. Cuando nacieron, ¿estaba empleada su madre? Si contestan que sí, ¿dejó el puesto? ¿Le dieron licencia por maternidad? ¿Volvió a trabajar? ¿Trabajó tiempo completo o medio tiempo? ¿Existía la oportunidad de pedir licencia por paternidad? Si contestan que sí, ¿la pidió su padre?

ACTIVIDAD 8 ¿Qué opinas?

Di si estás de acuerdo o no con las siguientes ideas y por qué.

1. Todas las empresas deben tener guardería.
2. Debe haber más cursos de capacitación para los desempleados.
3. Es justo que las empresas bajen los sueldos para no tener que despedir a algunos empleados.
4. Si una empresa tiene que despedir a unos empleados, estos deben ser los últimos que se han contratado.
5. Todo empleado de tiempo completo debe tener seguro médico y un mes de vacaciones pagadas cada año.

ACTIVIDAD 9 La entrevista de trabajo

En parejas, una persona va a entrevistar a la otra para el puesto de recepcionista de un hotel usando la información que aparece a continuación. El trabajo es de tiempo completo durante el verano y medio tiempo durante el año escolar. El/La candidato/a debe contestar diciendo la verdad sobre su experiencia y su preparación. El/La entrevistador/a debe decidir si va a darle el puesto a esta persona o no. Escuchen primero mientras su profesor/a entrevista a otro/a estudiante y después entrevisten a su pareja.

Responsabilidades y requisitos

• tener buena presencia	• tener experiencia con el público
• saber llevarse bien con otros empleados	• ser organizado/a
• usar computadoras	• trabajar días feriados
• contestar el teléfono	• tener conocimiento de uno o dos idiomas extranjeros
• ser capaz de resolver conflictos	

Capítulo 8 229

ACTIVIDAD 10 La oferta y la demanda

Parte A: En grupos de cuatro, analicen sus posibilidades de empleo en el futuro. Para hacerlo, apunten la siguiente información para cada miembro del grupo.

- el puesto que quiere tener
- dónde prefiere tener ese trabajo
- cuánto dinero quiere ganar
- la oferta y la demanda de ese trabajo en el mundo, en este país, en diferentes regiones del país o en ciudades específicas
- el efecto de la oferta y la demanda sobre el sueldo que va a poder ganar

Parte B: Basándose en las respuestas de la Parte A, decidan quién tiene las mejores posibilidades de conseguir el puesto que busca y quién creen que va a tener más dificultades y por qué.

¿Lo sabían?

Pro and Con of Trade Agreements

Indígenas peruanos se manifiestan en contra de un tratado entre la Comunidad Andina (CAN) y la Unión Europea.

Entre los acuerdos comerciales en que participan algunos países hispanos se encuentran el CAFTA-DR (Tratado de Libre Comercio de Centroamérica y la República Dominicana) y el Mercosur (Mercado Común del Sur). Los defensores de estos tratados opinan que los países participantes se benefician económicamente, ya que facilitan, entre otras cosas, la importación y exportación de productos sin tarifas aduaneras. El negociar como grupo, especialmente para países menos fuertes económicamente, es otra de las consecuencias positivas. Sin embargo, hay quienes critican estos acuerdos porque argumentan que benefician solo a los ricos y no a los pobres. Entre quienes sufren las consecuencias negativas de estos acuerdos internacionales están los indígenas de los países miembros. Ellos sufren la explotación del territorio donde viven, que afecta no solo la diversidad biológica, sino también su manera de vivir y sus tradiciones.

¿Sabes si tu país tiene tratados de libre comercio con otros países? ¿Cuáles son? En tu opinión, ¿brindan beneficios o no para tu país?

II. Expressing Restriction, Possibility, Purpose, and Time

The Subjunctive in Adverbial Clauses

In Chapter 7, you studied how to express pending actions with the subjunctive. In this chapter, you will study how to express restriction, possibility, purpose, and time.

1. The following adverbial conjunctions are followed by the subjunctive. They are used when the subject in the dependent clause is different from the subject in the independent clause.

Restriction:	siempre y cuando / con tal (de) que	provided that
	a menos que	unless
	sin que	without
Possibility:	en caso (de) que	in the event that, if
Purpose:	para que	in order that, so that
Time:	antes (de) que	before

To remember the conjunctions, memorize the acronym **ESCAPAS.**

- **E** en caso (de) que
- **S** sin que
- **C** con tal (de) que
- **A** antes (de) que
- **P** para que
- **A** a menos que
- **S** siempre y cuando

Podemos comenzar el proyecto **siempre y cuando** la jefa lo **autorice.**

We can start the project provided that the boss authorizes it.

Voy a cancelar la reunión **en caso de que** el jefe **no pueda** venir.

I'm going to cancel the meeting if the boss can't come.

2. If there is no change of subject, an infinitive follows the prepositions **sin, para,** and **de** (in phrases like **antes de, con tal de, en caso de**). Compare the following sentences.

Two Subjects: Conjunction + *subjunctive*	One Subject: Preposition + *infinitive*
Mi hermano trabaja día y noche **para que su familia pueda** vivir bien.	**Mi hermano** trabaja **para poder** vivir bien.
Yo pienso hacerlo **sin que nadie** me **oiga.**	**Yo** pienso hacerlo **sin hacer** ruido.
Los empleados van a reunirse **antes de que la jefa** les **hable** sobre los beneficios.	**Los empleados** van a reunirse **antes de hablarle** a la jefa sobre los beneficios.
Carmen va a aceptar ese trabajo **con tal (de) que** le **den** vacaciones.	**Carmen** va a aceptar ese trabajo **con tal de tener** muchas vacaciones.

Capítulo 8 231

3. The conjunctions **a menos que** and **siempre y cuando** are always followed by the subjunctive whether or not there are two different subjects.

Ellos van a buscar un regalo esta tarde **a menos que** (**ellos**) no **tengan** tiempo.

They are going to look for a present this afternoon unless they don't have time.

(**Nosotros**) Podemos terminar el proyecto **siempre y cuando** (**nosotros**) **tengamos** el dinero.

We can finish the project provided that we have the money.

ACTIVIDAD 11 Beneficios laborales

La licencia por paternidad también existe en muchos países hispanos.

Parte A: Completa la siguiente explicación que da un argentino sobre los beneficios laborales que existen en su país con la forma apropiada de los verbos que se presentan.

"Argentina ofrece algunos beneficios para que el trabajador _____ (1. tener) cierta protección económica. Uno de estos beneficios es la licencia por matrimonio, gracias a la cual si alguien se casa, puede faltar al trabajo por doce días sin que su jefe le _____ (2. computar) esas faltas. En caso de _____ (3. estar) embarazada, una mujer tiene derecho a pedir licencia por maternidad por tres meses. En caso de que un empleado _____ (4. estar) enfermo, se le puede dar licencia por enfermedad y el número de días que puede faltar depende de la gravedad del caso. Cuando un trabajador se siente mal, no puede faltar sin _____ (5. llamar) a su trabajo ese mismo día. El jefe se encarga entonces de mandar a un médico a la casa del empleado para que lo _____ (6. examinar), lo _____ (7. diagnosticar) y _____ (8. pasar) un informe a la empresa.

   Los empleados reciben un aguinaldo, que es equivalente a un mes de sueldo y que reciben mitad en junio y mitad en diciembre, siempre y cuando _____ (9. trabajar), por los menos, un año entero. Por ley, las empresas les pagan a sus trabajadores ese bono para que ellos _____ (10. tener) un ingreso adicional.

   Antes de _____ (11. despedir) a un empleado, un jefe tiene que mandarle un telegrama a su casa diciéndole que va a quedar cesante después de un mes. A partir de ese momento y durante su último mes, el empleado trabaja seis horas por día en vez de ocho y generalmente usa esas dos horas diarias restantes para _____ (12. buscar) otro trabajo. Por lo general, el empleador no tiene problemas, siempre y cuando _____ (13. hacer) lo que le indica la ley: pagarle al empleado el sueldo de su último mes, un sueldo mensual por cada año que trabajó en la empresa, más las vacaciones que no tomó y parte del aguinaldo." ∎

Parte B: En parejas, discutan las siguientes preguntas.

1. ¿Ofrecen las empresas de su país los mismos beneficios?
2. ¿Les sorprenden algunos de estos datos? ¿Por qué?
3. ¿Creen que estos beneficios sean buenos para las empresas? ¿Y para los empleados?

ACTIVIDAD 12 Derechos y obligaciones laborales

Trabajas en la oficina de Recursos Humanos de una empresa y estás a cargo de redactar algunos de los derechos y obligaciones de los empleados. Completa las siguientes reglas.

Los empleados...
no deben hacer llamadas personales a larga distancia en el trabajo a menos que...
pueden llegar tarde algunas veces siempre y cuando...
pueden trabajar en su casa una vez por semana en caso de que...
que hacen llamadas a larga distancia desde su casa, deben apuntar la fecha, la hora y el nombre de la persona para que...
no deben usar papel con membrete (*letterhead*) de la compañía a menos que...
no deben trabajar horas extras sin...
pueden navegar por Internet para...

ACTIVIDAD 13 Los mexicanos y los negocios

Parte A: Un hombre de negocios norteamericano va a ir a México en un viaje de negocios y recibe la siguiente información de una colega sobre cómo comportarse con los mexicanos. Lee la información y luego contesta las preguntas de tu profesor/a.

Cómo dirigirse a la gente
Los títulos profesionales son muy importantes en el protocolo mexicano. Use los términos **doctor, profesor, ingeniero, abogado, licenciado, contador** y **arquitecto** seguido del apellido al hablar con estos profesionales para mostrar respeto.

Vestimenta
- A mucha gente de negocios le causa una buena impresión que otros lleven ropa de diseñadores siempre y cuando sea de colores oscuros, como gris o azul marino.
- En caso de que tenga una comida informal, no lleve guayabera (camisa liviana que se usa afuera de los pantalones). Eso se acepta en el Caribe, pero normalmente no en México.

Temas de conversación
Para que le cause buena impresión a sus clientes mexicanos, es importante poder hablar de México y de sus lugares famosos, de la cultura y de la historia mexicana. También, si comenta sobre fútbol nacional o internacional, va a ser bien recibido. En caso de que ya conozca bien a la persona, es buena idea preguntar por la familia. Si no la conoce todavía, hágale preguntas sobre ella. Obviamente, también se habla del trabajo, pero no al principio de la conversación.

Temas que hay que evitar
Para que no tenga problemas, es aconsejable que evite hablar de política y de religión.

Comportamiento
- Al hablar, la gente está físicamente más cerca uno de otro que en los EE.UU. Se considera descortés alejarse de la persona con la que uno habla.
- Los hombres mexicanos son cálidos y por lo general establecen contacto físico con otro hombre ya sea tocándole los hombros o tomándolo del brazo.
- En caso de que un mexicano lo invite a su casa, no hable de negocios. La invitación es simplemente social y quizás para establecer un primer contacto.

Sé que se va a México y quería darle algunas recomendaciones para que las tenga en cuenta a la hora de hacer negocios con los mexicanos.

Clara González

Parte B: En parejas, decidan cuáles son los tres consejos más importantes que leyeron y por qué. Justifiquen sus respuestas diciendo **Es importante que... para que..., a menos que...**

Parte C: Ahora, en grupos de tres, preparen un mínimo de cinco ideas sobre cómo debe comportarse un hombre/una mujer de negocios mexicano/a que va a venir a este país. Incluyan expresiones como: **para (que), sin (que), en caso de (que), a menos que, siempre y cuando.**

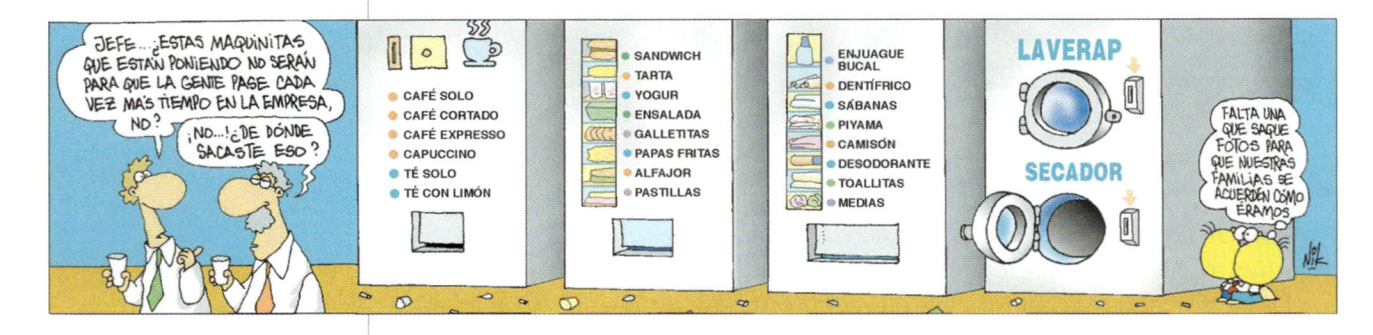

ACTIVIDAD 14 El coche perfecto

Una empresa hizo un concurso de diseños para el coche perfecto y el siguiente es uno de los posibles ganadores. Mira el coche y después termina las siguientes oraciones.

1. Hay una cafetera con una cantidad ilimitada de café para que...
2. Hay un paraguas en caso de que...
3. Hay una cámara de video en la parte trasera del carro y un televisor adelante para que...
4. Con un periscopio el conductor puede ver el tráfico sin...
5. El asiento del conductor vibra para...
6. Las llantas traseras son enormes en caso de que...
7. Hay una pajita que va de la cafetera al conductor para que...

pajita = straw = **popote** (*México*), **pitillo** (*Colombia*)

ACTIVIDAD 15 Reacción en cadena

En grupos de tres, inventen una historia con una de las ideas de la siguiente lista. Formen cinco oraciones en cadena (*chain sentences*) con expresiones como: **para que, sin que, en caso de que, a menos que, siempre y cuando.** Creen las oraciones de la siguiente manera: la última idea de una oración se convierte en la primera idea de la oración siguiente. Sigan el modelo.

▶ ir a Guatemala

A: Antes de que yo vaya a Guatemala, mis padres tienen que darme dinero.
B: Mis padres van a darme dinero siempre y cuando saque buenas notas.
C: No voy a sacar buenas notas a menos que estudie mucho. etc.

1. conseguir un buen trabajo
2. comprar un perro
3. el/la profesor/a de español estar contento/a

III. Reporting What Someone Said

Reported Speech

Telling or reporting what someone said is called reported speech (**estilo indirecto**). Look at the following exchange.

> **Pedro** ¿**Vas a ir** a la reunión con los representantes de Telecom?
> **Teresa** Sí, ¿y tú?
> **Pedro** **No, no voy a ir** porque **me invitaron** a una exposición de productos nuevos de Nokia.

Now look at a report of what was said.

> Pedro le preguntó a Teresa si **iba a ir** a la reunión con los representantes de Telecom. Ella le respondió que **sí** y le preguntó a Pedro si él **iba a ir**. Él dijo que **no** porque lo **habían invitado** a una exposición de productos nuevos de Nokia.

Study the following examples showing how to report what was said when the reporting verb is in the preterit.

What Someone Said	Reporting What Someone Said (reporting verb in the preterit)
Narration in the Present	**Imperfect**
"Raúl **trabaja** tiempo completo."	Dijo que Raúl **trabajaba** tiempo completo.
Narration in the Future	
"**Voy a solicitar** el puesto."	Le comentó que **iba a solicitar** el puesto.
Narration in the Past with the Imperfect	
"**Tomábamos** cursos de capacitación."	Me explicaron que **tomaban** cursos de capacitación.
Narration in the Past without the Imperfect	**Pluperfect**
"¿**Has completado** la solicitud?"	Le preguntó si **había completado** la solicitud.
"Sí, la **terminé** anoche."	Le respondió que la **había terminado** anoche/la noche anterior.
"Nunca **había trabajado** con nadie tan rápido."	Añadió que nunca **había trabajado** con nadie tan rápido.

Note: Some common reporting phrases in the preterit are: **dijo que, explicó que, añadió que, preguntó qué/cuándo/si, contestó que, respondió que, comentó que.**

> When a reporting phrase in the present is used (**dice que, explica que, pide que, comenta que**), the action or state being reported doesn't change tense: **Ocurrió** un accidente terrible. **Dice** (*introductory verb → present*) **que ocurrió** (*reporting verb*) un accidente terrible.

Capítulo 8 235

ACTIVIDAD 16 ¿Qué dijeron?

Cambia esta conversación del estilo directo al indirecto. Sigue el modelo.

▶ Mauricio le preguntó a Virginia qué iba a hacer esa noche. Ella le contestó que...

Mauricio ¿Qué vas a hacer esta noche?
Virginia Tengo una reunión de trabajo.
Mauricio ¿Qué pasó?
Virginia No terminamos el proyecto, por eso tenemos que quedarnos en la oficina.
Mauricio ¿Han tenido muchos problemas?
Virginia Sí, hemos tenido algunos, pero esta noche vamos a terminar. Si quieres, a las once, podemos ir al bar de la esquina de mi casa para tomar un café.

ACTIVIDAD 17 La desaparición de un compañero

En parejas, una persona es un/a estudiante universitario/a y la otra persona es un/a detective de la policía. Lean solo el papel que les corresponde.

El/La estudiante universitario/a

Hace dos días que tu compañero/a de cuarto salió por la noche y no volvió. Esta fue la última conversación que tuviste con él/ella.

Compañero/a ¡Qué cansado/a estoy! He estado todo el día con el proyecto de física para la clase del profesor López y finalmente lo terminé.
Tú Pensé que nunca ibas a terminar... trabajaste 12 horas en ese proyecto.
Compañero/a Estoy muerto/a. Ahora voy a ir al cine para distraerme.
Tú ¿Qué película vas a ver?
Compañero/a Creo que la última de Benicio del Toro.
Tú Ah sí, la están dando en el cine que está cerca de aquí.
Compañero/a Sí, la función empieza a las 8:00, así que pienso estar en casa a las 10:30. ¿Quieres ir conmigo?
Tú No, gracias. Voy a encontrarme con unos amigos para cenar.

Ahora vas a hablar con un/a detective. Contesta sus preguntas usando el estilo indirecto.

▶ Me dijo que estaba muy cansado/a.

(*Continúa en la página siguiente.*)

236 Fuentes: Conversación y gramática

El/La detective

Un/a estudiante universitario/a te llama para decirte que hace dos días que su compañero/a de cuarto no aparece por la residencia. Hazle preguntas.

1. su compañero/a / decirle / cómo / sentirse
2. por qué / estar / cansado/a
3. decirle a Ud. / adónde / ir
4. informarle a Ud. / a qué hora / volver
5. él/ella / hacer / algún otro comentario
6. qué / explicarle / Ud. / que ir a hacer

Empieza la conversación preguntándole **¿Le dijo su compañero cómo se sentía?**

ACTIVIDAD 18 Dos historias cómicas

En parejas, cada persona lee una de las siguientes historias y luego se la cuenta a su compañero/a usando el estilo indirecto. Al escuchar la historia de la otra persona, usen las siguientes expresiones.

Para reaccionar

¡Qué curioso!	How strange/weird!
¡Qué gracioso!	How funny!
¡Uy! ¡Metió la pata!	Wow! He/She put his/her foot in his/her mouth!
Me lo imagino.	I imagine/bet.
A ver si te entendí bien.	Let me see if I get it.
¡Ya caigo!	Now I get it.

Historia 1

"Me considero una persona muy respetuosa y nunca he sido irrespetuoso con nadie. Pero el miércoles pasado tenía una entrevista de trabajo a las ocho de la mañana y mi despertador no sonó. Me desperté a las ocho menos cuarto, salté de la cama, me vestí y salí de casa corriendo. Estaba muy nervioso porque sabía que iba a llegar tarde. Iba en mi carro y al llegar al lugar, vi que un auto estaba por estacionar en el único lugar que había. Pero yo estaba desesperado y estacioné en ese lugar. La mujer del otro carro estaba furiosa, pero yo entré corriendo al edificio donde tenía la entrevista. Me recibió la secretaria, esperé unos diez minutos y pasé a la oficina para la entrevista. Qué sorpresa cuando vi entrar a la mujer a quien yo le quité el último lugar para estacionar. Voy a comprarme dos despertadores para no llegar tarde a citas importantes y para no hacer cosas desesperadas."

Empieza diciendo: Un amigo me dijo que...

Historia 2

"El otro día mi jefe nos mandó un mail a Fernanda y a mí con la siguiente información:

'Fernanda y Marcos:
Hoy tenemos que terminar el proyecto y entregárselo al Sr. Covarrubias, que lo necesita con urgencia.'

El Sr. Covarrubias es insoportable; le encanta trabajar y nos obliga a trabajar tanto como él. Pero yo tengo esposa e hijos y también quiero pasar tiempo con ellos. Por eso, me molestó mucho recibir ese mail y para descargarme, le escribí un mail a mi jefe, que también opina que ese señor es muy molesto:

'Ese hombre me tiene harto. Estoy seguro que está solo en la vida y no tiene otra cosa que hacer sino trabajar. Tengo una idea: voy a presentarle a mi hermana. Así va a interesarse menos por el trabajo.'

El único problema fue que en vez de hacer clic en 'contestar', hice clic en 'contestar a todos', sin acordarme que mi jefe nos había mandado el mail a Fernanda, a mí Y AL SR. COVARRUBIAS. A los cinco minutos recibí un mail del Sr. Covarrubias que decía: 'Quisiera conocerla'."

_____

Empieza diciendo: Mis amigos Marcos y Fernanda recibieron un mail ayer de su jefe. Él me contó que el otro día su jefe les había mandado un mail a él y a Fernanda donde les dijo que…

ACTIVIDAD 19 ¿Alguna vez?

En grupos de tres, háganse las siguientes preguntas para hablar de diferentes situaciones personales.

1. ¿Alguna vez te has vuelto a encontrar con un vecino o un amigo de tu niñez? ¿Qué te preguntó? ¿Qué te contó de su vida? ¿Qué le contaste tú?

2. Cuando estabas en la escuela secundaria, ¿tuviste novio/a alguna vez? ¿Qué le dijiste o que te dijo la otra persona para comenzar el noviazgo?

3. ¿Alguna vez alguien te ha ofrecido en su casa una comida que te disgustaba mucho? ¿Qué le dijiste?

4. ¿Alguna vez has rechazado la invitación de alguien con una mentira? ¿Qué le dijiste?

5. ¿Alguna vez le has dicho a alguien una verdad muy difícil de aceptar? ¿Qué le dijiste?

6. ¿Alguna vez has estado con alguien que tenía mal aliento? ¿Le dijiste algo?

IV. Negating and Expressing Options

O... o, ni... ni, ni siquiera

1. When you want to say *either... or*, use (**o**)... **o**. When you want to express *neither... nor*, use (**ni**)... **ni**.

Esta noche quiero ir (**o**) al cine **o** a un restaurante.	*I want to go (either) to the movies or to a restaurant tonight.*
Trabajé tanto que esta noche **no** quiero ir (**ni**) al cine **ni** a un restaurante.	*I worked so hard that tonight I don't want to go to the movies or to a restaurant.* (literally, *I worked so hard that tonight I don't want to go neither to the movies nor to a restaurant.*)
Ni Carlos ni Perla me han llamado.*	*Neither Carlos nor Perla has called me.*

   *__Note:__ When subjects are preceded by **ni... ni...**, or (**o**)... **o...** the verb is plural.

2. To express *not even*, use **ni** (**siquiera**).

Ni (**siquiera**) mi novia me entiende.	*Not even my girlfriend understands me.*
No recibí **ni** (**siquiera**) un centavo por el trabajo.	*I didn't even receive a penny for the work.*

To review rules on negating, see Chapter 7, pages 200–201.

Remember to use the **no** before the verb since Spanish requires the use of the double negative.

ACTIVIDAD 20 Lectura entre líneas

Lee primero la siguiente conversación y después contesta las seis preguntas que le siguen para reconstruir lo que crees que ocurrió. Hay muchas posibilidades; por eso, usa la imaginación al contestar, pero basa tus respuestas en la conversación. Intenta usar **ni... ni** y **o... o** al hablar.

LOLA Por fin has llegado. ¿Sabes algo?
VERÓNICA Nada. Y tú no te has movido; sigues al lado del teléfono.
LOLA No sé qué hacer. Ni ha llamado ni ha dejado una nota... ¡Nada!
VERÓNICA ¡Qué raro que no haya dado ni una señal de vida!
LOLA Han pasado tres días.
VERÓNICA ¿Ha llamado él a Víctor?
LOLA Ni siquiera a él. No ha llamado ni a Víctor ni a nadie.
VERÓNICA ¿Has llamado a la policía?

(*Continúa en la página siguiente.*)

LOLA No, todavía no he hecho nada. O lloro pensando en alguna tragedia o me enfado pensando que está divirtiéndose por ahí y que no se ha preocupado ni siquiera por avisar.

VERÓNICA ¿Qué vas a hacer cuando vuelva?

LOLA O lo voy a abrazar... o lo voy a matar.

1. ¿Cuál de estas palabras describe mejor los sentimientos de Lola: desesperada, interesada o preocupada?
2. ¿De quién hablan las mujeres: un esposo, un amante, un hijo o un amigo? ¿Por qué crees eso?
3. ¿Qué crees que haya hecho Verónica en las últimas dos o tres horas?
4. ¿Es Víctor una persona importante en la vida del hombre misterioso? ¿Cuál es la importancia de las palabras "ni siquiera" en la frase "Ni siquiera a él"? ¿Quién puede ser Víctor?
5. ¿Dónde crees que esté el hombre misterioso y qué crees que esté haciendo?
6. ¿Va a llamar el hombre? ¿Va a volver? Si vuelve, ¿qué va a pasar?

ACTIVIDAD 21 Tu futuro

En parejas, miren las siguientes listas y decidan qué lugares y tipo de trabajos van a ser parte de su futuro y cuáles no. Usen las siguientes ideas u otras originales y sigan el modelo.

▶ Me gustaría vivir o en... o en..., pero no quiero estar ni en el campo ni...

Lugar para vivir

pueblo pequeño	norte del país	Europa	Suramérica
Alaska	campo	oeste del país	este del país
sur del país	Hawai	ciudad	afueras de una ciudad

Lugar de trabajo

oficina	al aire libre	escuela	empresa pequeña
hospital	laboratorio	casa	negocio de mi familia

Un trabajo relacionado con...

construcción	ventas	salud	investigación
educación	turismo	política	administración

¿Lo sabían?

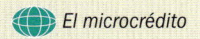

El microcrédito

Mujeres peruanas deciden cómo utilizar el dinero en sus microempresas.

Algunas personas tienen pocas posibilidades de elegir lo que van a hacer en la vida por haber nacido en una familia pobre, con poco acceso a la educación y al dinero. Desde hace unos años ha surgido una manera innovadora para ayudar a esas personas o, más bien, para que se ayuden ellas mismas. Lee lo que explica una peruana sobre lo que pasa en su país.

"Existen en el mundo los llamados bancos éticos que son organizaciones que buscan ayudar a la gente necesitada a la vez que les brindan beneficios a sus inversores. El sistema de estos bancos consiste en dar microcréditos a familias pobres en países en vías de desarrollo; en especial a las mujeres, porque son ellas las que, por lo general, tienen menos acceso a la educación y al trabajo, y quienes, en algunos casos, son jefe de familia. Se forman así los bancos comunales que consisten en grupos de diez a treinta mujeres que se encargan de seleccionar un comité de administración. Estas mujeres reciben préstamos con un interés muy bajo que cada una destina a diferentes microempresas; por ejemplo, a la venta de comida y la manufactura y venta de ropa. El grupo de mujeres se apoya en sus microempresas y en el pago del préstamo en cuotas."

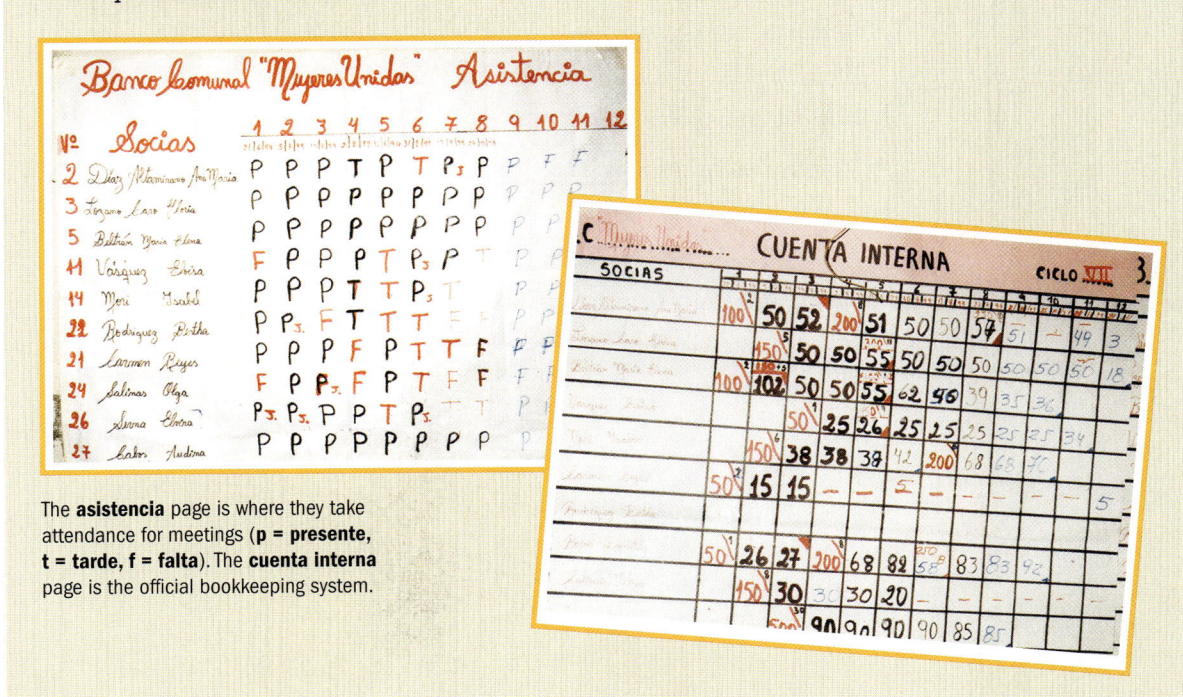

The **asistencia** page is where they take attendance for meetings (**p** = presente, **t** = tarde, **f** = falta). The **cuenta interna** page is the official bookkeeping system.

V. Describing Reciprocal Actions

Se/Nos/Os + Plural Verb Forms

1. The pronouns **se, nos,** and **os** may be used to describe actions that people do *to themselves*: **Ella se ducha.** Another use of these pronouns is to describe actions people do *to each other* or *to one another*. These are called reciprocal actions (**acciones recíprocas**). Compare the following sentences and drawings.

Él **se baña.**

He's bathing (himself).

Los trillizos de la familia Peñalver **se bañan.**

The Peñalver triplets are bathing one another.

Se llaman por teléfono con frecuencia.

They call each other frequently.

Nos peleamos como perros y gatos.

We fight like cats and dogs.

Vosotros **os** lleváis muy bien.

You get along very well.

2. Note the ambiguity in meaning of the following sentence.

Ellos **se miraron.**
$\begin{cases} \text{They looked at themselves.} \\ \text{They looked at each other.} \end{cases}$

To avoid ambiguity or to add emphasis, it is common to include the phrase **(el) uno a(l) otro** and its feminine and plural forms **(la) una a (la) otra / (los) unos a (los) otros / (las) unas a (las) otras**. The definite articles are optional.

Después de hacer su última oferta, los dos negociadores **se miraron** intensamente (**el**) **uno a**(**l**) **otro**.	*After making their last offer, the two negotiators looked intensely at each other.*
Los empleados **se ayudan** (**los**) **unos a** (**los**) **otros** con el nuevo programa de computadoras.	*The employees help one another with the new computer program.*
Él y ella se miraron (**el**) **uno a**(**l**) **otro**.*	*They looked at each other.*

*Note: When there is a masculine and a feminine, use the masculine form: (**el**) **uno a**(**l**) **otro**.

3. Verbs that are often used with a specific preposition use the same prepositions to clarify a reciprocal action.

Se despidieron (la) una **de** (la) otra.	*They said good-by to each other.*
Se pelearon (el) uno **con** (el) otro.	*They fought with each other.*
Se rieron (los) unos **de** (los) otros.	*They laughed at one another.*

ACTIVIDAD 22 La interacción

En parejas, digan cómo se comportan Uds. con diferentes personas o cómo se comportan ciertas personas entre ellas y por qué, combinando una frase de la primera columna y una frase de la segunda.

mi novio/a y yo	• no dirigirse la palabra
mi padre/madre y yo	• llevarse bien/mal
mis padres	• (no) entenderse
mi hermano/a y yo	• amarse
mis primos	• (no) pelearse
mi perro/gato y yo	• besarse
mi abuelo/a y mi madre	• escribirse mails
mi compañero/a de cuarto y yo	• mandarse mensajes de texto
mi ex novio/a y yo	

Remember: Direct-object pronouns are **me, te, lo, la, nos, os, los, las** and indirect-object pronouns are **me, te, le, nos, os, les.**

ACTIVIDAD 23 Un guion de telenovela

Parte A: Completa esta parte del guion de una telenovela, usando pronombres de complemento directo o indirecto y pronombres reflexivos y recíprocos.

Él _____ entrega una flor a ella y ella _____ huele (*smells*) y sonríe. Ella _____ toma la mano (a él). _____ miran uno a otro con mucha intensidad y (ellos) _____ besan. En ese momento entra otra mujer.

Ella _____ mira (a ellos) con asombro, pero ellos no _____ ven hasta que ella _____ comienza a insultar. Él _____ pone una mano sobre la boca y _____ intenta calmar. Ella no _____ calla.

Las dos mujeres _____ siguen mirando. La primera mujer _____ explica a la otra quién es. Todos _____ ríen aliviados. Al final, todos ellos _____ abrazan.

Parte B: Ahora, en grupos de cuatro, representen el guion que acaban de completar. Uno de Uds. debe leerlo mientras los otros tres actúan.

ACTIVIDAD 24 No nos entendemos

Parte A: En grupos de cuatro, formen dos parejas (Pareja A y Pareja B). Lean solamente el papel para su pareja y antes de entrar en negociaciones con la otra pareja, tomen unos minutos para hacer una lista de lo que quieren pedir/ofrecer y por qué.

Pareja A

Uds. son representantes del sindicato (*labor union*) de MicroTec y deben crear una lista de beneficios laborales para los empleados. En los últimos años la empresa ha reducido los beneficios y ahora Uds. los consideran miserables y una desvalorización de su trabajo.

Pareja B

Uds. son representantes de la dirección de MicroTec y deben crear una lista de beneficios laborales para los empleados. Obviamente quieren empleados felices, pero también quieren ahorrarle dinero a la empresa. En los últimos años, Uds. han reducido los beneficios BASTANTE para no tener que despedir a ningún empleado.

Parte B: Ahora los representantes del sindicato y la dirección deben discutir los beneficios laborales e intentar llegar a un acuerdo. Usen expresiones como: **Queremos..., Insistimos en..., a menos que..., para (que)...**

Do the corresponding web activities to review the chapter topics.

Vocabulario activo

Conjunciones adverbiales

En caso (de) que *in the event that, if*
Sin que *without*
Con tal (de) que *provided that*
A menos que *unless*
Para que *in order that, so that*
Antes (de) que *before*
Siempre y cuando *provided that*

Palabras relacionadas con el trabajo

los avisos clasificados *classified ads*
la carta de recomendación *letter of recommendation*
completar una solicitud *to fill out an application*
contratar a alguien *to hire someone*
el curriculum (vitae) *CV, résumé*
despedir (i, i) a alguien *to fire someone*
entrevistarse (con alguien) *to be interviewed (by someone)*
estar desempleado/a / estar sin trabajo *to be unemployed*
la experiencia laboral *work experience*
hacer una pasantía *to do an internship*
la oferta y la demanda *supply and demand*
la organización no gubernamental (ONG) *non-governmental organization (NGO)*
las referencias *references*
sin fines/ánimo de lucro *nonprofit*
solicitar un puesto/empleo *to apply for a job*
tomar cursos de perfeccionamiento/ capacitación *to take continuing education/training courses*

El empleo

aumentar/bajar el sueldo *to raise/lower the salary*
la empresa *company*
los ingresos *income*
el pago mensual/semanal *monthly/weekly pay*
el salario mínimo *minimum wage*
el sueldo *salary*
trabajar medio tiempo / tiempo completo *to work part/full time*

Los beneficios

el aguinaldo *end-of-the-year bonus*
los días feriados *holidays*
la guardería (infantil) *child care center*
la licencia *leave (of absence)*
por enfermedad *sick leave*
por maternidad *maternity leave*
por matrimonio *wedding leave*
por paternidad *paternity leave*
el seguro médico/dental/de vida *health/dental/life insurance*

Expresiones útiles

darle igual (a alguien) *to be all the same (to someone), to not care*
el uno al otro / la una a la otra *each other*
los unos a los otros / las unas a las otras *one another (more than two people)*
un montón *a lot*
ni… ni *neither . . . nor*
ni (siquiera) *not even*
No, en absoluto. *No, not at all.*
o… o *either . . . or*
A ver si te entendí bien. *Let me see if I get it.*
Me lo imagino. *I imagine/bet.*
¡Qué curioso! *How strange/weird!*
¡Qué gracioso! *How funny!*
¡Uy! ¡Metió la pata! *Wow! He/She put his/her foot in his/her mouth!*
¡Ya caigo! *Now I get it.*

Más allá

Canción: "El imbécil"

León Gieco

El cantautor argentino (1951–) compró su primera guitarra con su propio sueldo cuando tenía ocho años y comenzó tocando durante fiestas patrias en su escuela. Luego tocó con un conocido grupo folclórico de Argentina y con el tiempo empezó a tocar con bandas de rock y con músicos famosos, como Charly García, María Rosa Yorio y Gustavo Santaolalla. Se lo conoce por combinar música folclórica con rock argentino y por sus letras con contenido político y social. Por los temas de sus canciones y el uso de instrumentos como la harmónica lo llaman el Bob Dylan de Argentina.

ACTIVIDAD Los mendigos

Parte A: Hay personas que salen a la calle para pedir dinero. Antes de escuchar la canción, habla de los siguientes puntos.

- quiénes son estas personas (incluye la edad)
- dónde piden dinero
- por qué lo piden
- si ofrecen algo a cambio de dinero, qué ofrecen
- cómo los mira la gente

Parte B: En la canción que vas a escuchar, hay dos personas que hablan: el cantante y un padre de familia. La canción menciona a personas menores de edad que se acercan a los autos en el semáforo para pedir dinero. Mira las siguientes preguntas y luego escucha la canción para marcar las respuestas que se mencionan. Para cada pregunta hay más de una respuesta correcta.

A cambio de dinero, ¿qué ofrecen los niños?	_____ dulces	_____ estampitas religiosas	_____ hacer malabarismo (*juggling*)	_____ limpiar el parabrisas
¿Qué hace el padre cuando se acerca un niño a pedir "guita"?	_____ cerrar las puertas	_____ cerrar las ventanillas	_____ darle unas monedas	_____ decirle que se vaya
¿Qué les dice el padre a sus hijos Patri, Ezequiel y Nancy y a su tía?	_____ cuidado con el reloj	_____ cuidado con el pañuelo de seda	_____ miren sin mirar	_____ pongan el brazo adentro
Según el padre, ¿por qué los menores piden en la calle?	_____ tienen hambre	_____ no quieren trabajar	_____ no son afortunados como sus hijos	

Parte C: El cantante dice que el padre es un imbécil. En grupos de tres, discutan por lo menos tres razones por las cuales creen que lo llama así.

Videofuentes: *Almodóvar y los estereotipos*

Antes de ver

ACTIVIDAD 1 ¿Con quién asocias este trabajo?

Antes de ver algunas escenas de una película de Pedro Almodóvar, mira la siguiente lista de ocupaciones y di si generalmente las asocias con un hombre o con una mujer. Justifica tus respuestas.

1. doctor/doctora
2. enfermero/enfermera
3. general/mujer general
4. maestro/maestra de jardín infantil
5. piloto/mujer piloto
6. portero/portera
7. presidente/presidenta de este país
8. profesor/profesora de química
9. torero/torera

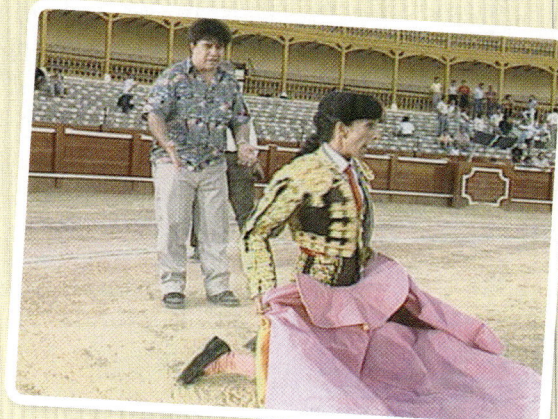

Almodóvar dirige una escena de *Hable con ella*.

Mientras ves

ACTIVIDAD 2 **Hable con ella**

Parte A: Vas a mirar tres clips de la película *Hable con ella*, donde se ven hombres y mujeres que tienen diferentes trabajos. Mira el video hasta donde terminan los clips y piensa en las siguientes ideas.

- las ocupaciones que se presentan
- si un hombre o una mujer tiene el trabajo
- estereotipo(s) que se presenta(n) en cada clip

Parte B: Ahora lee las siguientes preguntas y luego, para contestarlas, mira los clips otra vez.

Clip 1

1. ¿Qué pregunta dice Benigno que le ha hecho el padre de la chica? ¿A qué cultura le atribuye la pregunta?
2. ¿Cómo se siente Benigno con la pregunta que le hizo el padre?

Clip 2

Marcos, un amigo de Benigno, va a alquilar la casa de Benigno y habla con la portera.

1. ¿Por qué está sorprendida e indignada la portera?
2. ¿Qué información recibe ella sobre Benigno?
3. ¿Cómo crees que va a obtener ella más información sobre Benigno?

Marcos habla con la portera.

Clip 3

1. ¿En qué tipo de programa de televisión aparece la torera?
2. ¿Por qué dice la entrevistadora que el torero llamado el Niño de Valencia se ha burlado de ella?

Parte C: En el siguiente segmento, Pedro Almodóvar habla sobre el personaje de Lydia, la torera, que trabaja en una profesión de hombres donde hay mucho machismo. Mira la entrevista con Almodóvar y luego di si existen otras profesiones donde haya machismo y no se acepte a las mujeres como iguales.

Después de ver

ACTIVIDAD 3 **Tus estereotipos**

Parte A: En grupos de tres, contesten estas preguntas y justifiquen sus respuestas.

1. Cuando tengan hijos pequeños, ¿van a emplear a un hombre o a una mujer como niñero/a? Imaginen que hay dos maestros (un hombre y una mujer) para la clase de primer grado y Uds. pueden elegir: ¿van a elegir al hombre, a la mujer o van a dejar que la escuela decida?
2. En el trabajo, ¿prefieren trabajar para un jefe, una jefa o les da igual?
3. En el gobierno, ¿prefieren un presidente, una presidenta o les da igual? ¿Cambia su respuesta si la persona tiene hijos adolescentes?
4. En cuanto a la salud, ¿prefieren ir a un doctor, a una doctora o les da igual? ¿Depende su preferencia del problema que tengan?
5. En el ejército, ¿las mujeres deben servir igual que los hombres? Imaginen que Uds. tienen un hijo que es soldado y está en la guerra: ¿prefieren que la persona que combata junto a su hijo sea hombre, mujer o les da igual?

Parte B: Discutan las siguientes preguntas teniendo en cuenta sus respuestas de la Parte A.

1. ¿Existen prejuicios contra la mujer en el campo laboral? ¿Y contra el hombre?
2. ¿Uds. mismos tienen prejuicios?
3. Los idiomas evolucionan con los cambios en la sociedad. Hoy día hay ocupaciones que se asociaban o se asocian típicamente con un solo sexo. En inglés, la palabra *president* puede referirse a un hombre o a una mujer, pero en algunos casos se usa una palabra diferente si la ocupación la ejerce un hombre o una mujer. ¿Pueden pensar en ejemplos de palabras como estas?

Película: *Crimen ferpecto*

Comedia negra
España, 2004
Director: Alex de la Iglesia
Guion: Jorge Guerricaechevarría y Alex de la Iglesia
Clasificación moral: No recomendada para menores de 18 años
Reparto: Guillermo Toledo, Mónica Cervera, Luis Varela, Fernando Tejero, Javier Gutiérrez, Kira Miró, más...
Sinopsis: Rafael, un enamorado de las mujeres bonitas, trabaja en la sección de ropa femenina de una tienda. Su sueño es ser jefe de planta. Don Antonio, su rival para el puesto, es el encargado de la sección de hombres. Este último muere accidentalmente durante una discusión con Rafael. La única testigo de este suceso es Lourdes, una vendedora obsesiva que trata de chantajear a Rafael para que se case con ella. Para salir de esa situación, Rafael tiene que planear el *crimen perfecto*.

ACTIVIDAD El trabajo y sus conflictos

Parte A: Antes de ver la película *Crimen ferpecto*, en grupos de tres hablen sobre las siguientes preguntas.

1. ¿Existe la palabra "ferpecto"? ¿Por qué creen que se usa ese término en el nombre de la película?
2. ¿Cuáles son cuatro cualidades que debe tener un buen vendedor?
3. ¿Cuáles son los problemas de tener una relación amorosa con un/una compañero/a de trabajo?
4. ¿Creen que sea posible cometer el crimen perfecto? Justifiquen su respuesta.

Parte B: Ahora vayan al sitio de Internet del libro de texto y hagan las actividades que allí se presentan.

Es una obra de arte

CAPÍTULO 9

La familia, Marisol Escobar (1930-) de ascendencia venezolana.

METAS COMUNICATIVAS

- expresar influencia, emoción y duda en el pasado
- hablar sobre arte
- cambiar el enfoque de una idea

METAS ADICIONALES

- usar el infinitivo
- usar expresiones de transición

251

Entrevista a una experta en artesanías

¿A qué se debe eso?	What do you attribute that to?
llevarle (a alguien) dos/tres meses	to take (someone) two/three months
se me fueron las ganas de + *infinitive*	I didn't feel like + *-ing* anymore
un dineral	a great deal of money/a fortune

ACTIVIDAD 1 — El sombrero

Parte A: El locutor de un programa de radio entrevista a una experta acerca de un sombrero muy famoso. Antes de escuchar la entrevista, mira la foto que aparece en esta página y usa la imaginación y la lógica para intentar contestar las siguientes preguntas.

1. ¿Sabes cómo se llama ese tipo de sombrero?
2. ¿Quiénes hacen esos sombreros?
3. ¿Dónde crees que los hagan?
4. ¿Cuánto tiempo lleva hacer un sombrero bueno? ¿Y uno muy bueno?
5. ¿Dónde se venden y cuánto cuestan?

Parte B: Ahora, para confirmar tus predicciones, escucha la entrevista. Busca también la respuesta a las siguientes preguntas.

1. ¿En qué momento del día se hacen esos sombreros y por qué?
2. ¿Quiénes reciben la mayor parte del dinero de la venta de los sombreros?

ACTIVIDAD 2 La interpretación

En la entrevista, la Sra. Gómez le comenta al locutor del programa que la hija y la nieta de una artesana no están interesadas en continuar esta tradición porque "Ud. ya sabe cómo son los jóvenes". ¿Qué quiere decir con esa frase?

🌐 *Los sombreros panamá*

¿Lo sabían?

Mantas en venta en el mercado de Otavalo.

Entre los artesanos de Hispanoamérica se destacan los otavalos, un grupo indígena de Ecuador que produce mantas y telas. En 1966, los otavalos abrieron su primera tienda propia y apenas doce años después ya tenían setenta y cinco tiendas. Hoy en día, se dedican a la exportación de sus productos a otros países, especialmente a Europa, Canadá y los Estados Unidos. Por ser tan industriosos y buenos comerciantes, se considera a los otavalos como uno de los grupos indígenas más prósperos de Hispanoamérica.

¿Puedes mencionar artesanías que se hacen en tu país y explicar quiénes las hacen?

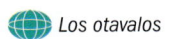

🌐 *Los otavalos*

Capítulo 9 **253**

I. Discussing Art

El arte

> 🌐 Do the corresponding web activities as you study the chapter.
>
> 🌐 El arte

💬 Fuente hispana

*"No entiendo mucho de arte, pero hay algunas **obras maestras** que me encanta ver una y otra vez. Entre ellas están la ilustración Don Quijote del pintor español Pablo Picasso y **el cuadro** Las dos Fridas de la mexicana Frida Kahlo. Para el primero, **las fuentes de inspiración** fueron el personaje soñador Don Quijote y su compañero Sancho Panza, del libro escrito por Miguel de Cervantes, y el otro es **un autorretrato** de una artista que tuvo un accidente grave de joven que la afectó para toda la vida. Ambas obras me fascinan porque son increíbles. Por lo general, **las naturalezas muertas** me aburren porque me parecen siempre muy parecidas unas a otras y **las obras abstractas** no las entiendo y no las puedo **interpretar**."*

— venezolana

- masterpieces
- painting
- sources of inspiration
- self-portrait
- still lifes
- abstract works
- to interpret

El arte, when singular, generally takes masculine adjectives: **el arte moderno.** When plural, it takes feminine modifiers: **las bellas artes.**

La obra de arte

el/la artista	
el dibujo, dibujar	drawing, to draw
la escena	
el/la escultor/a, la escultura	
la estatua	
el fondo	background
la imagen	
el paisaje	landscape
el/la pintor/a, la pintura, pintar	painter, painting, to paint
el primer plano	foreground
la reproducción	
el retrato	portrait

(Continúa en la página siguiente.)

254 Fuentes: Conversación y gramática

la burla, burlarse de...	mockery, to mock/joke (make fun of)
expresar	
glorificar	to glorify
el mensaje	message
la sátira	satire
el símbolo, el simbolismo, simbolizar	

Apreciación del arte	
la censura, el censor, censurar	
la crítica, el crítico, criticar	critique; critic; to critique, criticize
la interpretación	

Algunos movimientos artísticos: abstracto, barroco, cubismo, impresionismo, realismo.

ACTIVIDAD 3 Los símbolos

Las obras de arte están llenas de símbolos y mensajes. Habla del simbolismo en el arte combinando un símbolo con un concepto.

▶ El color blanco representa/simboliza... porque...

Símbolos	Conceptos
el color blanco	• la muerte
el color rojo	• la esperanza
una calavera	• la religión
una cruz	• la paz
una paloma (*dove*)	• la pureza
el color verde	• la violencia, la pasión

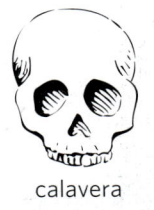

calavera

ACTIVIDAD 4 ¿Qué te parecen?

En parejas, miren todas las obras de arte que hay en este capítulo y usen las siguientes expresiones para comentar. Expliquen por qué hacen esos comentarios utilizando el vocabulario de la sección de arte.

Para hablar de un cuadro 💬

¿Qué te parece (este cuadro)?	What do you think (about this painting)?
No tiene ni pies ni cabeza.	I can't make heads or tails of it.
No tiene (ningún) sentido para mí.	It doesn't make (any) sense to me.
¡Qué maravilla!	
¡Qué horrible!	
(No) Me conmueve.	It moves/doesn't move me.
Me siento triste/contento/a al verlo.	I feel sad/happy when I see it.
Ni me va ni me viene. / Ni fu ni fa.	It doesn't do anything for me.

Capítulo 9   255

ACTIVIDAD 5 ¿Dónde están?

En grupos de tres, digan dónde están las siguientes obras maestras e identifiquen si es un cuadro, un mural o una escultura. Usen expresiones como: **Estoy seguro/a de que El David, una escultura de Miguel Ángel, está en...; Sé que no...; (No) es posible que...; (No) creo que...**

Obra maestra	Lugar
David / Miguel Ángel	• Galería de la Academia en Florencia
Las dos Fridas / Frida Kahlo	• el Museo Rodin en París
La vista de Toledo / El Greco	• el Centro Reina Sofía en Madrid
La maja vestida / Goya	• el Louvre en París
Guernica / Picasso	• el Museo Metropolitano en Nueva York
Mona Lisa / da Vinci	• el Museo de Arte Moderno en el D. F.
El pensador / Rodin	• el Museo del Prado en Madrid
Hispanoamérica / Orozco	• la Universidad de Dartmouth en New Hampshire

Mona Lisa también se llama *La Gioconda*.

¿Lo sabían?

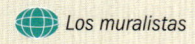

Los muralistas

Hispanoamérica, de José Clemente Orozco (1883-1949), Universidad de Dartmouth.

En 1923, un grupo de artistas mexicanos que habían vivido bajo la dictadura de Porfirio Díaz y habían pasado por un período revolucionario cuando eran estudiantes de arte, formaron un sindicato de pintores y escultores. Entre ellos estaban los famosos muralistas Diego Rivera, David Alfaro Siqueiros y José Clemente Orozco. Debido a que este sindicato apoyaba el papel revolucionario del nuevo gobierno, este les ofreció a los pintores diferentes muros (*walls*) de la Ciudad de México y de edificios públicos para que hicieran pinturas sobre ellos. Así comenzó el movimiento llamado *Muralismo*, el primero de la historia que desarrolló temas sociopolíticos en la pintura.

¿Sabes dónde hay murales en tu ciudad, qué representan y quiénes los pintaron?

ACTIVIDAD 6 **El arte en California**

Mucha gente cree, erróneamente, que el arte de los artistas mexicoamericanos en los Estados Unidos ha recibido influencia del arte hispanoamericano en general. Sin embargo, su mayor influencia es la de los muralistas mexicanos. En parejas, comparen el siguiente mural de una artista chicana con el de Orozco en la página anterior. Usen palabras de la sección de arte para decir en qué se parecen y en qué se diferencian.

Parte del mural *La ofrenda*, Yreina Cervantez (1952-).

ACTIVIDAD 7 **¿Qué es realmente arte?**

En parejas, discutan estas preguntas sobre el arte.

1. ¿Cuál es la diferencia entre arte y artesanía?
2. Cuando un niño hace un dibujo, ¿se considera arte?
3. ¿Cuál es la diferencia entre un grafiti y un mural? ¿Conocen a alguien que haya pintado grafiti? ¿Cómo era el grafiti y dónde lo pintó?
4. Muchos humoristas gráficos usan sátira o se burlan de algo, pero existen periódicos que censuran sus tiras cómicas (*comic strips*) y no las publican. ¿Cuándo y por qué creen que los periódicos hagan eso? ¿Cuál es su tira cómica favorita y por qué?
5. Otro tipo de arte es el diseño gráfico. Las empresas gastan un dineral en crear sus logotipos (*logos*). ¿Qué logotipos les gustan? ¿Simbolizan algo en especial? Miren los logotipos que se presentan aquí y digan qué simbolizan y qué promocionan.

ACTIVIDAD 8 **El arte en la ropa**

Camiseta, un par de jeans y zapatos de tenis es la vestimenta más común que llevan los jóvenes de hoy. En parejas, averigüen qué tipo de mensajes tienen las camisetas que Uds. generalmente llevan. Sigan el modelo.

▶ —¿Tienes alguna camiseta que tenga una imagen simbólica?

—Sí, tengo una con la paloma de la paz de Picasso.

—No, no tengo ninguna que tenga imagen simbólica.

1. tener una imagen simbólica
2. tener mensaje político o ecológico
3. glorificar un equipo deportivo, etc.
4. criticar algo directamente
5. hacer sátira de algo
6. tener una obra de arte
7. tener algo gracioso

ACTIVIDAD 9 **Críticos de arte**

En grupos de tres, miren el último cuadro que hizo una pintora mexicana y en el cual se representó a sí misma. Lean el nombre de la pintura y después discutan las siguientes ideas.

1. su reacción al mirar el cuadro
2. por qué tienen esa reacción
3. todos los detalles que hay en el cuadro: la luz, las sombras, las figuras, las líneas diagonales y las curvas, los colores
4. cuál creen que haya sido la fuente de inspiración de la artista
5. cuál es el mensaje del cuadro

Sueño y presentimiento, María Izquierdo (1906–1955).

¿Lo sabían?

Durante muchos siglos las artes estuvieron dominadas por los hombres, ya que eran ellos quienes recibían apoyo financiero para crear su obra y quienes tenían fama mundial. Actualmente también se reconocen las contribuciones de las artistas. Entre las más conocidas de Hispanoamérica se encuentran las mexicanas Frida Kahlo (1907-1954) y María Izquierdo (1902-1955), que lograron reconocimiento gracias a su conexión con Diego Rivera. Otras artistas conocidas en la actualidad son las argentinas Lidy Prati (1921-) y Liliana Porter (1941-), la colombiana Ana Mercedes Hoyos (1930-), Marisol Escobar (1930-), de ascendencia venezolana, y la cubana Ana Mendieta (1948-1985).

¿Puedes nombrar alguna artista famosa del pasado o del presente? ¿Qué sabes sobre ella?

II. Expressing Influence, Feelings, and Doubt in the Past

The Imperfect Subjunctive

In previous chapters you learned many uses of the subjunctive:

Chapter 5: influencing, suggesting, persuading, and advising
Chapter 6: expressing feelings, opinions, belief, and doubt
Chapter 7: describing what one is looking for and expressing pending actions
Chapter 8: expressing restriction, possibility, purpose, and time

In this chapter you will learn how to express all of the preceding uses, but in reference to the past. In the interview you heard, the Panama hat expert used the imperfect subjunctive when she discussed an artisan's past desire that her daughter and granddaughter learn to make the hats: "**Había una artesana que quería que su hija y su nieta *aprendieran* [este arte].**"

1. To form the imperfect subjunctive (**imperfecto del subjuntivo**):

   a. use the third person plural of the preterit: **pagaron**
   b. drop the **-ron** ending: **paga**ron
   c. add the following subjunctive endings to all **-ar, -er,** and **-ir** verbs.

pagar → paga~~ron~~		decir → dije~~ron~~	
que pagara	que pagáramos	que dijera	que dijéramos
que pagaras	que pagarais	que dijeras	que dijerais
que pagara	que pagaran	que dijera	que dijeran

To review formation of the preterit and of the imperfect subjunctive, see Appendix A, pages 357–359 and 364, respectively.

Note: There is an optional form, frequently used in Spain and in some areas of Hispanic America, in which you substitute **-se** for **-ra**; for example: **pagara = pagase; dijéramos = dijésemos.**

2. Once you have determined that a subjunctive form is needed, you must decide which of the following forms to use.

present subjunctive	que compre, que compres, etc.
present perf. subjunctive	que haya comprado, que hayas comprado, etc.
imperfect subjunctive	que comprara, que compraras, etc.

Use the following guidelines to determine which form is needed.

a. As you studied in previous chapters, when the verb in the independent clause refers to the present or the future, you use the present subjunctive in the dependent clause to refer to a present or future action or state.

Independent Clause	Dependent Clause
Present/Future	**Present Subjunctive** (Present/Future Reference)
Mi jefe **va a querer**	**que** yo **trabaje** en su estudio de arte.
My boss is going to want	*me to work in his art studio.*
Te dice	**que traigas** las esculturas.
He's telling you	*to bring the sculptures.*
Me alegra	**que** el museo **abra** temprano.
I'm glad	*that the museum opens early.*
Buscamos un diseño	**que sea** moderno.
We are looking for a design	*that is modern.*
Quiero vender mi cuadro	**en cuanto termine** de pintarlo.
I want to sell my painting	*as soon as I finish painting it.*
¿Vas a reescribir el contrato	**antes de que lleguen?**
Are you going to rewrite the contract	*before they arrive?*

Influencing: Chapter 5

Indirect commands: Chapter 5

Feelings: Chapter 6

What one is looking for: Chapter 7

Pending actions: Chapter 7

Time: Chapter 8

b. As you studied in Chapter 6, when the verb in the independent clause refers to the present and the dependent clause refers to a past action or state, you use the present perfect subjunctive in the latter.

Independent Clause	Dependent Clause
Present	**Present Perfect Subjunctive** (Past Reference)
Es probable	**que** el artesano **haya visto** ese cuadro.
It's probable	*that the artisan has seen the painting.*
No **me sorprende**	**que hayan censurado** tu escultura.
It doesn't surprise me	*that they have censored your sculpture.*

Doubt: Chapter 6

Feelings: Chapter 6

260 Fuentes: Conversación y gramática

c. When the verb in the independent clause refers to the past and the dependent clause refers to a past action or state, use the imperfect subjunctive in the dependent clause.

Independent Clause	Dependent Clause
Past	Imperfect Subjunctive (Past Reference)
Ella me **había aconsejado** *She had advised me*	**que comprara** esa reproducción. *to buy that reproduction.*
Nosotros **dudábamos** *We doubted*	**que** la pintura **fuera** auténtica. *that the painting was authentic.*
Quería un sombrero panamá *I wanted a Panama hat*	**que** no **costara** un dineral. *that didn't cost a fortune.*
Estudió muchísimo *She studied a lot*	**para que** la **admitieran** en la escuela de Bellas Artes. *so that they would admit her to the School of Fine Arts.*
Le **iba a hablar** *I was going to talk to him*	**cuando** él **llegara** a casa. *when he arrived home.*

Influencing: Chapter 5

Doubt: Chapter 6

What one is looking for: Chapter 7

Purpose: Chapter 8

Pending Action: Chapter 7
Note that if actions are pending in the past, they take the imperfect subjunctive.

ACTIVIDAD 10 El arte del pasado

Parte A: Lee las siguientes páginas sobre el arte en España y complétalas con el imperfecto del subjuntivo de los verbos que aparecen en el margen.

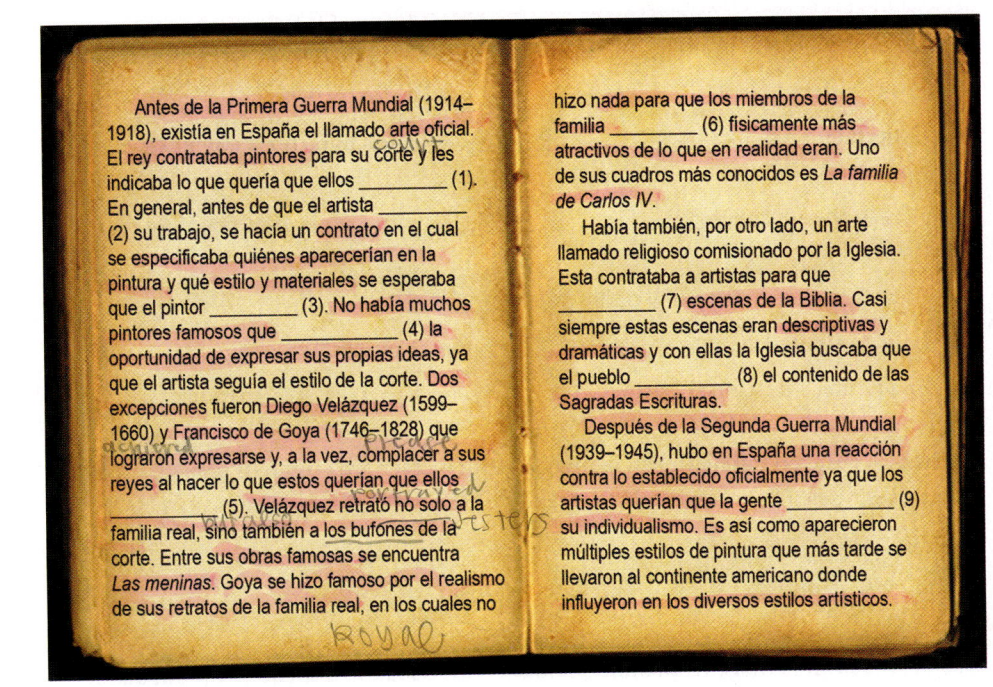

Museo del Prado

Antes de la Primera Guerra Mundial (1914–1918), existía en España el llamado arte oficial. El rey contrataba pintores para su corte y les indicaba lo que quería que ellos _____ (1). En general, antes de que el artista _____ (2) su trabajo, se hacía un contrato en el cual se especificaba quiénes aparecerían en la pintura y qué estilo y materiales se esperaba que el pintor _____ (3). No había muchos pintores famosos que _____ (4) la oportunidad de expresar sus propias ideas, ya que el artista seguía el estilo de la corte. Dos excepciones fueron Diego Velázquez (1599–1660) y Francisco de Goya (1746–1828) que lograron expresarse y, a la vez, complacer a sus reyes al hacer lo que estos querían que ellos _____ (5). Velázquez retrató no solo a la familia real, sino también a los bufones de la corte. Entre sus obras famosas se encuentra *Las meninas*. Goya se hizo famoso por el realismo de sus retratos de la familia real, en los cuales no hizo nada para que los miembros de la familia _____ (6) físicamente más atractivos de lo que en realidad eran. Uno de sus cuadros más conocidos es *La familia de Carlos IV*.

Había también, por otro lado, un arte llamado religioso comisionado por la Iglesia. Esta contrataba a artistas para que _____ (7) escenas de la Biblia. Casi siempre estas escenas eran descriptivas y dramáticas y con ellas la Iglesia buscaba que el pueblo _____ (8) el contenido de las Sagradas Escrituras.

Después de la Segunda Guerra Mundial (1939–1945), hubo en España una reacción contra lo establecido oficialmente ya que los artistas querían que la gente _____ (9) su individualismo. Es así como aparecieron múltiples estilos de pintura que más tarde se llevaron al continente americano donde influyeron en los diversos estilos artísticos.

admirar
aprender
comenzar
hacer
parecer
pintar
representar
tener
utilizar

Parte B: En parejas, miren el cuadro de Velázquez, *Las meninas*, y contesten estas preguntas.

1. ¿A cuántas personas pintó Velázquez en este cuadro? ¿Cuántas están en primer plano y cuántas están en el fondo?
2. ¿Pueden encontrar al artista en el cuadro? ¿Hacia dónde mira?
3. Velázquez pintó a los reyes y a la Infanta (*Princess*) Margarita en el cuadro. ¿Pueden encontrarlos?
4. ¿Quiénes quería el pintor que fueran las personas principales, la Infanta o los reyes?
5. ¿Qué otros personajes se ven en el cuadro?
6. ¿Es una pintura estática o hay movimiento?
7. ¿Pueden deducir algo sobre la vida diaria del Palacio Real?

ACTIVIDAD 11 Se oyó en un museo

Parte A: Estás en un museo y escuchas lo que dicen algunas personas que están a tu alrededor. Completa los comentarios con el presente del subjuntivo, el pretérito perfecto del subjuntivo o el imperfecto del subjuntivo de los verbos que están entre paréntesis.

1. Quería que _____ el horror de la guerra. (observar)
2. Nos rogó que lo _____ lo antes posible. (hacer)
3. Dudo que ayer ella los _____. (convencer)
4. Sentí mucho que tú no _____ ir al picnic. (poder)
5. Les recomendé que _____ a las doce. (venir)
6. Quiero que mañana tú _____ a los Ramírez a comer en el mejor restaurante. (invitar)
7. ¿Crees que nosotros _____ algunos en la exhibición de mañana? (vender)
8. La policía dice que no hay nadie que lo _____. (ver)
9. Lo hizo sin que tú _____ presente. (estar)
10. Ella no iba a descansar hasta que la _____. (terminar)

Parte B: Ahora, en parejas, usen la imaginación y creen un contexto para cinco o seis de las oraciones. El contexto debe contener la siguiente información.

- quién la dijo
- a quién se la dijo
- en referencia a qué

Usen expresiones como: **Es posible/probable que se la haya dicho... a... porque...**

ACTIVIDAD 12 Las exigencias de nuestros padres

Parte A: Cuando Uds. estaban en la escuela secundaria, probablemente escuchaban muchas exigencias de sus padres. En parejas, túrnense para preguntarle a su compañero/a si estas eran o no algunas de las exigencias de sus padres. Para formar oraciones, combinen una frase de la primera columna con una de la segunda. Sigan el modelo.

▶ exigirle / volver a casa temprano

—¿Te exigían tus padres que volvieras a casa temprano?

—Sí, mis padres me exigían que volviera a casa temprano.

—No, mis padres no me exigían que volviera a casa temprano.

	Exigencias
preferir	• (no) poner la música a todo volumen
insistir en	• sacar buenas notas en la escuela
esperar	• (no) andar con malas compañías
exigirle	• hacer la cama
recomendarle	• (no) ver mucha televisión
prohibirle	• (no) pelearse con su hermana/o
pedirle	• (no) beber alcohol
(no) querer	• (no) consumir drogas
	• (no) hacerse tatuajes
	• ¿?

Parte B: En parejas, hablen de las exigencias que les hacen sus padres ahora. ¿Son iguales a las que les hacían cuando estaban en la secundaria o son diferentes? Usen oraciones como: **Cuando era menor me exigían que..., pero/y ahora insisten en que...**

ACTIVIDAD 13 Era importante que...

Di qué cosas de la siguiente lista eran o no importantes para ti cuando tenías diez años. Usa expresiones como: **(no) interesarle, (no) querer, (no) ser importante.**

▶ tus amigos / ser / populares

Cuando tenía diez años, me interesaba que mis amigos fueran populares.

1. tener muchas cosas
2. tus amigos / respetarte
3. llevar ropa de moda
4. tus padres / estar / orgullosos de ti
5. cuidar el físico
6. tu equipo de fútbol/béisbol / ganar
7. tus maestros / no darte / tarea
8. tener muchos amigos
9. tus hermanos / no tocar / tus cosas
10. ¿?

Remember: if you have no change of subject, use the infinitive.

ACTIVIDAD 14 Tus amigos de la secundaria

En grupos de tres, digan qué tipo de amigos querían tener y tenían cuando estaban en la escuela secundaria. Pueden usar las siguientes ideas. Sigan el modelo.

▶ Buscaba amigos que fueran cómicos.

▶ Tenía amigos que no consumían drogas.

- (no) hablar mal de ti
- (no) practicar deportes
- (no) tener mucho dinero
- (no) vivir cerca de ti
- (no) gustarles fumar
- (no) tener carro
- (no) chismear (*gossip*)
- (no) estudiar mucho
- (no) ser divertidos
- ¿?

ACTIVIDAD 15 Los mejores y los peores

En parejas, terminen estas frases para hablar de los mejores y peores trabajos que han tenido.

Los trabajos terribles	Los trabajos fantásticos
El/La jefe/a siempre quería que nosotros...	El/La jefe/a siempre quería que nosotros...
Nos exigía que...	Nos exigía que...
Nos prohibía que...	Nos permitía que...
Me molestaba que mi jefe/a...	Me encantaba que mi jefe/a...
Siempre hacía comentarios negativos para que...	Siempre hacía comentarios positivos para que...

ACTIVIDAD 16 Creencias del pasado

Forma oraciones para expresar las creencias falsas que tenía la gente en el pasado y contrástalas con lo que se sabe ahora. Sigue el modelo.

▶ no creer / el insecticida DDT / causar / problemas para el ser humano

—En el pasado la gente no creía que el insecticida DDT causara problemas para el ser humano.

—Es verdad, pero ahora sabemos que...

1. no creer / el asbesto / ser / peligroso para el ser humano
2. estar segura / la tierra / ser / plana
3. creer / el consumo de muchas proteínas / ser / bueno para la salud
4. no creer / la cocaína / ser / una droga
5. dudar / el hombre / poder / volar

ACTIVIDAD 17 **La hipótesis del cuadro**

Parte A: En grupos de tres, miren el cuadro que está a continuación y contesten las preguntas para formar una hipótesis sobre su contenido y su historia.

1. ¿Es una escena estática o hay movimiento? Den ejemplos para justificar su respuesta.
2. ¿En qué año más o menos creen Uds. que el/la artista haya pintado el cuadro?
3. ¿Creen que lo haya pintado un hombre o una mujer? ¿Por qué?
4. ¿Quiénes son las figuras centrales del cuadro? ¿Cómo son? ¿Qué hacen un día normal? ¿Por qué creen que el/la artista haya escogido presentarlos en blanco y negro en vez de color?
5. ¿Qué quería el/la artista que sintiéramos al ver esta escena: tristeza, orgullo, felicidad, melancolía? ¿Algo más? Justifiquen su respuesta.

Parte B: Ahora escuchen la información que les va a dar su profesor/a sobre el cuadro para ver qué adivinaron de la Parte A.

Botero

ACTIVIDAD 18 Interpretación de un cuadro

Parte A: Mira el cuadro y lee qué dijo un colombiano al verlo. Luego prepárate para hablar de la información que aparece después de la descripción.

🪗 Fuente hispana

"Me acuerdo del día en que visité el Museo Nacional de los Estados Unidos en Washington, D.C. Fui con unos parientes que me estaban visitando y por accidente nos metimos donde se estaban exponiendo los óleos del pintor colombiano Fernando Botero.

Lo que estaba viendo en ese momento me fascinó. Parecía que el maestro había pintado a mi familia. Allí, en el lienzo, claramente podía yo ver a mi papá vestido de modo muy conservador; a mi tío, el coronel, quien era miembro del ejército colombiano, que resplandecía con sus medallas e imponía una sensación de firmeza; a mi primo, el cura, quien había estudiado en Roma y decían que iba a ser arzobispo dentro de muy poco tiempo, lo había pintado como una figura humilde y sencilla. Mi madre, a quien Botero había pintado en el centro del cuadro, estaba bien vestida y mantenía una expresión serena, pero a la misma vez aburrida; a la izquierda del cuadro, estaba mi abuela, quien sostenía a mi hermana menor. Mi abuela era idéntica a mi papá. Mi hermana, sentada sobre mi abuela, se veía bellísima, pero también tenía esa mirada aburrida que mantenía mi mamá. Podía ser que ya se hubieran dado cuenta de los límites que la sociedad les estaba imponiendo. Yo también estaba en ese cuadro insolente; el pintor me había colocado detrás de todos, medio escondido, porque yo era el escándalo de la familia. Mi padre quería que yo fuera abogado o médico, pero, en cambio, yo salí del país y me fui a los Estados Unidos a estudiar literatura.

Y al fondo del cuadro, Botero había pintado la gran cordillera de los Andes, algo que me hacía falta aquí en Washington D.C., porque todo era plano en esta ciudad. Salí del museo queriendo agradecerle a Botero por haberle mostrado al mundo una parte de mi identidad colombiana." ■

La familia presidencial, Fernando Botero (1932–).

1. Describe otro elemento del cuadro; algo que no menciona el colombiano.
2. Explica de qué modo muestra el cuadro la identidad colombiana del hombre que lo describe.

Parte B: Ahora en grupos de tres, haga uno el papel del joven colombiano y los otros dos el papel de los padres, y representen el día en que el hijo les dice a sus padres que se va a estudiar literatura a los Estados Unidos.

III. Shifting the Focus in a Sentence

The Passive Voice

Many sentences you have dealt with up to this point have been in the active voice (**la voz activa**). That is to say that the subject (agent or doer of the action) does something to someone or something (the object of the action).

ACTIVE VOICE		
Subject (Agent or doer)	**Action**	**Object**
Botero	pintó	el cuadro *La familia presidencial*.
Botero	*painted*	*the painting The Presidential Family.*
La prensa	ha publicado	las críticas de la exhibición.
The press	*has published*	*the critiques of the exhibition.*

1. The passive voice (**la voz pasiva**), which in Spanish is mainly found in writing, is used to place emphasis on the action and the receiver of the action instead of the agent or doer of the action. In Spanish, as in English, the passive construction is formed by reversing the word order, that is, the object becomes the subject.

PASSIVE VOICE			
Passive Subject	**ser + past participle**	**por**	**Agent or Doer**
El cuadro *La familia presidencial*	**fue** pintad**o**	por	Botero.
The painting The Presidential Family	*was painted*	*by*	*Botero.*
Las críticas de la exhibición	**han sido** publicad**as**	por	la prensa.
The critiques of the exhibition	*have been published*	*by*	*the press.*

Notice that the past participle agrees in gender and in number with the passive subject. To review past participle formation, see Appendix A, page 365.

2. In many passive sentences it is possible to omit the agent (the phrase with **por**) when it is obvious, irrelevant, a secret, or unknown.

La obra de Picasso **fue aclamada** (por la gente).

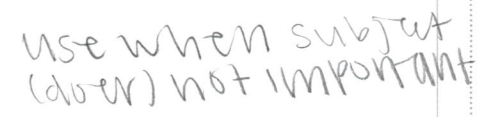

3. Another way to express an idea where the doer of the action is not important, is to use the **se** + *singular/plural verb* construction. This construction, the *passive se*, is very common in everyday speech. To review, see Chapter 5, page 152.

Se critica a Botero con frecuencia.   *Botero is criticized frequently.*

Se exhiben cuadros fantásticos en esa galería.   *Great paintings are exhibited in that gallery.*

ACTIVIDAD 19 ¿Ciertas o falsas?

Pon estas oraciones sobre el arte y la arqueología en la voz pasiva y después decide si son ciertas o falsas. Corrige las falsas.

1. Los romanos construyeron La Alhambra en Granada.
2. Velázquez pintó el cuadro *Las meninas*.
3. Los aztecas construyeron Machu Picchu.
4. Frank O. Gehry diseñó el Museo Guggenheim Bilbao.
5. Salvador Dalí pintó muchos murales en México.
6. María Izquierdo pintó *Sueño y presentimiento*.

ACTIVIDAD 20 Acontecimientos importantes

Forma oraciones con la voz pasiva usando palabras de las tres columnas. Si no estás seguro/a, adivina.

▶ El primer mail   mandar   Ray Tomlinson en 1971

El primer mail fue mandado por Ray Tomlinson en 1971.

La canción "El imbécil"	componer	Pierre y Marie Curie
La vacuna contra la polio	crear	Pablo Picasso
La película *Hable con ella*	desarrollar	León Gieco
La Quinta Sinfonía	grabar	Pedro Almodóvar
El cuadro *Guernica*	dirigir	Alberto Einstein
La teoría de la relatividad	descubrir	Isabel Allende
El metal radio	pintar	Jonas Salk
La novela *La casa de los espíritus*	escribir	Beethoven

IV. Using the Infinitive

Summary of Uses of the Infinitive

During this course you have used the infinitive in a variety of situations. The following rules will help you review the different uses. Use an infinitive:

1. after verbs such as **deber, querer, necesitar, desear, soler,** and **poder**.

   Quiero ir a la exhibición de Goya. — *I want to go to Goya's exhibition.*

   Ella **desea tener** una escultura de él y luego **invitar** a todos sus amigos para que la vean. — *She wants to have a sculpture by him and then invite all her friends to see it.*

2. after **tener que** and **hay que**.

   Tengo que escribir una crítica sobre ese mural. — *I have to write a critique of that mural.*

   No hay que ser rico para soñar. — *You don't have to be rich to dream.*

3. after impersonal expressions such as **es posible** or **es necesario** when there is no specific subject mentioned.

   No es posible pintar bien sin recibir instrucción previa. — *It's not possible to paint well without receiving previous instruction.*

4. directly after the prepositions **a, de, para, por,** and **sin**.

   Después de pintar por muchos años, Ernesto fue finalmente aceptado en el mundo del arte. — *After painting for many years, Ernesto was finally accepted in the art scene.*

   No puedes entrar a la exhibición **sin tener** invitación. — *You can't enter the exhibition without having an invitation.*

5. after **al**.

   Al ver el cuadro, Marisel sintió nostalgia por su pueblo. — *Upon seeing the painting, Marisel felt nostalgic about her village.*

6. after verbs like **gustar**.

   A Carlos no le **gusta vender** ni **regalar** sus obras de arte. — *Carlos doesn't like selling nor giving away his works of art.*

7. when a verb is the subject of the sentence.

   Expresar lo que uno siente es a veces necesario. — *Expressing what one feels is sometimes necessary.*

---

preposition + infinitive (**después de obtener**)

If a gerund in English, infinitive in Spanish.

English: *preposition + gerund (after getting)*

To review verbs like **gustar**, see pp. 5–6.

Capítulo 9   269

ACTIVIDAD 21 Ideas sobre el arte

Completa estas ideas sobre el arte con el infinitivo y otras palabras necesarias.

1. Si quieres interpretar una obra de arte es imprescindible...
2. Para... lo que pinta un artista a veces es necesario... el contexto histórico.
3. Un artista se expone a la crítica al...
4. Un escultor a veces no puede...
5. ... un cuadro y... una crítica es fácil, pero pintar una obra maestra es muy difícil.
6. Muchos artistas ganan poco dinero por...
7. Antes de... una obra de arte, es importante... y también se debe...

ACTIVIDAD 22 Mensajes informativos

En grupos de tres, Uds. son locutores de una emisora de radio y tienen que escribir una serie de mensajes cortos para informarle al público sobre las múltiples oportunidades que hay para ver arte en su ciudad. Al escribir los mensajes integren diferentes usos del infinitivo cuando sea posible. A continuación hay una lista de cinco eventos a los que la gente puede asistir este mes.

¿Qué?	¿Dónde?
La historia en cuadros – La historia de Latinoamérica 1492–1800, representación cronológica.	Museo de la Ciudad
Tú también puedes ser escultor – Oportunidad de crear con las manos para gente entre cinco y ochenta años.	Museo del Barrio Domingo, 14 de marzo a las 14:30
CIEN – Exhibición multimedia de fotografías en blanco y negro de 100 personas el día que cumplieron los 100 años. Cada foto viene acompañada de una narración de la persona misma.	Sala de exhibiciones del Banco de la República
Los murales del barrio – Visita a un barrio para explorar los murales hechos por jóvenes de la ciudad. Algunos van a estar allí para hablarnos sobre sus obras.	Lugar de encuentro: Puerta del Museo del Barrio Sábado, 20 marzo a las 13:00
Invenciones – prácticas, graciosas, ingeniosas e inútiles – Exhibición de invenciones de aparatos que se pueden encontrar en una casa y que nos hacen la vida más fácil.	Museo de Ciencias

▶ ¿Quieren **disfrutar** de una vida más fácil? ¿No les gusta **tener que atarse** los zapatos todos los días? No importa: una máquina puede **hacerlo**. Deben **visitar**...

V. Using Transitional Phrases

Expressions with *por*

Por is frequently used in transitional phrases that help to move a conversation or a narrative along. The following list contains common expressions with **por**.

por casualidad	by chance
por cierto	by the way
por ejemplo	for example
por esa razón	for that reason
por eso	that's why/therefore
por lo general	in general
por lo menos	at least
por un lado... por el otro / por una parte... por la otra	on one hand ... on the other
por otro lado / por otra parte	on the other hand
por (si) las dudas / por si acaso / por si las moscas	just in case
por lo tanto / por consiguiente	therefore
por supuesto	of course

ACTIVIDAD 23 **Conversaciones breves**

Parte A: Completa las siguientes conversaciones usando expresiones con **por**.

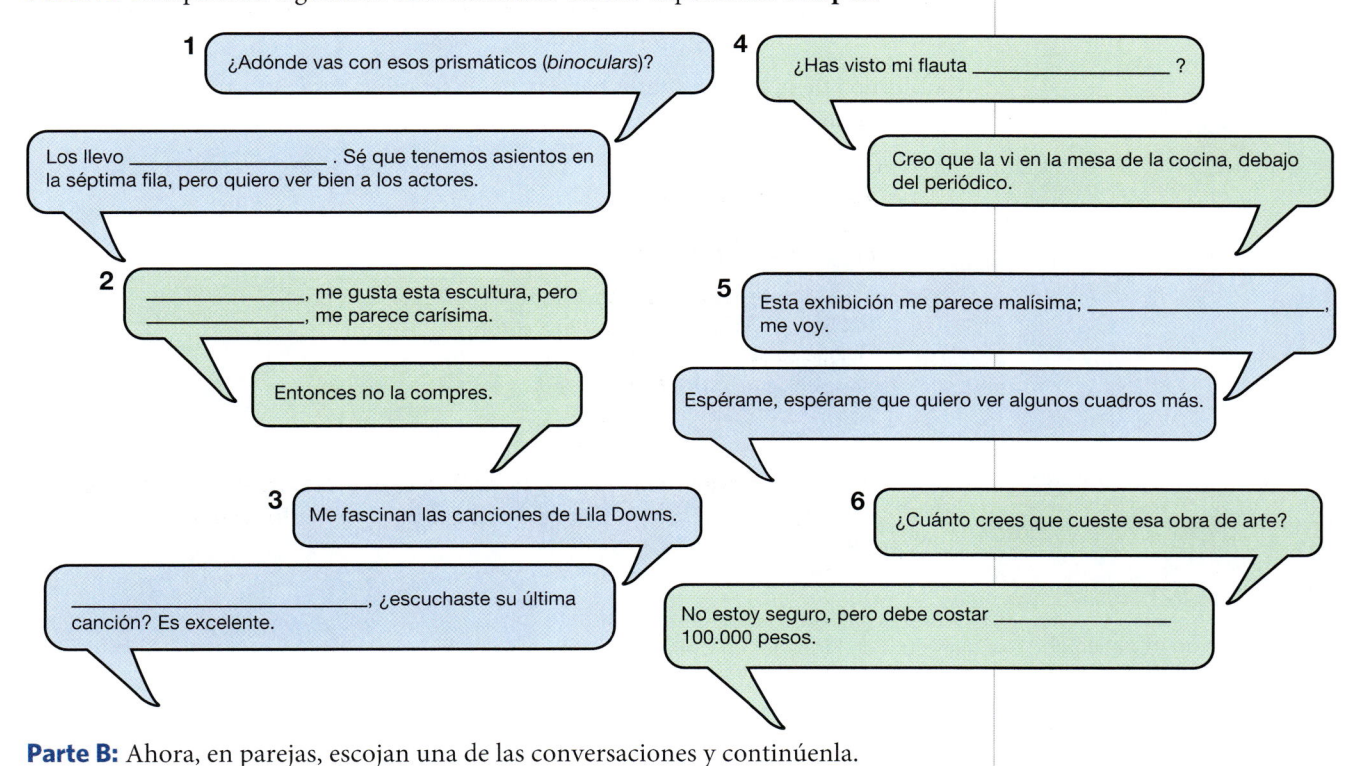

1. ¿Adónde vas con esos prismáticos (*binoculars*)?

   Los llevo _____. Sé que tenemos asientos en la séptima fila, pero quiero ver bien a los actores.

2. _____, me gusta esta escultura, pero _____, me parece carísima.

   Entonces no la compres.

3. Me fascinan las canciones de Lila Downs.

   _____, ¿escuchaste su última canción? Es excelente.

4. ¿Has visto mi flauta _____?

   Creo que la vi en la mesa de la cocina, debajo del periódico.

5. Esta exhibición me parece malísima; _____, me voy.

   Espérame, espérame que quiero ver algunos cuadros más.

6. ¿Cuánto crees que cueste esa obra de arte?

   No estoy seguro, pero debe costar _____ 100.000 pesos.

Parte B: Ahora, en parejas, escojan una de las conversaciones y continúenla.

Capítulo 9

ACTIVIDAD 24 Los comentarios

En parejas, digan qué piensan sobre cada una de las siguientes ideas usando por lo menos tres expresiones con **por** para cada situación.

▶ Las artesanías no son arte.

Por lo general eso es lo que piensa mucha gente y **por eso** no se aprecia el trabajo de los artesanos. **Por otro lado,** ...

1. El grafiti es arte.
2. Hay censura artística en este país.
3. Algún día van a desaparecer los libros.

ACTIVIDAD 25 ¿Censura o no?

De vez en cuando los gobiernos o gente adinerada le pagan a un artista para que haga arte público. En 1933, por ejemplo, Nelson Rockefeller contrató a Diego Rivera, el muralista mexicano, para que pintara un mural en una de las paredes del Centro Rockefeller en Nueva York. En el mural, Rivera incluyó un retrato de Vladimir Lenin, pero a Rockefeller no le gustó y le pidió a Rivera que cambiara la cara de Lenin por la de un individuo desconocido. Rivera rechazó la idea y Rockefeller lo despidió y destruyó el mural para que no se viera. Un individuo que financia una obra de arte puede censurar al artista que emplea, pero ¿qué ocurre cuando es un gobierno el que patrocina la obra? Divídanse en dos grupos para debatir la siguiente idea.

> Los gobiernos no deben patrocinar obras de arte que la mayor parte de la población no acepta.

Cada grupo tiene cinco minutos para preparar su argumento, uno a favor o y el otro en contra. Su profesor/a va a moderar el debate.

Do the corresponding web activities to review the chapter topics.

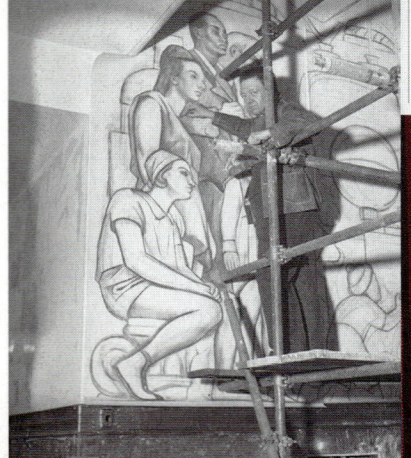

Diego Rivera pinta un mural en el Centro Rockefeller de Nueva York.

La zampoña, instrumento prohibido durante la dictadura de Pinochet en Chile.

Alicia Alonso, bailarina y coreógrafa cubana. Se prohibió su entrada en los Estados Unidos durante el régimen de Castro.

Vocabulario activo

El arte
el/la artista artist
el autorretrato self-portrait
la burla mockery
burlarse de to mock/joke (make fun of)
el cuadro/la pintura painting
dibujar to draw
el dibujo drawing
la escena scene
el/la escultor/a sculptor
la escultura sculpture
la estatua statue
expresar to express
el fondo background
la fuente de inspiración source of inspiration
glorificar to glorify
la imagen image
el mensaje message
la naturaleza muerta still life
la obra abstracta abstract work
la obra maestra masterpiece
el paisaje landscape
pintar to paint
el/la pintor/a painter
el primer plano foreground
la reproducción reproduction
el retrato portrait
la sátira satire
el simbolismo symbolism
simbolizar to symbolize, signify
el símbolo symbol

Apreciación del arte
el censor censor
la censura censorship; censure
censurar to censor; to censure
la crítica critique
criticar to critique; to criticize
el crítico critic
la interpretación interpretation
interpretar to interpret

Expresiones para hablar de un cuadro
(No) Me conmueve. It moves/doesn't move me.
Me siento triste / contento/a al verlo. I feel sad/happy when I see it.
Ni me va ni me viene. / Ni fu ni fa. It doesn't do anything for me.
No tiene ni pies ni cabeza. I can't make heads or tails of it.
No tiene (ningún) sentido para mí. It doesn't make (any) sense to me.
¡Qué horrible! How horrible!
¡Qué maravilla! How marvelous!
¿Qué te parece (este cuadro)? What do you think (about this painting)?

Expresiones con *por*
por casualidad by chance
por cierto by the way
por ejemplo for example
por esa razón for that reason
por eso that's why/therefore
por lo general in general
por lo menos at least
por lo tanto / por consiguiente therefore
por un lado... por el otro / por una parte... por la otra on one hand ... on the other
por otro lado / por otra parte on the other hand
por (si) las dudas / por si acaso / por si las moscas just in case
por supuesto of course

Expresiones útiles
¿A qué se debe eso? What do you attribute that to?
un dineral a great deal of money / a fortune
llevarle (a alguien) + *time period* to take (someone) + time period
se me fueron las ganas de + *infinitive* I didn't feel like + -ing anymore

Más allá

🎵 **Canción: "Dalí"**

Mecano

Los hermanos Nacho y José María Cano, junto con Ana Torroja, formaron en España el conjunto Mecano en 1981, durante la época de "la movida". Su música, de estilo tecno pop, era muy popular con los jóvenes de esa época. También cantaron algunas de sus canciones en francés e italiano, así que durante los diez años que estuvieron juntos, se oyó su música en España, Francia, Italia y Latinoamérica. Su primer éxito fue "Hoy no me puedo levantar" y, casi 25 años después, José María Cano escribió una obra musical sobre las canciones del grupo que se estrenó en los teatros de Madrid.

ACTIVIDAD **El genio**

Parte A: Antes de escuchar la canción sobre el famoso Eugenio Salvador Dalí, contesta las siguientes preguntas.

1. ¿Quién y cómo era?
2. ¿Por qué características faciales era conocido?
3. ¿De dónde era?
4. ¿Cuál era el estilo de su obra?

Parte B: Mira las siguientes ideas y luego escucha la canción para marcar las que se mencionan. Para algunos puntos hay más de una opción correcta.

Dalí era un...	____ genio	____ intelectual	____ loco	____ obsesivo
Al morir tenía unos...	____ 70 años	____ 80 años	____ 90 años	____ 100 años
Vivía en..., España	____ Cadaqués	____ Marbella	____ Toledo	____ Valencia
Estilo de su obra	____ cubista	____ impresionista	____ realista	____ surrealista
Cosas importantes para él	____ el dinero	____ Dios	____ su hermana Ana María	____ su esposa Gala
Él debe reencarnarse en...	____ lápiz o pincel	____ lienzo o papel	____ sí mismo	____ su obra maestra

274 Fuentes: Conversación y gramática

Parte C: Según la canción, el artista era un genio y un loco. En grupos de tres, hablen de las siguientes preguntas.

1. ¿Conocen a alguien que sea un loco? ¿Y a alguien que sea un genio? ¿Y a alguien que sea las dos cosas? ¿Creen que sea posible ser un genio y un loco a la vez o es que los genios son unos incomprendidos?
2. En su opinión, ¿qué es preferible: ser una persona cuerda con inteligencia normal o ser un genio con algo de locura?

Videofuentes: *El arte de Elena Climent*

Antes de ver

ACTIVIDAD 1   Tu carrera y tu futuro laboral

Antes de ver el primer segmento sobre cómo y por qué empezó a pintar la artista mexicana Elena Climent, habla sobre las siguientes preguntas.

1. ¿Ya sabes qué trabajo te gustaría tener cuando termines la universidad? ¿Cuándo lo supiste y cuántos años tenías? Si no sabes, ¿qué crees que te pueda ayudar a tomar esa decisión?
2. Cuando terminaste la escuela secundaria, ¿qué querían tu padre o tu madre que estudiaras? ¿Hiciste lo que querían?
3. ¿Están de acuerdo tus padres con la carrera que estudias? ¿Por qué? Si no has elegido una especialización todavía, ¿les preocupa eso a tus padres?
4. ¿Estudias la misma carrera que estudió alguien de tu familia? Si contestas que sí, ¿qué influencia tuvo esa persona en la elección de tu carrera?

Elena Climent pintando en su casa.

Mientras ves

ACTIVIDAD 2   La pintora y su infancia

Ahora mira el primer segmento sobre Elena Climent hasta donde explica por qué su padre no quería que ella pintara. Mientras miras, piensa en las siguientes preguntas. Luego comparte las respuestas con el resto de la clase.

1. ¿Cuántos años tenía la artista cuando empezó a dibujar y por qué empezó?
2. ¿Qué ocupación tenía el padre?
3. ¿Por qué no quería el padre que ella pintara?

Capítulo 9   275

ACTIVIDAD 3 La influencia mexicana

Aunque esta artista mexicana vive en los Estados Unidos, se ve en su obra mucha influencia de su país natal. Observa el resto del video para escuchar la definición de los siguientes términos. Después busca ejemplos de cada uno en sus pinturas.

1. animismo
    definición: _____
    ejemplo: _____
2. reciclaje
    definición: _____
    ejemplo: _____
3. sincretismo
    definición: _____
    ejemplo: _____

Después de ver

ACTIVIDAD 4 Mirar un cuadro

Parte A: En grupos de tres, observen el siguiente cuadro y describan todos los elementos que ven. Luego den, por lo menos, dos ejemplos de elementos que muestren la influencia mexicana.

Mesa de mosaicos con espejo, Elena Climent (1955–).

Parte B: Climent pone en los cuadros partes de su vida que representan momentos de su pasado. En los mismos grupos de tres, imaginen que cada uno de Uds. tiene una mesa enfrente de una ventana y tiene que ponerle cosas que reflejen algún aspecto de su vida: su juventud, su familia, su escuela, su ciudad o pueblo, etc. Las cosas pueden ser una foto especial, un libro, una llave... lo que quieran. Expliquen qué van a poner en la mesa y cómo van a colocarlo todo. Digan también qué se puede ver por la ventana que está detrás de la mesa.

Proyecto: Comentar un cuadro

Investiga una de las siguientes obras de arte y escribe un informe.

- *Guernica* de Pablo Picasso
- *Shibboleth* de Doris Salcedo
- *La jungla* de Wilfredo Lam
- *La tamalada* de Carmen Lomas Garza
- *Las dos Fridas* de Frida Kahlo
- *Abu Ghraib* (serie de pinturas) de Fernando Botero

Busca información de por lo menos cuatro fuentes diferentes y no te olvides de citarlas (*cite*) correctamente. Incluye la siguiente información:

- nombre del cuadro
- breve biografía que incluya nombre del/de la artista, país de origen, fecha de nacimiento (y de muerte, si ya murió)
- descripción del contenido de la obra (paisaje, autorretrato, colores, símbolos, etc.)
- el mensaje del/de la artista (**Quería que..., Es posible que...,** etc.)

You should try to consult sources in Spanish, but be careful when writing your report to not *steal* sentences. You may paraphrase or quote. Use appropriate conventions for citing your sources and all quotes.

Capítulo 9 277

CAPÍTULO 10

Las relaciones humanas

Familia en Colombia.

METAS COMUNICATIVAS

- hablar de las relaciones humanas
- expresar acciones futuras
- hacer predicciones y promesas
- hablar de situaciones imaginarias, dar consejos y pedirle algo a alguien
- expresar probabilidad
- hacer hipótesis (primera parte)

¡Que vivan los novios!

un/a amigo/a íntimo/a	a close friend
¿No te/le/les parece?	Don't you think so?
mientras más vengan, mejor	the more, the merrier

🌐 *La boda*

Chicas tiran de las cintitas de un pastel de boda.

ACTIVIDAD 1 Las bodas

Marca qué costumbres asocias generalmente con bodas de tu país (MP), de varios países hispanos (PH) o de ambos grupos (A).

1. _____ ceremonia civil o religiosa
2. _____ ceremonia civil y religiosa
3. _____ damas de honor como madrinas
4. _____ padres y madres como padrinos
5. _____ pajes con anillos
6. _____ tirarles arroz a los novios al salir de la iglesia
7. _____ fiesta con baile
8. _____ pastel de boda

ACTIVIDAD 2 Otras costumbres

Parte A: Escucha el programa de radio "Charlando con Dolores" de una emisora de Dallas para enterarte de, por lo menos, dos costumbres hispanas relacionadas con las bodas.

Parte B: Lee las siguientes preguntas y luego escucha el programa de radio otra vez para buscar la información.

1. En Paraguay, ¿qué hay en el pastel de boda por fuera?
2. ¿Qué hay en el extremo de cada una?

(Continúa en la página siguiente.)

3. Hay una especial; ¿qué es y qué significa lo que saca esta persona?
4. ¿Quiénes participan de esta actividad?
5. Según el hombre mexicano, ¿a quién se invita cuando la boda es en un pueblo?
6. ¿Qué llevan a la boda algunos invitados?
7. ¿Qué hay en abundancia en la boda de un pueblo?

Parte C: En parejas, describan costumbres de su país relacionadas con las bodas que no se hayan mencionado en la actividad anterior.

ACTIVIDAD 3 ¿Qué opinas?

En grupos de tres, discutan las siguientes ideas relacionadas con las bodas en su país.

1. Los padres de la novia deben pagar todos los gastos de la fiesta.
2. Los invitados solo deben comprar regalos de la lista de regalos.
3. Las damas de honor de la novia deben llevar el vestido que la novia elija por más feo que sea.
4. Hay hambre en el mundo y por eso la gente no debe gastar tanto dinero en una boda.

¿Lo sabían?

Antes de entrar a la iglesia; Matiguás, Nicaragua.

Las tradiciones en torno a las bodas varían mucho de un país hispano a otro. En Nicaragua, por ejemplo, la primera persona que camina hacia el altar lleva en sus manos un rosario muy grande. Hacia el final de la ceremonia, esta persona les coloca el rosario a los recién casados alrededor de los hombros, como símbolo de unión.

Entre otras tradiciones está la serenata en Colombia, en la que el novio le lleva a la novia un conjunto de "serenateros" uno o dos días antes de la boda, generalmente la noche que reciben los regalos, y junto con la familia pasan un rato escuchando música. Esta serenata no es como se hacía antiguamente, cuando los serenateros cantaban en la calle frente a la ventana de la habitación de la chica.

¿Qué opinas de la tradición de la serenata tradicional? ¿Era cursi o romántica? ¿Te gustaría recibir o mandarle una serenata a alguien? ¿Hay algunas tradiciones que se están perdiendo en tu país?

I. Stating Future Actions, Making Predictions and Promises

The Future Tense

You are already familiar with the two most common ways to refer to future actions: a construction with **ir a** + *infinitive* (**Voy a ir a la ceremonia**) and the present tense, which is usually preferred for prearranged, scheduled events (**El año que viene nos casamos**).

Do the corresponding web activities as you study the chapter.

1. Another way to refer to future actions is by using the future tense (**el futuro**). In everyday speech, this tense is not as common as the present or **ir a** + *infinitive*. The future tense is formed by adding the following endings to the infinitive form of the verb. *all the same*

usar		**vender**		**vivir**	
usar**é**	usar**emos**	vender**é**	vender**emos**	vivir**é**	vivir**emos**
usar**ás**	usar**éis**	vender**ás**	vender**éis**	vivir**ás**	vivir**éis**
usar**á**	usar**án**	vender**á**	vender**án**	vivir**á**	vivir**án**

For information on irregular verbs, see Appendix A, page 360.

Los recién casados **irán** a Cozumel esta noche.	*The newlyweds will go to Cozumel tonight.*
Luego **vivirán** en Cartagena.	*Then they will live in Cartagena.*
Con el tiempo, **tendrán** dos o tres hijos.	*In time, they will have two or three children.*

Note: When expressing a future idea in sentences that require the subjunctive in the dependent clause, remember to use the present subjunctive: **Ellos querrán que sus hijos estudien otro idioma desde niños.**

2. You can use the future tense to make promises and predictions.

—¿Me vas a querer cuando sea viejo?	*Are you going to love me when I am old?*
—Siempre te **querré**.	*I will always love you. (promise)*
—¿Sabes si ya compraron casa?	*Do you know if they bought a house yet?*
—No, pero me imagino que **comprarán** algo cerca de los padres de él.	*No, but I imagine that they will buy something near his parents. (prediction)*

Capítulo 10

ACTIVIDAD 4 ¿Cómo serán?

En parejas, describan cómo creen que será físicamente la otra persona cuando tenga setenta y cinco años. A continuación hay algunas ideas que pueden ayudarlos. Justifiquen su descripción.

- tener pelo canoso o teñido (*dyed*)
- ser calvo/a
- llevar peluca (*wig, toupee*)
- ser activo/a o sedentario/a
- tener buena o mala salud
- ser gordo/a o delgado/a
- llevar anteojos bifocales o trifocales
- tener arrugas (*wrinkles*)
- tener cuerpo de gimnasio o ser fofo/a
- estar senil o tener la mente lúcida
- oír bien o mal
- ¿?

ACTIVIDAD 5 ¿Lo harán?

En parejas, túrnense para preguntarse cuáles de las siguientes actividades no harán nunca y cuáles harán si pueden. Expliquen sus respuestas.

▶ —¿Cantarás en un coro?

—Sí, cantaré en un coro porque me fascina cantar.

—No, jamás cantaré en un coro porque no tengo oído musical.

1. ganar un dineral
2. hacer un crucero por el Caribe
3. vivir en la misma ciudad que sus padres
4. aspirar a ser famoso/a
5. salir en el programa de "Jeopardy"
6. dedicarse a ayudar a los necesitados
7. hacer el doctorado
8. venir a trabajar a esta universidad
9. tener un perro o un gato
10. adoptar a un niño

ACTIVIDAD 6 El pasado y el futuro

Acciones habituales en el pasado → Imperfecto

Parte A: Lee cómo era la vida en el año 1900 y luego di cómo será el mundo en el año 2075.

1. En el año 1900 las personas no viajaban mucho porque usaban caballos, barcos o trenes y cada viaje llevaba muchos días. En el año 2075...
2. En el año 1900 se pagaba en las tiendas con monedas o billetes. En el año 2075...
3. En el año 1900 la gente cerraba las puertas con llave y para entrar tenía que tener la llave. En el año 2075...
4. En el año 1900 casi ninguna mujer tenía puesto en el gobierno. En el año 2075...
5. En el año 1900 existían tiendas donde se compraba comida, ropa, etc. En el año 2075...

Parte B: Ahora usa la imaginación para describir otras cosas que ocurrían en el año 1900 y después predice qué pasará en el futuro.

1. las bodas
2. las labores domésticas
3. el cáncer
4. la semana laboral de 40 horas o más
5. las guerras
6. las escuelas públicas

ACTIVIDAD 7 La estructura familiar

En grupos de tres, lean las siguientes descripciones sobre la estructura familiar actual de este país y digan cómo creen que será esa estructura dentro de veinte años.

1. La mujer hace más tareas domésticas que el hombre.
2. Hay desigualdad entre el sueldo que ganan los hombres y las mujeres.
3. Las parejas generalmente se casan entre los 25 y los 30 años.
4. Las familias tienen generalmente dos hijos.
5. Hay bastante gente soltera con hijos.
6. Muchos jóvenes no pueden seguir sus estudios por falta de dinero.
7. Los adolescentes salen por la noche con permiso de los padres.
8. La tasa de divorcio es alta.
9. Existen familias no tradicionales, pero no son la mayoría.

ACTIVIDAD 8 Votos matrimoniales

Parte A: En parejas, escriban el nombre de un matrimonio famoso. Para que esta pareja renueve los votos matrimoniales, cada estudiante hace el rol de uno de los esposos y escribe cinco promesas para leerle a la otra persona. Seleccione cada uno tres promesas de la siguiente lista y luego añadan dos promesas originales al final.

PROMESAS
_____ decirle la verdad siempre
_____ serle fiel
_____ quererlo/la para toda la vida
_____ apoyarlo/la
_____ respetarlo/la
_____ tener presentes sus deseos
_____ estar con él/ella en las buenas y en las malas
_____ _____
_____ _____

Parte B: En parejas, mírense a los ojos, hagan el papel de las personas famosas y díganse las promesas para renovar los votos matrimoniales.

II. Expressing Imaginary Situations, Giving Advice, and Making Requests

The Conditional Tense

1. To express what someone would do, use the conditional tense (**el condicional**).

   Sería interesante hacer un estudio sobre los hombres que ganan menos dinero que su esposa. ¿Cómo **describirían** ellos su papel en la familia?

   It would be interesting to do a study about men who earn less money than their wives. How would they describe their role in the family?

2. The conditional is formed by adding the following endings to the infinitive form of the verb.

usar		**vender**		**vivir**	
usaría	usaríamos	vendería	venderíamos	viviría	viviríamos
usarías	usaríais	venderías	venderíais	vivirías	viviríais
usaría	usarían	vendería	venderían	viviría	vivirían

For information on irregular verbs, see Appendix A, page 360.

3. The conditional is frequently used to give advice when prefaced by the phrases **yo que tú/él/ella/ellos...** and **(yo) en tu/su lugar**.

   Yo que tú, me casaría con ella. *If I were you, I would marry her.*

   (Yo) en su lugar, les **diría** la verdad. *If I were in his place, I would tell them the truth.*

4. You can also use the conditional to make very polite requests. The following requests are listed from the most direct (commands), to the most polite (conditional).

Dime dónde es la ceremonia.	Haz esto.
¿Me dices dónde es la ceremonia?	Quiero que hagas esto.
¿**Podrías** decirme dónde es la ceremonia?	**Me gustaría** que hicieras esto.*

*Note: When making a polite request, if the independent clause contains the conditional, use the imperfect subjunctive in the dependent clause.

284 Fuentes: Conversación y gramática

ACTIVIDAD 9 Situaciones de la vida diaria

Parte A: Lee las siguientes situaciones de la vida diaria y marca qué harías en cada una.

1. Estás en el banco y la mujer que está delante de ti solo habla español y tiene problemas porque el cajero solo habla inglés. ¿Qué harías?
   a. ayudarla y traducirle
   b. no hacer nada
   c. buscar un cajero que hablara español

2. Llegas a tu casa solo/a de noche y encuentras la puerta abierta. ¿Qué harías?
   a. entrar para investigar
   b. buscar a un vecino
   c. llamar a la policía

3. Un vendedor te devuelve diez dólares de más en una tienda. ¿Qué harías?
   a. devolverle el dinero
   b. darle las gracias e irte
   c. comprar algo más en esa tienda

4. Un amigo que tiene novia te cuenta que está saliendo con otra chica. ¿Qué harías?
   a. decirle la verdad a la novia
   b. no hablarle más a tu amigo
   c. sugerirle a él que se lo dijera a su novia

Parte B: En parejas, miren las situaciones de la Parte A otra vez y marquen individualmente lo que creen que respondió su compañero/a. No pueden consultar con él/ella.

Parte C: Ahora hablen sobre las respuestas y las predicciones que hicieron.

▶ A: ¿Qué haría yo en la primera situación?
   B: Yo creo que no la ayudarías porque eres muy tímido/a.
   A: Soy tímido/a, pero también soy amable y hablo bien español.

ACTIVIDAD 10 ¿Qué harías?

En parejas, un/a estudiante lee las dos situaciones de la caja A y la otra persona las dos de la caja B. Luego túrnense para contarle las situaciones de su caja a la otra persona y preguntarle qué harían. Reaccionen a lo que dice su compañero/a usando las siguientes expresiones.

Para reaccionar

Positivas:
¡Qué decente!
¡Qué responsable!
Eres un ángel.
Eres un/a santo/a.
Eres más bueno/a que el pan.

Negativas:
¡Qué caradura! (*Of all the nerve!*)
¡Qué sinvergüenza! (*What a dog/rat!*)
¡Qué desconsiderado/a! (*How inconsiderate!*)
Francamente, creo que tú... (*Frankly, I think that you ...*)
Esa es una mentira más grande que una casa. (*That's a big fat lie.*)

Ángel is always masculine.

Situaciones para el/la estudiante A

1. Has gastado más de $4.000 con la tarjeta de crédito y no tienes más crédito. En la cuenta bancaria tienes solo $1.600 y quieres hacer un viaje a México con tus amigos durante las vacaciones. No sabes qué hacer.

2. Has chocado contra un auto estacionado y a tu auto no le ha pasado nada, pero el otro está un poco dañado. Calculas que el arreglo no costará más de $200. Nadie ha visto el choque y estás solo/a. No sabes qué hacer.

Situaciones para el/la estudiante B

1. Acabas de comprar un celular sin seguro. Al salir de la tienda se te cayó al suelo y, aunque no se ve ningún daño, ahora no funciona. No sabes qué hacer.

2. Un amigo te dio su perro para que lo cuidaras por dos días. Sin saber que el chocolate era malo para los animales, le diste un poco. Al perro le gustó, pero se enfermó y lo llevaste al veterinario. La cuenta fue de $450 y el informe solo dice que el perro tuvo indigestión. No sabes qué hacer.

ACTIVIDAD 11 Yo que tú...

En parejas, un/a estudiante mira las situaciones A y la otra persona mira las situaciones B. A le cuenta a B sus problemas usando sus propias palabras. B debe decir qué haría en cada caso usando las expresiones **yo que tú/él/ella/ellos** y **yo en tu/su lugar**. Luego cambien de papel.

A

1. Mi madre quiere que me quede aquí y que no acepte un trabajo en Bolivia.
2. Mis padres van a ir a Europa y no saben si alquilar un carro o comprar un "Eurail pass".
3. Un amigo quiere que yo salga en el programa de Jerry Springer.

B

1. Un amigo me acusó de robarle el radio.
2. Mi padre no quiere que mi madre trabaje, pero ella quiere trabajar.
3. A mi hermano, que está casado y tiene hijos, le ofrecieron un buen trabajo en una fábrica, pero es por la noche y no sabe qué hacer.

ACTIVIDAD 12 Una emergencia

Estás en el trabajo y acabas de enterarte que tu padre tuvo un accidente grave. Fuiste a pedirle algunos favores a una compañera, pero no la encontraste. Por eso, le pediste los mismos favores a tu jefa. Cambia lo que ibas a pedirle a tu compañera a la forma de Ud. y usa frases como: **¿Me podría...?, Querría que..., Me gustaría que...**

1. ¿Me puedes ayudar?
2. ¿Me dejas usar tu carro?
3. ¿Puedes cancelar mis citas con los clientes?
4. ¿Me puedes prestar cien dólares?
5. Quiero que llames a mi madre para decirle que iré enseguida al hospital.
6. No quiero que le digas nada a nadie en la oficina.

III. Expressing Probability

The Future and Conditional Tenses

When you are not sure about something, you may express probability. For example, you may wonder how old someone is, or if a person is late, you may wonder where he/she might be.

1. To wonder or to express probability about the present, use the future tense.

—¿Qué **estarán haciendo** los niños?	*I wonder what the kids are doing.*
—**Harán** alguna travesura porque están tan callados.	*They must be doing something bad because they are so quiet.*
—¿Cuántos años **tendrá** Ramón?	*I wonder how old Ramón is.*
—**Tendrá** unos cincuenta.	*He's probably about fifty.*

2. To wonder or to express probability about the past, use the conditional tense.

| —¿Por qué se divorciaron? | *Why did they get divorced?* |
| —No tengo idea. **Tendrían** muchos problemas y ella **estaría** muy descontenta. | *I have no clue. They probably had a lot of problems and she was very unhappy.* |

ACTIVIDAD 13 Solos en casa

En parejas, Uds. están solos en una casa por la noche y están un poco nerviosos porque ha habido muchos robos últimamente. Hagan conjeturas acerca de lo que pasa siguiendo el modelo.

▶ Oyen un ruido en otra habitación.

　A: ¿Oíste ese ruido?
　B: Sí. ¿Qué será?
　A: Será el viento.

1. Un perro empieza a ladrar.
2. Suena el teléfono y, al contestar, no habla nadie.
3. Oyen un grito que viene de fuera de la casa.
4. Escuchan la sirena de la policía.
5. Alguien llama a la puerta.

ACTIVIDAD 14 ¿En qué año sería?

Intenta decir la edad exacta que tenían ciertas personas famosas o el año exacto en que ocurrieron los siguientes acontecimientos. Si no estás seguro/a, mira las opciones que se presentan y usa expresiones como: **sería a principios de los..., a fines de los..., en el año..., de... a...** o **tendría... años.**

▶ llegar / Armstrong a la luna

a. a principios de los 60   b. a fines de los 60   c. a principios de los 70

Armstrong llegó a la luna en 1969.   Sería a fines de los sesenta cuando Armstrong llegó a la luna.

1. ser / las Olimpiadas en Barcelona
   a. en el año 1988   b. en el año 2000   c. en el año 1992
2. Penélope Cruz / ser / protagonista de una película norteamericana por primera vez
   a. 18 años   b. 25 años   c. 28 años
3. norteamericanas / ganar / la Copa Mundial de Fútbol
   a. mediados de los 70   b. a finales de los 80   c. a finales de los 90
4. JFK / morir / asesinado en Dallas, Texas
   a. 36 años   b. 46 años   c. 56 años
5. Miguel Indurain / español / ganar el Tour de Francia cinco veces consecutivas
   a. de 1974 a 1978   b. de 1991 a 1995   c. de 1998 a 2002
6. Shakira / producir / su primer álbum en inglés
   a. 20 años   b. 24 años   c. 27 años

Los ciclistas Lance Armstrong y Miguel Indurain.

IV. Discussing Human Relationships

Las relaciones humanas

Cuernos

La relevancia que le damos a la **fidelidad** sexual, independientemente de la edad, es altísima; sólo un 2,7% la considera "poco importante". Pero además **confiamos en** nuestros compañeros sentimentales: más del 68% de los españoles no cree que sus **parejas** les **hayan sido infieles,** mientras que el 30,5% de los varones y el 10,7% de las mujeres reconocen haberlo sido alguna vez. Estos son algunos datos de la muestra que Sigma Dos ha realizado en la última semana de julio en exclusiva para *Magazine*. El escritor, político y demógrafo Joaquín Leguina analiza los resultados de la encuesta y señala que "estas proporciones de infieles subestiman la realidad". Pero si algo ha llamado la atención del autor del libro *Cuernos* es el porcentaje de menores de 30 años que sostienen como motivo inevitable de ruptura **una cana al aire**: "La permisividad de los jóvenes españoles queda muy en entredicho".

Joaquín Leguina. "Cuernos", *El Mundo*, 17 Agosto, 2003 (www.el-mundo.es/magazine/2003). Reprinted by permission.

The title *Cuernos* is taken from the expression **ponerle los cuernos a alguien** = *to cheat on someone* (literally, to put horns on your partner).

fidelity

we trust
partners
have been unfaithful, have cheated

echar(se) una cana al aire = to have a one-night stand; to let your hair down

La pareja y la familia

el asilo/la casa/la residencia de ancianos	nursing home
la crianza, criar	raising, rearing; to raise, rear
ejercer autoridad	to exert authority
entrometerse (en la vida de alguien)	to intrude, meddle (in someone's life)
la falta de comunicación	lack of communication
la generación anterior	previous generation
la igualdad de los sexos	equality of the sexes
inculcar	to instill, inculcate
independizarse (de la familia)	to become independent (from one's family)
la infidelidad	
el machismo	
malcriar	to spoil, pamper (a child)
matriarcal, patriarcal	
moral, inmoral	
la niñera	nanny

(Continúa en la página siguiente.)

rebelde, rebelarse	rebellious; to rebel
sumiso/a	submissive
tener una aventura (amorosa)	to have an (love) affair
el vínculo	bond
vivir juntos/convivir	to live together

ACTIVIDAD 15 Tu opinión

Lee y marca las ideas con las que estás de acuerdo. Luego, en grupos de tres, discútanlas.

1. ❏ Los padres malcrían a sus hijos porque no tienen tiempo de educarlos bien.
2. ❏ En este país está mal visto que un/a chico/a de 22 años no se haya independizado de sus padres.
3. ❏ Hay falta de comunicación entre padres e hijos porque todos están muy ocupados.
4. ❏ En este país existe la igualdad de sexos.
5. ❏ Los vínculos entre padres e hijos son muy fuertes, pero eso no quiere decir que los hijos deseen vivir en la misma ciudad o el mismo estado que sus padres.
6. ❏ Convivir antes de casarse es inmoral.

ACTIVIDAD 16 El matrimonio en el futuro

En una época, el matrimonio por amor y no por conveniencia se consideraba una idea muy radical. En parejas, discutan las siguientes preguntas sobre el matrimonio.

1. Cuando en generaciones anteriores el matrimonio era un arreglo, ¿qué tipo de conflictos tendrían los hombres y las mujeres?
2. ¿Qué tipo de problemas tendrán ahora las parejas que se casan por amor?
3. ¿Qué tipo de vínculo creen que se establecerá entre dos personas en el futuro?

*The word **pareja** can mean* partner *or* couple.

ACTIVIDAD 17 La mujer mexicana

Parte A: El siguiente párrafo es parte de un artículo que apareció en una revista mexicana. Léelo para enterarte de cómo predice que será la mujer del año 2025.

ASÍ SERÁ LA MUJER

La mujer del año 2025 será realista, optimista y se sentirá cómoda con su incorporación a todos los ámbitos de la vida social. Formará una familia distinta a la tradicional, basada en las nuevas relaciones de pareja: el hogar dejará de ser el "reposo del guerrero", y el hombre compartirá las labores domésticas. Las cualidades que más valorará en su compañero serán la ternura, la inteligencia y el sentido del humor. Rechazará el papel de *superwoman* y no deseará ser perfecta. En el trabajo accederá a puestos de mayor responsabilidad, pero no cambiará su calidad de vida por conseguir el éxito a cualquier precio.

Source: *Revista Mía de México,* Editorial Televisa/Publicaciones Continentales de México.

Parte B: Ahora, en parejas, imaginen cómo será la vida de la mujer mexicana actual. Deduzcan las respuestas a estas preguntas basándose en lo que acaban de leer.

1. ¿Cómo será la mujer mexicana actual?
2. Por lo general, ¿qué tipo de familia tendrá ahora?
3. El hogar se ve hoy día como el "reposo del guerrero". ¿Qué significará esta frase?
4. ¿Qué tareas hará el hombre mexicano en el hogar hoy día?
5. ¿Cuáles serán las cualidades que más valora la mujer en un hombre?
6. ¿Qué papel le asignará la sociedad a la mujer?
7. Generalmente, ¿qué tipo de trabajo tendrá ahora la mujer fuera del hogar?

ACTIVIDAD 18 La tele y la familia

Parte A: En grupos de tres, miren la siguiente escena, y comenten las ideas que la acompañan.

1. los aparatos electrónicos y la falta de comunicación en la familia
2. la televisión como un miembro más de la familia
3. la televisión como niñera
4. la televisión para inculcar valores tanto positivos como negativos

Parte B: Ahora comenten estas preguntas relacionadas con la televisión y su infancia.

1. número de horas que miraban televisión
2. tipos de programas que miraban
3. si la televisión era su niñera y por qué sí o no
4. número de horas que pasaban en Internet
5. de qué modo creen que les haya afectado la televisión e Internet

Parte C: Los estudios afirman que los niños que miran mucha televisión tienen luego problemas de concentración y son más hiperactivos. Teniendo en cuenta ese dato, ¿qué reglas para mirar televisión implementarán Uds. con sus hijos?

ACTIVIDAD 19 Los más pequeños y los ancianos

Parte A: En grupos de tres, discutan estas preguntas sobre la educación infantil y el cuidado de los ancianos.

1. Imaginen que tienen un niño menor de dos años. ¿Lo dejarían en una guardería todo el día? ¿Cuáles serían tres ventajas y tres desventajas?
2. Si vivieran cerca de la casa de sus padres, ¿dejarían al niño todos los días con ellos? ¿Les gustaría a ellos?
3. ¿Quién debe ser responsable de la crianza de los niños y por qué?
4. ¿De qué forma malcrían los padres a los niños? ¿Por qué creen que lo hagan?
5. ¿Qué papel desempeñan/desempeñaron sus abuelos en su familia?
6. Imagínense que sus padres son ancianos y necesitan cuidados especiales. ¿Cuáles serían tres ventajas y tres desventajas de que ellos vivieran con Uds.?
7. ¿Pondrían a sus padres en una casa de ancianos? ¿Cuáles serían las ventajas y desventajas de hacerlo?

Parte B: Ahora lean lo que dice una venezolana acerca del cuidado de los niños y de los ancianos en su país. Luego, en su mismo grupo de tres, comparen lo que dice ella con lo que contestaron Uds.

Fuente hispana

"En Latinoamérica, una familia con hijos pequeños nunca los llevaría a una guardería antes de los dos años para que allí se los cuidaran. Preferiría en todo caso contratar a una niñera que les ayudara con la parte pesada de ese trabajo, como es el bañarlos, darles de comer, cambiarles los pañales, supervisar sus juegos. Ahora bien, en caso de no tener recursos económicos para contratar ayuda, acudirían a la madre o a la suegra. Ellas, sin duda, lo harían con mucho amor, sin esperar ningún tipo de compensación económica.

Por otro lado, si los padres de la pareja son muy ancianos y no pueden valerse por sí mismos, ellos esperarán que sus hijos los cuiden. Vivirán en la casa de uno de sus hijos y, si es necesario y si tienen los recursos, les contratarán a una enfermera particular para que se encargue de ellos. Por nada del mundo se les ocurrirá buscarles lugar en un asilo para personas mayores, pues, si lo hacen, sus padres sentirán que los hijos los han abandonado."

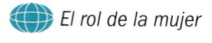

El rol de la mujer

ACTIVIDAD 20 ¿Costumbres semejantes?

Parte A: En parejas, lean las siguientes preguntas y discutan sus respuestas basándose en sus ideas sobre la sociedad de este país.

1. ¿Es común que un hombre soltero o una mujer soltera de treinta años viva con sus padres?
2. ¿Con quién viven sus abuelos? ¿Tienen Uds. algún pariente en una casa de ancianos?
3. ¿Hay presión para que los recién casados tengan hijos?

(*Continúa en la página siguiente.*)

4. ¿Comparten por igual el padre y la madre la crianza de los niños?
5. ¿Quién cuida a los niños durante el día?
6. ¿Cómo dividen las responsabilidades de la casa las parejas casadas si solo una persona trabaja fuera de casa? ¿Y si los dos trabajan fuera de casa?
7. ¿Tiene la mujer de hoy más independencia que antes? Expliquen.

Parte B: En parejas, lean las preguntas nuevamente y traten de imaginar lo que contestaría un hispano.

▶ Un hispano diría que (no) es común que un hombre de treinta años viva con sus padres.

Parte C: A continuación hay una lista de respuestas que dieron una mexicana y una española a las preguntas de la Parte A. Algunas respuestas fueron similares y otras no. Comparen estas respuestas con lo que respondieron Uds. en las Partes A y B de esta actividad. Los números corresponden a las preguntas de la Parte A.

LAS RESPUESTAS SIMILARES

mexicana **española**

- "Es común y aceptable que un hombre o una mujer de treinta años viva con sus padres si todavía no se ha casado." (pregunta 1)
- "En general, la madre es la que más se ocupa de la crianza de los niños." (4)
- "Los abuelos y otros familiares suelen vivir en la misma ciudad y ayudan a cuidar a los niños cuando los padres lo necesitan." (5)
- "Dentro de la casa, generalmente la mujer sigue ocupándose de la mayoría de las labores domésticas." (6)
- "La mujer de clase media tiene cada vez más independencia y trabaja más fuera del hogar." (7)

LAS RESPUESTAS DIFERENTES

mexicana

- "Relativamente pocas personas tienen parientes en casas de ancianos." (2)
- "La familia espera que los recién casados tengan hijos pronto, pero últimamente esto está cambiando en las grandes ciudades." (3)

española

- "Las cosas han cambiado, ya que la mujer trabaja fuera de casa, y por eso ahora hay más personas en residencias de ancianos. También existen las residencias de día: son como guarderías, pero para mayores." (2)
- "Normalmente tienen hijos dos o tres años después de casarse, si los tienen. Las mujeres tienen el primer hijo más o menos a los 30 años." (3)

ACTIVIDAD 21 **Una pareja hispano-norteamericana**

Después de discutir las preguntas de las Actividades 19 y 20, en grupos de tres, hagan conjeturas sobre qué conflictos habría si se casaran una mujer de este país y un hombre de un país hispano. Luego hagan lo mismo para un hombre de este país y una mujer de un país hispano.

V. Hypothesizing (Part One)

Si Clauses (Part One)

In this section, you will learn to discuss hypothetical situations.

1. When making a hypothetical statement about a situation that may or may not happen, use the following construction.

May or may not happen

si + *present indicative,* { *present indicative* / **ir a** + *infinitive* / *future* / *command* }

Si Paco tiene tiempo,
If Paco has time, (which he may or may not)
{
le hablo del problema.
I am going to speak to him about the problem.
le voy a hablar del problema.
I am going to speak to him about the problem.
le hablaré del problema.
I will speak to him about the problem.
háblale del problema.
speak to him about the problem.
}

what if scenarios

2. When making a hypothetical statement about an imaginary situation, use the following construction. Notice that the **si** clause contains a contrary-to-fact statement (if I were a rich man—which I am not).

Imaginary situations

si + *imperfect subjunctive,*   *conditional*

Si tuviera el dinero,	**viajaría** por todo el mundo.
If I had the money (which I do not),	*I would travel all over the world.*
Si estuvieras de visita en Sitges,	**irías** a la playa todos los días.
If you were visiting Sitges (which you aren't),	*you would go to the beach every day.*
Si mi hermana **fuera** piloto,	**conocería** muchos lugares.
If my sister were a pilot (which she is not),	*she would know many places.*

3. In all sentences with **si** clauses, the **si** clause can start or end the sentence.

Si Uds. me ayudan, terminaremos pronto.*	=	Terminaremos pronto si Uds. me ayudan.

*Note: If the **si** clause comes first, a comma is needed.

294 Fuentes: Conversación y gramática

ACTIVIDAD 22 Situaciones para niños

Imagina que eres un/a niño/a y acabas de participar en un taller (*workshop*) sobre seguridad personal. Di qué harías en las siguientes situaciones.

1. Si alguien te preguntara en la calle cómo llegar a un lugar, ...
2. Si un amigo o una amiga te ofrecieran un cigarrillo, ...
3. Si un amigo o una amiga te sugirieran que robaras algo en una tienda, ...
4. Si tú estuvieras solo/a en casa y una persona llamara por teléfono y preguntara por uno de tus padres, ...
5. Si en la calle alguien te ofreciera un dulce, ...

ACTIVIDAD 23 Acciones poco comunes

Parte A: Entrevista a personas de la clase para averiguar si han hecho o harían, si pudieran, las actividades de la siguiente lista. Debes hacerle solo una pregunta a cada persona que entrevistes y escribir solo un nombre para cada acción. Sigue el modelo.

▶ A: ¿Alguna vez has comido ancas de rana?

B: Sí, lo he hecho.

A: ¿Cuándo las comiste?

B: El verano pasado y me gustaron mucho.

B: No, nunca lo he hecho.

A: ¿Las comerías si pudieras?

B: No, nunca lo haría. / Creo que sí lo haría.

	LO HA HECHO	NUNCA LO HARÍA	LO HARÍA SI PUDIERA
1. correr en un maratón			
2. escalar una montaña alta			
3. participar en un reality show			
4. hacer un viaje por la selva			
5. nadar sin traje de baño			
6. actuar en una película			
7. vivir por lo menos un año en un país de habla española			
8. ser reportero/a para un periódico de chismes			

Parte B: Ahora en parejas, díganle a la otra persona los datos que obtuvieron.

▶ Beth dice que, si pudiera, comería ancas de rana.

ACTIVIDAD 24 ¿Cómo serías?

En parejas, túrnense para decir cómo sería su vida si Uds. fueran diferentes en ciertos aspectos.

▶ ser más alto

Si yo fuera más alto, podría ser un buen jugador de basquetbol. Practicaría todos los días y también viajaría mucho para jugar partidos.

1. ser más bajo/a o alto/a
2. ser hombre/mujer
3. hacer más/menos ejercicio
4. ser famoso/a
5. (no) estar casado/a
6. (no) tener hermanos
7. (no) cambiarse el color del pelo
8. vivir en un país de habla española

ACTIVIDAD 25 La clonación

Mientras hacían las últimas actividades, Uds. tuvieron la oportunidad de explorar un poco la variedad de personas que hay en la clase y sus opiniones. Durante siglos se decía que no había dos personas iguales en el mundo. Ahora, en grupos de tres, van a discutir las siguientes preguntas sobre la clonación (*cloning*).

1. ¿Qué significa el término "planificación familiar"?
2. Si la clonación y los mapas genéticos de embriones estuvieran al alcance de todos, ¿cómo cambiaría la definición de "planificación familiar"?
3. ¿Creen que la clonación sea moral o inmoral? Justifiquen su respuesta.
4. ¿Creen que muchas personas harían un clon de su perro o gato si pudieran?
5. ¿Cómo se sentiría un niño si supiera que es producto de una clonación?
6. ¿Qué consecuencias tendría la clonación para la estructura familiar? ¿Cómo cambiaría el concepto de "hermanos" o el de "padres"?
7. Miren el chiste y contesten esta pregunta: Si pudieran pedir un hijo como piden una hamburguesa, ¿cómo les gustaría que fuera?

ACTIVIDAD 26 El piropo

Existe una costumbre en países de habla española llamada el piropo. El piropo suele ser una frase agradable que le dice normalmente un hombre en la calle a una mujer desconocida. Por lo general, no es apropiado que la mujer le haga caso a su admirador. Aunque hoy día no se oyen tantos piropos como antes y aunque se dice que la calidad también ha bajado, todavía es posible oír algunos muy bien expresados. Aquí hay algunos ejemplos.

"Si fuera un caramelo, me gustaría derretirme (*melt*) en tu boca."
"Si pudiera hacerlo, volvería a ser niño para ser tu primer amor."
"Desearía ser tu perfume para besar tu cuello constantemente."

En parejas, escriban un piropo para hombres o mujeres con cada una de las siguientes fórmulas.

1. **Si yo fuera un/a** + *sustantivo*, + ...
2. **Si yo pudiera...,** + ...
3. **Desearía ser tu** + *sustantivo* + **para** + ...

En vez de decir **Desearía ser tu...**, se puede decir **Me gustaría ser tu...** o **Quisiera ser tu...**

Para leer más piropos, haz una búsqueda en Internet con la palabra "piropo". ¡Ojo! Existen diferentes tipos de piropos, unos son chistosos, otros simpáticos y algunos poéticos, pero también existen piropos de muy mal gusto y en Internet vas a encontrar un poco de todo.

ACTIVIDAD 27 Un anuncio publicitario

Parte A: Mira el anuncio y contesta estas preguntas.

1. ¿Qué ofrece el anuncio?
2. ¿A quién está dirigido?
3. ¿Qué supone el anuncio que la persona está haciendo?
4. Si una empresa quisiera ofrecerle algo a ese consumidor en los Estados Unidos, ¿aceptaría el consumidor ese tipo de anuncio o lo interpretaría como ofensivo?
5. Si tuvieras que hacer un anuncio para ofrecerle ese tipo de servicio a un hombre, ¿qué dirías en el anuncio?

Parte B: En grupos de tres, lean las siguientes ideas sobre los anuncios comerciales y digan qué opinan.

1. En los anuncios, el hombre vende productos caros y la mujer vende productos baratos.
2. Los anuncios para adelgazar son para las mujeres.
3. Los anuncios de juguetes para niños están dirigidos a los niños y a sus madres.
4. Muchos anuncios presentan a la mujer como un "premio".

Señora, haga ya sus compras sin quitarse su máscara verde de belleza.

Nuestros vendedores la atenderán como si no la vieran, pero con una cordialidad especial para lectores de La Nación.

4343-8930 al 35

TELE shopping

USTED ES DE LOS NUESTROS.

ACTIVIDAD 28 Lectura entre líneas

Parte A: En grupos de cuatro, Uds. son empleados de una fábrica. Uno de Uds. se sentó frente a una computadora durante las horas de trabajo y se dio cuenta de que alguien había olvidado salir del sistema y por eso aparecieron en pantalla unos mensajes electrónicos entre Pura Morales (la nueva presidenta del sindicato) y el dueño de la fábrica. Lean los mensajes empezando con el primero al final de la página siguiente y hagan conjeturas sobre lo que ocurrió. Usen frases como: **Aquí dice que..., pero antes decía que...; Sería que ellos...; Esto implicaría que...; ¿Será posible que...?**

De: Felipe Bello [fbello@sistema.com]
Fecha: 18/4
A: Pura Morales [puramo@sistema.com]
Tema: Una rosa roja

Hace tiempo que no me divertía tanto, Pura. Entre nosotros no hay falta de comunicación. Cuando te vea el viernes, tendré una rosa roja para que la lleves entre los dientes. Hasta el viernes próximo a las ocho en Le Rendezvous.

>----**Mensaje original**----
>**De:** Pura Morales [puramo@sistema.com]
>**Fecha:** 7/4
>**A:** Felipe Bello [fbello@sistema.com]
>**Tema:** A las ocho
> Obviamente no quiero entrometerme en tu vida familiar.
>El sábado que viene está perfecto. Estaré allí a las ocho.

>>---- **Mensaje original**----
>>**De:** Felipe Bello [fbello@sistema.com]
>>**Fecha:** 6/4
>>**A:** Pura Morales [puramo@sistema.com]
>>**Tema:** Le Rendezvous

>>Mira, chica, me es imposible. Este sábado me toca cuidar a los niños ya que
>>no me gusta dejarlos con la niñera. Lo siento mucho, pero ¿qué tal el
>>sábado que viene? Seguro que puedo decirle a mi mujer que voy a un
>>partido de fútbol y así no podrá comunicarse conmigo.

>>>----**Mensaje original**----
>>>**De:** Pura Morales [puramo@sistema.com]
>>>**Fecha:** 5/4
>>>**A:** Felipe Bello [fbello@sistema.com]
>>>**Tema:** El secreto

>>>Oye, Felipe, ¿qué te parece si vamos al restaurante Le Rendezvous este
>>>sábado? El dueño es un íntimo amigo mío y es de confianza. Él no
>>>le dirá nada a nadie. Seguro que el dueño nos puede dar una sala
>>>especial solo para nosotros donde podamos escuchar tangos.

>>>>----**Mensaje original**----
>>>>**De:** Felipe Bello [fbello@sistema.com]
>>>>**Fecha:** 4/4
>>>>**A:** Pura Morales [puramo@sistema.com]
>>>>**Tema:** Nuestro secreto

>>>>No sabes cuánto me gustó conocerte, Pura. Eres muy especial. ¡Hay
>>>> pocas mujeres tan valientes! Confía en mí, no voy a decir nada de lo
>>>>nuestro a nadie. Dime cuándo puedes reunirte conmigo.

>>>>>----**Mensaje original**----
>>>>>**De:** Felipe Bello [fbello@sistema.com]
>>>>>**Fecha:** 31/3
>>>>>**A:** Pura Morales [puramo@sistema.com]
>>>>>**Tema:** Reunión

>>>>>Srta. Morales:
>>>>>No tengo ningún inconveniente. Ya es hora de que nos
>>>>>conozcamos personalmente.

>>>>>>----**Mensaje original**----
>>>>>>**De:** Pura Morales [puramo@sistema.com]
>>>>>>**Fecha:** 30/3
>>>>>>**A:** Felipe Bello [fbello@sistema.com]
>>>>>>**Tema:** Reunión

>>>>>>Sr. Bello:
>>>>>>Me gustaría hablar con Ud. el lunes 3 de abril a las 15:00.
>>>>>>¿Estaría bien a esa hora? La cita no es para hablar de trabajo.

Parte B: Para ver qué pasó de verdad, lean el artículo que salió en el boletín (*newsletter*) de la fábrica a principios de mayo y comparen sus deducciones con la información del boletín. (Ver página 351.)

Parte C: Antes de discutir el tema de la fidelidad, vuelvan a leer en la página 289 la información que se publicó en España sobre el tema. Luego compárenla con lo que creen que ocurre en este país.

1. ¿Creen que sea común la infidelidad entre personas que tienen un vínculo amoroso? Si supieran que la pareja de un amigo íntimo le pone los cuernos a su amigo, ¿bajo cuáles de estas circunstancias le dirían algo?
   - si fueran novios
   - si vivieran juntos, pero no estuvieran casados
   - si pensaran casarse
   - si estuvieran casados sin hijos
   - si estuvieran casados con hijos
2. ¿Cambiaría su respuesta si fuera una amiga íntima?
3. Si estuvieran Uds. en cualquiera de esas situaciones, ¿les gustaría que alguien les dijera la verdad? ¿Preferirían enterarse de otra forma? ¿Preferirían no saber nada?
4. Si un político casado se echara una cana al aire, ¿cómo reaccionarían los ciudadanos? Si una mujer política casada se echara una cana al aire, ¿cómo reaccionarían los ciudadanos?

Do the corresponding web activities to review the chapter topics.

CAPÍTULO 10 Vocabulario activo

La pareja y la familia

el asilo/la casa/la residencia de ancianos *nursing home*
confiar en *to trust*
la crianza *raising, rearing (of children)*
criar *to raise, rear*
echar(se) una cana al aire *to have a one-night stand; to let one's hair down*
ejercer autoridad *to exert authority*
entrometerse (en la vida de alguien) *to intrude, meddle (in someone's life)*
la falta de comunicación *lack of communication*
la fidelidad *fidelity*
la generación anterior *previous generation*
la igualdad de los sexos *equality of the sexes*
inculcar *to instill, inculcate*

independizarse (de la familia) *to become independent (from one's family)*
la infidelidad *infidelity*
inmoral *immoral*
el machismo *male chauvinism*
malcriar *to spoil, pamper (a child)*
matriarcal *matriarchal*
moral *moral*
la niñera *nanny*
la pareja *partner; couple*
patriarcal *patriarchal*
ponerle los cuernos a alguien *to cheat on someone (literally, to put horns on your partner)*
rebelarse *to rebel*
rebelde *rebellious*
ser fiel/infiel *to be faithful/unfaithful*
sumiso/a *submissive*
tener una aventura (amorosa) *to have an (love) affair*
el vínculo *bond*
vivir juntos/convivir *to live together*

Expresiones útiles

un/a amigo/a íntimo/a *a close friend*
mientras más vengan, mejor *the more, the merrier*
¿No te/le/les parece? *Don't you think so?*
Eres un ángel. *You're an angel.*
Eres un/a santo/a. *You're a saint.*
Eres más bueno/a que el pan. *You are as good as gold. (literally, You are better than bread.)*
Esa es una mentira más grande que una casa. *That's a big fat lie.*
Francamente, creo que tú... *Frankly, I think that you...*
¡Qué decente! *How decent!*
¡Qué responsable! *How responsible!*
¡Qué caradura! *Of all the nerve!*
¡Qué sinvergüenza! *What a dog/rat!*
¡Qué desconsiderado/a! *How inconsiderate!*

Más allá

🎵 Canción: "Sería feliz"

Julieta Venegas

La cantautora nació en Tijuana, México, en 1970 y ya de pequeña empezó a estudiar piano. En casa su madre escuchaba canciones mexicanas tradicionales que Venegas luego incorporó en su música. Por su proximidad a los Estados Unidos, también escuchó rock norteamericano a través de una conocida estación de radio de San Diego, California. En Tijuana tocó con varios grupos, pero luego se mudó a la Ciudad de México, donde finalmente decidió ser solista. Venegas es considerada hoy día una de las mejores cantantes de música alternativa y ha recibido varios Grammys Latinos y premios de MTV como mejor artista del año, mejor solista y mejor artista mexicana.

ACTIVIDAD ¿Cómo podrías ser feliz?

Parte A: Antes de escuchar la canción, di cuatro o cinco condiciones que necesitarías para ser feliz. Usa el siguiente formato: **Si..., sería feliz.**

Parte B: Escucha la canción y marca todas las condiciones que necesitaría la cantante para ser feliz.

_____ tener a su compañero a su lado
_____ tener cosas que nunca pudo tener
_____ tener a su familia cerca
_____ tener suficiente tiempo
_____ tener suficientes amigos
_____ tener suficiente vida
_____ tener un lugar para expresar sus necesidades
_____ alguien escucharla
_____ haber paz en el mundo
_____ las personas que la ignoran respetarla
_____ otros ver de lo que ella es capaz

Parte C: En grupos de tres, discutan las siguientes preguntas sobre la canción y la felicidad.

1. ¿En qué se diferencian las condiciones para ser feliz que mencionaron Uds. en la Parte A de las que menciona la cantante?
2. ¿Qué es la felicidad? ¿Es algo permanente o transitorio? Intenten definirla.
3. Hay gente que dice que, para ser feliz, hay que rodearse de gente positiva. Comenten esta idea.

Videofuentes: *En la esquina* (cortometraje)

Antes de ver

ACTIVIDAD 1 **¿De qué se trata?**

En el siguiente cortometraje chileno llamado *En la esquina*, aparecen un chico, su novia y una segunda chica. En grupos de tres, miren el título del corto y la foto, y usen la imaginación para inventar lo que creen que va a ocurrir.

Mientras ves

ACTIVIDAD 2 **El cortometraje**

Parte A: Mira el cortometraje y prepárate para hablar de las siguientes ideas.

- quiénes son los personajes
- qué ocurre en la esquina
- cuál es el final de la historia
- qué creen que ocurrirá después del final que se presenta

Parte B: El cortometraje muestra realidad y fantasía. En grupos de tres, discutan qué partes creen Uds. que sean reales y cuáles no.

El cortometraje *En la esquina* ganó premios en Chile, Italia, Cuba y los EE.UU.

Después de ver

ACTIVIDAD 3 **Las relaciones amorosas**

Parte A: Ahora, en parejas, discutan las siguientes preguntas sobre las relaciones amorosas.

1. ¿Qué harían si estuvieran en el lugar del chico de la película y por qué?
2. Si fueran la chica de la esquina y el chico les hablara, ¿qué le dirían?
3. ¿Alguna vez han visto en la calle o en una fiesta a alguien muy atractivo cuando tenían novio o novia? ¿Qué hicieron? ¿Imaginaron algo?
4. ¿Alguna vez han visto en la calle a un ex novio o ex novia? ¿Qué hicieron y por qué?
5. En su opinión, ¿creen que algunas parejas estén juntas por costumbre y no porque realmente se quieran?
6. ¿De qué modo cambia la gente su comportamiento cuando está delante de alguien que le gusta mucho?

Parte B: Ahora miren los siguientes refranes y expliquen cómo se reflejan en la película que acaban de ver.

- Más vale malo conocido que bueno por conocer.
- Del dicho al hecho hay mucho trecho.

ACTIVIDAD 4 **En la esquina (Segunda parte)**

En grupos de tres, escriban el argumento de un segundo cortometraje (continuación del primero) con los mismos personajes. Luego prepárense para actuar la situación delante de la clase.

Película: *Valentín*

Drama
Argentina, 2002
Director: Alejandro Agresti
Guion: Alejandro Agresti
Clasificación moral: Todos los públicos
Reparto: Rodrigo Noya, Carmen Maura, Julieta Cardinali, Jean Pierre Noher, Mex Urtizberea, Alejandro Agresti, más...
Sinopsis: Un niño vive en Buenos Aires con su abuela en la década de los 60 y sus dos sueños son ver a su madre y ser astronauta. Su padre no se ocupa mucho de él y por eso no hay ningún hombre en la vida del niño hasta que conoce a un vecino excéntrico. También conocerá a la nueva novia de su padre.

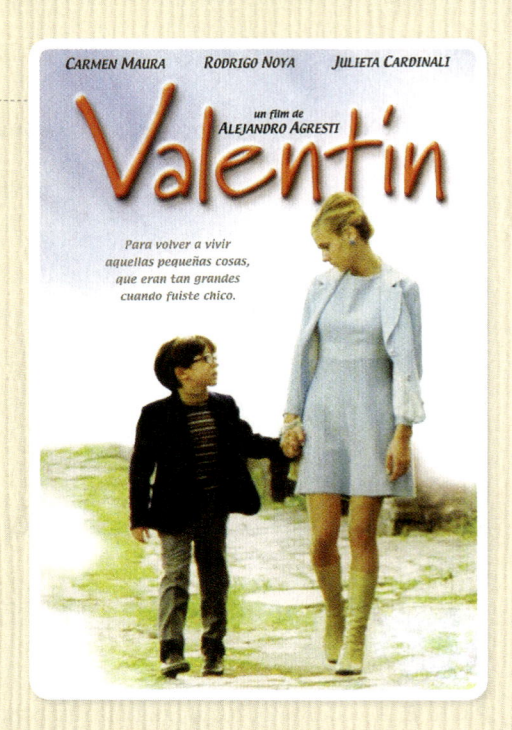

ACTIVIDAD La vida de Valentín

Parte A: En grupos de tres, usen la imaginación y hagan conjeturas sobre el presente y el futuro para hablar de las siguientes preguntas.

1. ¿Por qué vivirá Valentín con su abuela y no con su madre?
2. ¿Qué hará el niño un día típico?
3. ¿Por qué soñará con ser astronauta?
4. En el futuro, Valentín conocerá a la novia de su padre. Digan qué ocurrirá.

Parte B: Ahora vayan al sitio de Internet del libro de texto y hagan las actividades que allí se presentan.

Sociedad y justicia

CAPÍTULO 11

Estudiante con cartel antidrogas en San José, Costa Rica.

METAS COMUNICATIVAS

- hacer hipótesis (segunda parte)
- expresar influencia, emociones y duda en el pasado
- hablar sobre delincuencia y justicia

META ADICIONAL

- usar palabras que conectan

¿Coca o cocaína?

La coca

Pretende aprobar el examen aun cuando no ha estudiado. = He attempts (and hopes) to pass the exam even when he hasn't studied.

a propósito	on purpose
(para) dentro de (diez) horas/días/años/etc.	in (ten) hours/days/years/etc.
pretender + *infinitive*	to attempt (and to hope) + *infinitive*

Sacerdotes andinos preparan hojas de coca para un ritual tradicional.

ACTIVIDAD 1 ¿Es droga o no?

Lee la siguiente definición sobre la droga. Después, marca cuáles de las siguientes sustancias son drogas.

> Droga: "Se dice de cualquier sustancia de origen vegetal, mineral o animal que tiene un efecto depresivo, estimulante o narcótico."

❏ el café	❏ la hoja de coca	❏ el cigarrillo
❏ el alcohol	❏ el éxtasis	❏ la heroína
❏ los somníferos	❏ las pastillas para adelgazar	❏ la mariguana
❏ el té	❏ la Coca-Cola	

ACTIVIDAD 2 ¿Cuál es su opinión?

Mientras escuchas a un boliviano hablar sobre la diferencia entre la coca y la cocaína, determina cuál de las siguientes ideas representa su opinión.

1. _____ La cocaína es una droga, pero no debe ser ilegal.
2. _____ La coca no es una droga y no debe ser ilegal.
3. _____ La coca y la cocaína son drogas que deben ser ilegales.

ACTIVIDAD 3 ¿Qué es la coca?

Ahora, lee las siguientes preguntas y después, para contestarlas, escucha la entrevista otra vez.

1. ¿Cuál es la diferencia entre la coca y la cocaína?
2. ¿En qué países se consume la coca?
3. ¿Con qué bebida compara el narrador el mate de coca?
4. Según el narrador, ¿cuáles son algunos de los grupos que consumen coca y por qué la consumen?
5. ¿Qué ha hecho el gobierno boliviano con respecto a la coca?
6. ¿Qué hizo la reina Sofía de España cuando llegó a La Paz?

¿Lo sabían?

La hoja de coca es utilizada de diferentes maneras por indígenas en Perú, Bolivia, el norte de Argentina, Ecuador, Colombia, Venezuela, Brasil y Chile:

- como unidad monetaria para intercambiar alimentos
- en ceremonias religiosas (nacimientos, bautizos, casamientos, actos relacionados con la naturaleza, etc.) porque se considera una planta sagrada
- como medicamento para enfermedades de la piel, el aparato digestivo y el sistema circulatorio, por ser un remedio popular y de bajo costo

En los Estados Unidos esta hoja se utilizó por primera vez en 1884 en una bebida llamada Vino Francés de Coca, inventada por el Dr. Pemberton en Atlanta. Años después él creó la Coca-Cola (con la hoja de coca y la nuez kola) que era una gaseosa y a la vez un medicamento para el dolor de cabeza.

¿Sabes qué es el peyote? En los Estados Unidos, ¿es legal o ilegal?

ACTIVIDAD 4 ¿Qué harían?

En grupos de tres, discutan qué harían Uds. en las siguientes situaciones.

1. ¿Tomarían mate de coca si estuvieran en La Paz como turistas?
2. Si Uds. fueran el/la presidente de los Estados Unidos y estuvieran de visita en Bolivia, ¿tomarían mate de coca si se lo ofreciera el alcalde de una ciudad? Si aceptaran, ¿cómo lo interpretaría el pueblo norteamericano? ¿Y el pueblo boliviano?

I. Discussing Crime and Justice

Do the corresponding web activities as you study the chapter.

La justicia

Tuve que presentar un trabajo sobre las **pandillas** para mi clase de ciencias políticas y, entre las cosas interesantes que encontré había información sobre Homies Unidos. Esta es una organización que ayuda a jóvenes en los Estados Unidos y El Salvador que están en pandillas como, la Mara Salvatrucha o la Mara 18, a salirse de las mismas. Estas pandillas se originaron en los Estados Unidos, con jóvenes que habían llegado con su familia de El Salvador en los 80 escapando de la guerra civil de su país. Luego, cuando estos jóvenes fueron deportados a su país de origen, formaron células en El Salvador y eventualmente en Guatemala, Honduras y México. La organización Homies Unidos, liderada por ex **pandilleros**, promueve la **reinserción en la sociedad** a través de charlas para **prevenir** la **violencia** y la **delincuencia**; clases de derechos humanos, clases de inglés, clases de arte; un programa para quitar los tatuajes y programas de **prevención** de la **drogadicción** y el **alcoholismo.** La cadena de televisión CNN nombró al director de la organización en El Salvador, Luis Ernesto Romero, Héroe de CNN.

MI BLOG

gangs
gang members
reintegration into society
prevent; violence
crime, criminal activity

prevention
drug addiction; alcoholism

Asesinar refers to all homicides and not just to those of important people. **Crimen** means serious crime as well as homicide.

Personas	Hechos y cosas	Acciones
el asaltante	el asalto	asaltar
el/la asesino/a	el asesinato	asesinar
	la cárcel (*jail, prison*)	encarcelar
	el castigo (*punishment*)	castigar
	la condena (*the sentence*)	condenar (a alguien) a (10) meses/años de prisión
el/la delincuente (*criminal of any age*)	la delincuencia (*crime, criminal activity*); la delincuencia juvenil; el delito (*a criminal offense, a crime*)	
el/la drogadicto/a	la droga	
	la legalización	legalizar
el/la mediador/a	la mediación	
el/la narcotraficante	el narcotráfico	
	el robo (*robbery*)	robar
	el secuestro (*kidnapping; hijacking*)	secuestrar
el/la terrorista	el terrorismo	
el/la violador/a (*rapist*)	la violación	violar (a alguien)

308 Fuentes: Conversación y gramática

Otras palabras relacionadas con la delincuencia	
(acudir a) la Justicia	(to go to) the authorities (*the law*)
la adicción	addiction
la cadena perpetua	life sentence
el cartel (de drogas)	
consumir drogas	to use drugs
el crimen	serious crime; homicide
detener	to arrest
el homicidio	
el/la juez/a	judge
la justicia/injusticia	justice/injustice
el ladrón/la ladrona	thief
la libertad condicional	parole
la pena de muerte / la pena capital	death penalty
el/la preso/a	prisoner
el/la ratero/a	pickpocket; petty thief
la rehabilitación	
la seguridad/inseguridad	security/insecurity
la víctima	

🌐 *Combatiendo la violencia*

El no dejó de inyectarse drogas... por eso lo dejé.

Víctima is always feminine even when referring to men: Él fue **la única víctima.**

ACTIVIDAD 5   Los titulares

Lee los siguientes titulares (*headlines*) y complétalos con palabras de las listas de vocabulario.

Se discute en el Senado la _____ de la mariguana

Se inaugura programa de _____ para alcohólicos

La _____ investiga un caso de corrupción política

_____ a 8 jugadores de fútbol
No pasaron el control antidoping

A 3 años de la muerte del Presidente Ramírez, condenan al _____ a _____

ACTIVIDAD 6   ¿Cuánto sabes?

Habla sobre las siguientes personas, instituciones u organizaciones usando palabras de las listas de vocabulario. Sigue el modelo.

▶ Jesse James fue un **ladrón** que participó en muchos **robos** durante el siglo XIX. **Robaba** bancos y trenes, y finalmente fue **asesinado**, pero nunca estuvo en la **cárcel**.

(*Continúa en la página siguiente.*)

1. Bonnie y Clyde
2. Alcatraz
3. la mujer de los ojos vendados
4. *Homies Unidos*
5. la escuela Columbine de Colorado
6. John Wilkes Booth
7. John Lennon
8. ¿?

ACTIVIDAD 7 El país

Parte A: Piensa en este país y numera del 1 al 12 los asuntos que te preocupan, del que más te preocupa (1) al que menos te preocupa (12). Luego en grupos de tres, comparen el orden que escogió cada uno y expliquen por qué ciertos asuntos les preocupan más/menos que a sus compañeros. Intenten decidir cuáles son los dos más importantes y los dos menos importantes.

▶ A mí me preocupa que... más/menos... porque...

_____ Acceso a la educación
_____ Alto costo de la vida
_____ Bajos salarios
_____ Corrupción
_____ Delincuencia, inseguridad
_____ Desempleo
_____ Drogadicción y alcoholismo
_____ Mal estado o ausencia de servicios públicos
_____ Malos servicios de salud
_____ Pobreza
_____ Terrorismo
_____ Violencia, incumplimiento de leyes

Parte B: En grupos de tres, miren los resultados de una encuesta realizada a un grupo de guatemaltecos sobre los asuntos que les preocupan de su país. Comparen esas respuestas con las de Uds.

Principales problemas a resolver en Guatemala

	N	%
Delincuencia, inseguridad	736	32,0%
Desempleo	421	18,3%
Alto costo de la vida	351	15,2%
Pobreza	189	8,2%
Acceso a la educación	163	7,1%
Violencia, incumplimiento de leyes	122	5,3%
Corrupción	114	4,9%
Malos servicios de salud	85	3,7%
Mal estado o ausencia de servicios públicos	42	1,8%
Drogadicción	24	1,1%
Bajos salarios	23	1,0%
Otros	9	,4%
Ninguno	6	,3%
Ns-Nr	15	,7%
Total	**2301**	**100%**

Multirespuesta
Demoscopía S.A.

Ns - Nr = No sabe./No responde.

¿Lo sabían?

Hoy día la gente no solo se preocupa por la delincuencia sino también por el terrorismo. ETA es una organización terrorista en España que busca la secesión del llamado País Vasco —región que se encuentra en la parte norte del país— del resto de España, argumentando que tienen su propio idioma y su propia cultura diferente del resto del país. En septiembre de 1998, ETA y el gobierno español acordaron una tregua (*truce*) como un principio para resolver este conflicto, pero desde el año 2000 ha habido un promedio de seis muertos por año. Desde principios de los años 60, han sido asesinadas más de 940 personas, en su gran mayoría representantes del gobierno, como políticos y policías.

Manifestación en Andoain, España, contra el terrorismo de ETA.

¿Qué hace tu país para combatir el terrorismo?

ACTIVIDAD 8 Combatir las pandillas

En el blog de la sección de vocabulario en la página 308, se presenta información sobre las pandillas y una organización que lidia con este problema. Léelo y luego, en grupos de tres, discutan las siguientes preguntas.

1. ¿Quiénes formaron pandillas como la Mara Salvatrucha? ¿Dónde y cuándo las formaron?
2. ¿Qué problema había en su país de origen?
3. ¿En qué otros países hay células hoy día?
4. ¿Quiénes lideran la organización *Homies Unidos* y cuál es su objetivo?
5. ¿Qué programas ofrecen para ayudar a ex pandilleros?
6. En tu opinión, ¿crees que estos programas sean eficaces para los ex pandilleros?
7. ¿Conoces programas para prevenir la delincuencia juvenil en tu país?

ACTIVIDAD 9 La oferta y la demanda

Parte A: El problema que generan la cocaína y su erradicación es un tema que preocupa a todos. Lee la opinión de una peruana sobre cómo eliminar las plantaciones de coca en Perú y luego, en grupos de tres, digan qué piensan de esa idea.

> **Fuente hispana**
>
> "En Perú hay muchos campesinos que trabajan en las plantaciones de coca y es muy fácil decir que uno de los pasos para eliminar el problema de la droga es quemar esas plantaciones. Algunos dicen que en vez de plantar coca podrían plantar café, pero una planta de café tarda cuatro años en dar frutos. ¿Y qué haría la gente mientras tanto? Creo que la solución es que el gobierno peruano implemente un plan integral en el que se diera subsidios a los trabajadores durante esos cuatro años para que cambien de cultivos. Pero el plan también debe incluir el construir escuelas y postas médicas. Con plantaciones que no fueran coca, la gente ganaría menos dinero, pero creo que no le importaría si tuviera ciertos servicios básicos cerca del lugar donde vive. Trabajé en esa zona y viví con los campesinos. En mi opinión, lo único que quieren es vivir en paz y con dignidad."

Parte B: Ahora, hagan una lista de lo que hace y de lo que podría hacer el gobierno actual para reducir la demanda en este país. Luego digan qué medidas (*measures*) les parecen más eficaces y por qué.

ACTIVIDAD 10 La violencia

En grupos de tres, discutan las siguientes preguntas relacionadas con la violencia.

1. ¿Cuáles son las cinco causas más importantes de la violencia en este país? ¿Cómo se podría solucionar este problema?
2. Algunos dicen que la televisión fomenta la violencia en la sociedad, pero para otros, la programación es solo el reflejo de una sociedad enfermiza. Den dos argumentos a favor de la primera idea y dos a favor de la segunda.
3. ¿Qué tipo de programas televisivos prefieren los niños de hoy? ¿En qué se diferencian estos programas de los que veían Uds. de niños? ¿Son más o menos violentos? ¿Más o menos educativos? Mencionen algunos ejemplos.
4. ¿Alguna vez han jugado videojuegos o juegos en Internet que sean violentos? ¿Creen que estos videojuegos sean apropiados para los niños?
5. ¿Creen que los programas que muestran la reconstrucción de un asesinato sean beneficiosos para la sociedad? ¿Es buena idea dejar que los niños vean ese tipo de programa? Si contestan que no, ¿cómo se podría lograr que no lo vieran?

¿Lo sabían?

Desde hace años, en países como Colombia, España y Argentina el gobierno les prohíbe a los canales de televisión que no son de cable presentar programas de contenido pornográfico o con mucha violencia antes de las diez de la noche. También les exige que se le recuerde al televidente la finalización de este horario con anuncios como "Aquí termina el horario de protección al menor. La presencia de los niños frente al televisor queda bajo la exclusiva responsabilidad de los padres".

Sexo y violencia en televisión

El Congreso de los Diputados aprobó el jueves 30 con carácter definitivo, la ley por la cual se incorpora al derecho español la directiva comunitaria de "televisión sin fronteras". En ella se atribuye al Ministerio de Obras Públicas el control e inspección de todas sus disposiciones, incluidas las emisiones pornográficas o de "violencia gratuita", que los espectadores no podrán recibir entre las seis de la mañana y las diez de la noche.
—El País

Excerpt from El País: Sexo y violencia en televisión, by Joaquín Prieto, © 1994, EL País S.L. Reprinted by permission of Magazine/El mundo.

Di si crees que sería bueno utilizar este sistema de control en tu país.

ACTIVIDAD 11 Decidan ustedes

Parte A: En parejas, comenten las siguientes situaciones y usen las expresiones de la lista.

1. Un criminal violó y mató a una niña de ocho años y fue condenado a cadena perpetua. Después de ocho años, salió en libertad condicional.

2. Un muchacho de 15 años que mató a una anciana de 75 años y le robó su dinero fue encarcelado, pero a los 21 años lo soltaron por haber cometido el crimen cuando era menor de edad.

3. Un hombre de 58 años que siempre mantenía su inocencia fue declarado inocente después de que le hicieron un análisis de ADN. Estuvo en la cárcel 27 años.

ADN = DNA

Para comentar

¿Y a ti qué te parece?	What do you make of it?
¿Qué opinas sobre esta situación?	What do you think about this situation?
Desde mi punto de vista...	From my point of view...
A mi modo de ver...	The way I see it...
Es un acto despreciable.	It's a despicable act.
¡Qué injusticia!	How unfair! / What an injustice!

Parte B: En grupos de tres, cuéntenles a sus compañeros, con detalle, un crimen o un delito reciente.

3. To ask the question *Have you ever?* and to refer to past events with relevance to the present, use the present perfect.

—¿**Has leído** algún artículo sobre la situación cubana actual?
—Últimamente no **he visto** nada sobre Cuba en el periódico.

Present perfect, see pages 121-122.

4. To describe what someone was looking for but didn't know whether it existed or not, use the imperfect subjunctive in dependent adjective clauses.

Los cubanos que salieron de Cuba querían ir a **un lugar donde pudieran** empezar una vida nueva.

Imperfect subjunctive, see pages 259-261.

5. To refer to a pending or not yet completed action in the past, or to express possibility, purpose, restriction, and time in the past, use the imperfect subjunctive in dependent adverbial clauses.

Muchos refugiados políticos pensaban quedarse en los Estados Unidos solo **hasta que cambiara** el gobierno de Cuba. (*Pending action in the past*)
Trabajaban **para que** sus hijos **tuvieran** un futuro mejor. (*Purpose in the past*)

Pending actions, see pages 210-211 and 259-261.

Possibility, purpose, restriction, time, see pages 231-232.

6. To talk about past actions or states after expressions of influence, emotion, doubt, and denial, use the present perfect subjunctive, the imperfect subjunctive, or the pluperfect subjunctive in the dependent clause.

Present perfect subjunctive, imperfect subjunctive, and pluperfect subjunctive, see pages 169, 259-261, and 321.

Present emotion ⟶ Past action
(Present Perfect Subjunctive)

Es una pena que tantas familias **se hayan separado** por razones políticas.

Past influence ⟶ Past action
(Imperfect Subjunctive)

Mucha gente **quería que** Kennedy **interviniera** militarmente contra Castro.

Past emotion ⟶ Past action before past emotion
(Pluperfect Subjunctive)

Me sorprendía que mis padres **hubieran dejado** a mis abuelos en Cuba y **hubieran venido** a Miami, pero ahora lo entiendo.

7. To wonder or to express probability about the past, use the conditional tense.

Mis padres **tendrían** unos 28 años cuando salieron de la isla.

Expressing probability about the past, see page 287.

8. To make a hypothetical statement to express hindsight or regrets, use:

si + *pluperfect subjunctive, conditional perfect*

Si yo **hubiera sido** exiliado político, no **habría podido** volver a mi país.

Hypothesizing about the past, see pages 317-318.

ACTIVIDAD 4 La vida de Lucía (Parte 1)

Lee sobre la vida de una inmigrante colombiana y completa la información con el pretérito, el imperfecto, el pluscuamperfecto del indicativo, el pluscuamperfecto del subjuntivo, el condicional perfecto o el infinitivo de los verbos que aparecen en el margen.

tener, vivir
decidir
estudiar
ir, pasar
haber
conocer
tener, trabajar
poder
aceptar
tener
extrañar
cuidarse
volver
aprender
terminar

En 1970, Lucía _____ (1) 21 años y _____ (2) en Colombia con sus padres y hermanos, cuando _____ (3) ir a los Estados Unidos para _____ (4) inglés. Su madre no quería que ella _____ (5) porque temía que a su hija le _____ (6) algo en un país tan lejano. En esa época, no _____ (7) Internet y era casi imposible _____ (8) bien la realidad de otro país. Pero la madre _____ (9) una hermana que _____ (10) en Milwaukee y era posible que su hija _____ (11) quedarse con ella. La tía de Lucía _____ (12) con gusto tener a su sobrina en casa. Entre las tres acordaron que en caso de que Lucía _____ (13) problemas o _____ (14) a la familia, la tía la iba a mandar de regreso a Bogotá. La madre de Lucía le pidió a su hija que _____ (15) y que _____ (16) a su país lo antes posible, pero la idea de Lucía era quedarse en los Estados Unidos hasta que _____ (17) inglés bien y cuando _____ (18) uno o dos cursos intensivos, iba a regresar a Colombia.

llegar, ser
ser
hacer
nevar, aclimatarse
matricularse, conocer
llegar
ser, tener
ser
perder
ser, estudiar

Cuando _____ (19) a Milwaukee todo _____ (20) muy diferente para ella. En Colombia el clima _____ (21) templado, pero en Wisconsin, en enero, _____ (22) mucho frío y _____ (23). En cuanto _____ (24) al lugar, _____ (25) en su primera clase de inglés, donde _____ (26) a Georg, un alemán que _____ (27) a los Estados Unidos hacía dos años. _____ (28) bajo como Lucía y _____ (29) ojos de un azul intenso. _____ (30) también muy simpático. El joven no _____ (31) tiempo en invitarla a salir. Su inglés _____ (32) mejor que el de ella porque él ya _____ (33) un poco de inglés antes.

separarse, casarse
tener
vivir
ser, volver
acostumbrarse

Georg y Lucía nunca más _____ (34). _____ (35) a los seis meses de conocerse y dos años después _____ (36) a su hijo Andrés en Wisconsin, donde _____ (37) por casi cuarenta años. Si _____ (38) por Lucía, _____ (39) a vivir a Colombia con Georg y Andrés, pero su esposo ya _____ (40) a vivir en un país nuevo y no quería aprender otro idioma.

Puerto Rico y Cuba

ACTIVIDAD 5 Los inmigrantes hispanos

Habla de la llegada de los tres grupos principales de hispanos (mexicanos, cubanos, puertorriqueños) a los Estados Unidos usando los datos que están en la página siguiente. Incorpora el nombre del grupo apropiado en tus oraciones.

▶ en 1959 / empezar a salir de la isla / cuando subir / al poder Fidel Castro

En 1959 los cubanos empezaron a salir de la isla cuando subió al poder Fidel Castro.

338 Fuentes: Conversación y gramática

1. vivir / en la zona que se extiende de Texas a California antes que los primeros inmigrantes anglosajones
2. llegar / como refugiados políticos
3. en 1917 / obtener / el estatus de ciudadanos estadounidenses
4. en 1848 / firmar / el Tratado de Guadalupe Hidalgo con los Estados Unidos
5. para 1980 / ya / vivir / en Chicago, Los Ángeles, Miami, Filadelfia y el norte de Nueva Jersey
6. establecerse / principalmente en Miami
7. después de la Segunda Guerra Mundial / comenzar / la movilización a Nueva York
8. llevar / a EE.UU. / su habilidad para fabricar puros (*cigars*)
9. no querer / que sus hijos / vivir / bajo un régimen comunista

ACTIVIDAD 6   Inmigrantes célebres

Los siguientes inmigrantes han aportado mucho a la cultura y la historia norteamericana. En grupos de tres, digan de dónde son y qué han hecho o hicieron estas personas.

1. Martina Navratilova
2. Alberto Einstein
3. Yo-Yo Ma
4. Ang Lee
5. Charlize Theron
6. Hakeem Olajuwon
7. I. M. Pei

ACTIVIDAD 7   Hispanos famosos

Parte A: Lee la siguiente biografía que está escrita en el presente histórico y cámbiala al pasado.

Sandra Cisneros nace en Chicago en 1954. Su padre es mexicano y su madre chicana. Tiene seis hermanos y ella es la única hija. Su abuela paterna vive en México y su familia se muda a ese país con frecuencia por diferentes períodos. Debido a esta situación y al hecho de que, con frecuencia, cambia de escuela, Sandra es una niña tímida e introvertida. En la escuela secundaria empieza a escribir poesía y en 1976 recibe una especialización en Literatura de la Universidad de Loyola en Chicago. Luego, mientras realiza estudios de maestría en la Universidad de Iowa, descubre su voz para escribir. Esto la lleva a escribir *The House on Mango Street*. A través de los años, recibe diferentes premios por sus libros y trabaja como maestra de estudiantes que dejan la escuela secundaria.

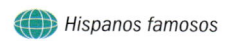

Sandra Cisneros.

Parte B: En parejas, lea cada uno la información sobre uno de los siguientes hispanos famosos para luego contársela a la otra persona, usando verbos en el pasado donde sea apropiado.

Roberto Clemente (1934–1972)

- nacer / en Puerto Rico
- ya / jugar / para los Cangrejeros de Santurce en Puerto Rico cuando / empezar a jugar / para los Piratas de Pittsburg
- mientras / jugar / con los Piratas / dar / más de 3.000 batazos (*hits*)
- ayudar / a su equipo a ganar dos Series Mundiales
- en 1966 / nombrarlo / el jugador más valioso de la Liga Nacional
- jugar / en 14 partidos de los All-Stars
- mientras / viajar / a Managua, Nicaragua, para ayudar a víctimas de un terremoto / morir / en un accidente de avión en 1972
- ser / muy generoso
- ser / elegido al Salón de la Fama de Béisbol en 1973
- los puertorriqueños / considerarlo / héroe nacional

Roberto Clemente.

Sonia Sotomayor (1954–)

- nacer / en EE.UU. de padres puertorriqueños
- criarse / en una zona de viviendas públicas del Bronx
- cuando / tener / nueve años / su padre / morirse
- la madre / tener que / tener dos trabajos
- cuando / ser / niña / gustarle ver / el programa policíaco de TV de Perry Mason
- siempre / pensar en / ser jueza
- graduarse / de la Universidad de Princeton y de Yale
- en 1991 / llegar a ser / la primera jueza federal hispana de Nueva York
- mientras / ser / jueza federal / hacerse / famosa por un caso judicial de jugadores de béisbol
- cuando / ser / nombrada al Tribunal Supremo en 2009 / ya / trabajar / en el Tribunal de Apelaciones
- los puertorriqueños / ponerse / muy orgullosos al oír la noticia

Sonia Sotomayor y su madre.

ACTIVIDAD 8 ¿Qué pasó?

En parejas, escojan a una de las siguientes personas e inventen cómo era su vida en su país, cómo fue su emigración y digan cuántos años tendría la persona cuando emigró. Luego hablen sobre su adaptación a los Estados Unidos y cómo se hizo famosa.

Arnold Schwarzenegger (austríaco)   Michael J. Fox (canadiense)
César Millán (mexicano)   Isabella Rossellini (italiana)
Isabel Allende (chilena)   Carlos Santana (mexicano)

Remember to use the conditional when speculating about someone's age in the past.

ACTIVIDAD 9 Un anuncio comercial

Parte A: Contesta estas preguntas basadas en el anuncio de McDonald's.

1. ¿En qué lugar y en qué país se encontraron Rubén y Ernesto?
2. ¿Qué estaba haciendo Ernesto cuando vio a Rubén?
3. ¿Había pasado mucho o poco tiempo desde la última vez que se vieron? Busca dos pistas.
4. ¿Qué le contó Rubén a Ernesto sobre su vida?

Parte B: En el anuncio, Ernesto menciona que acaban de trasladar a Rubén a los Estados Unidos. En grupos de tres, digan seis consejos que Rubén puede haber recibido de su amigo para adaptarse al nuevo país con más facilidad. Recuerden que Rubén está casado y tiene dos hijas. Usen expresiones como: **Ernesto le aconsejó que..., Le sugirió que...**

Parte C: Ernesto y Rubén ya eran amigos en su país. Basándose en la información del anuncio, comenten cómo era la relación entre ellos. Usen expresiones como: **Creo que..., Dudo que..., Es posible que...**

Parte D: Contesten estas preguntas.

1. ¿Por qué creen que McDonald's haya hecho un anuncio comercial dirigido a inmigrantes o a extranjeros trabajando en los Estados Unidos? Justifiquen su respuesta.
2. Si este anuncio hubiera aparecido en inglés en una revista como *Time* o *Sports Illustrated*, ¿habría tenido éxito? Justifiquen su respuesta.
3. En el anuncio Ernesto dice: "¡Qué chiquito es el mundo!" ¿Están de acuerdo con esa frase?
4. Mientras estaban en otra ciudad u otro país ¿alguna vez se han encontrado con (*have you run into*) alguien a quien conocían? ¿Qué pasó?
5. Estando de vacaciones, ¿han conocido a alguien que era de su estado o su ciudad? ¿Sintieron alguna afinidad con esa persona?
6. Si sus padres se hubieran tenido que trasladar a otro país cuando Uds. eran niños/as, ¿dónde les habría gustado vivir? ¿Por qué?

vacilar = to kid (around)

Un Momento así Sólo en McDonald's

McDonald's Corporation

¡Qué chiquito es el mundo! Mira que encontrarme a Rubén aquí en Estados Unidos después de tanto tiempo.
  Yo estaba almorzando con una compañera del trabajo en el McDonald's de aquí a la vuelta y lo vi entrar.
  "Rubén", le grité.
  "¡Ernesto!", y nos dimos tremendo abrazo.
  "¿Qué haces aquí?", pregunté.
  "Lo mismo que tú, a punto de comerme un Big Mac", me contestó vacilándome como lo hacía antes.
  Me contó que se casó con Lupe, su novia de toda la vida, que tienen dos niñas preciosas y que lo acaban de transferir aquí a Estados Unidos.
  Y así se nos pasó el tiempo.
  Si no hubiera sido porque teníamos que regresar a trabajar, nos hubiéramos quedado el resto de la tarde platicando en McDonald's.
  ¡Qué agradable reencontrarnos!

Lo que quieres, aquí está.

B Discussing the Present

Review how to talk about the present as you read about the life of Junot Díaz, a Dominican writer who emigrated to the United States when he was a child.

Narrating in the present, see pages 17–18 and 23–24.

1. To talk about present habitual actions or present events or states, use the present indicative.

   El escritor dominicano, Junot Díaz, **escribe** sobre eventos que ocurrieron en su vida.
   Tiene puesto de profesor en M.I.T.

2. To discuss actions in progress at the moment of speaking, you may use either the present indicative or the present progressive.

   Escribe/Está escribiendo una novela.

Describing what one is looking for, see pages 204–205.

3. To describe something that someone is looking for but doesn't know whether it exists or not, use the present subjunctive in the dependent clause.

   Junot Díaz quiere que el mundo **sepa** cómo es la vida de la persona que emigra a los Estados Unidos.

Present subjunctive, see pages 134–135, 164–165, and 176–177.

4. To talk about present actions or states after expressions of influence, emotion, doubt, and denial, use the present subjunctive in the dependent clause.

   Es interesante que Junot Díaz utilice un estilo hablado al escribir.

Present subjunctive, see pages 134–135 and 139.

Commands, see pages 141 and 144.

5. To influence someone's actions, use a command or the present subjunctive after an expression of influence.

   Cómprame el libro de Junot Díaz, *The Brief Wondrous Life of Oscar Wao*.
   Dile que me lo **compre.**
   Quiero que me lo **compres.**

Wondering and expressing probability about the present, see page 287.

6. To wonder or express probability about the present, use the future tense.

   La familia de Junot Díaz **estará** muy orgullosa de los premios que ha recibido él.

To make hypothetical statements about imaginary situations, see page 294.

7. To make hypothetical statements about imaginary situations, use:

   si + imperfect subjunctive, conditional

   Si fuera escritor (*which I am not*), **soñaría** con ganar el Pulitzer, como Junot Díaz.

342 Fuentes: Conversación y gramática

ACTIVIDAD 10   La vida de Lucía (Parte 2)

Lee otra parte de la vida de la inmigrante colombiana y completa la información con el presente del indicativo, el presente del subjuntivo, el condicional o el infinitivo de los verbos que aparecen en el margen.

Hoy día Lucía _____ (1) con su esposo Georg en un pequeño pueblo de Texas. Su hijo Andrés, su nuera Evan y su nieta Pilar _____ (2) una casa al lado. A Lucía le encanta _____ (3) tiempo con su nieta y, cuando _____ (4), la invita a la casa para que las dos _____ (5) en el jardín. Algunas noches, Lucía la invita a _____ (6) siempre y cuando la niña _____ (7) bien. Entonces, le _____ (8) a la nieta sus cuentos favoritos hasta que la niña _____ (9).

En general, Lucía le _____ (10) a su nieta en español y está muy contenta de que Pilar le _____ (11) también en español sin que ella le _____ (12). En cambio el abuelo le _____ (13) algunas palabras en alemán, pero le tiene que pedir a la niña que _____ (14) en alemán porque tiene la tendencia a contestarle en inglés. La niña absorbe todo lo que le _____ (15) los abuelos y, si _____ (16) una escuela bilingüe en su pueblo, los padres de la niña la _____ (17) con gusto. Es muy bueno que la niña _____ (18) abuelos que hablan otros idiomas, pero es una lástima que no _____ (19) la posibilidad de _____ (20) instrucción ni en español ni en alemán.

vivir
tener
pasar
poder
jugar
dormir, portarse
contar
dormirse

hablar
responder
insistir, decir
contestar

decir, haber
llevar
tener
tener
recibir

ACTIVIDAD 11   ¿Cuánto sabes?

Parte A: Usa la imaginación y lo que sabes sobre la población hispana de los Estados Unidos para completar este cuestionario.

1. En el año 2020, se calcula que la población negra va a representar el 13,5% de la población estadounidense y que la hispana va a representar el _____.
   a. 15,9%   b. 16,9%   c. 17,8%

2. Indica el porcentaje de la población hispana en los EE.UU. que proviene de los siguientes lugares.
   _____ Cuba   a. 64,3%
   _____ El Salvador   b. 9,1%
   _____ México   c. 3,5%
   _____ Puerto Rico*   d. 3,2%
   _____ la República Dominicana   e. 2,6%

   *Los puertorriqueños son ciudadanos estadounidenses.

3. El poder adquisitivo de la población de los EE.UU. creció un promedio del 4,9% anual entre 1990 y 2009, mientras que el de los hispanos creció el _____ anual.
   a. 5,9%   b. 7,1%   c. 8,2%

4. El sueldo promedio de una familia en los EE.UU. es de $50.595; el de una familia hispana es de _____.
   a. $35.783   b. $40.476   c. $46.294

5. El 23,9% de la población estadounidense es católica. El porcentaje de hispanos católicos es del _____.
   a. 57%   b. 68%   c. 80%

(*Continúa en la página siguiente.*)

6. El _____ de la población hispana que vive en los EE.UU. nació en ese país.
   a. 50,4%   b. 60,2%   c. 72,9%

7. En los EE.UU. la edad promedio es de 36,6 años; entre los hispanos es de _____ años.
   a. 27,6   b. 31,8   c. 34,1

8. Según el censo del año 2005, en los EE.UU., el _____ habitantes (de más de 5 años de edad) habla español en casa.
   a. 16,5% o 1 de cada 6   b. 12,5% o 1 de cada 8   c. 10% o 1 de cada 10

9. De las personas que hablan español en casa, _____ dice que habla inglés con fluidez.
   a. el 25%   b. el 40%   c. más de la mitad

Parte B: Ahora, en grupos de cuatro, compartan y justifiquen sus opiniones con el resto de la clase usando expresiones como: **Creo que..., Dudo que...**

ACTIVIDAD 12 Emigración e inmigración

Parte A: En parejas, hagan una lista de cinco motivos por los cuales hay más inmigración a los Estados Unidos y menos emigración de los Estados Unidos a otros países. Estén preparados para explicar los motivos.

Parte B: Si este país pasara por una situación económica desastrosa y fuera muy difícil continuar viviendo aquí, ...

1. ¿adónde irían a vivir?
2. ¿con quién(es) irían?
3. ¿qué llevarían?
4. ¿cómo se sentirían?
5. ¿cómo sería la adaptación?
6. ¿qué cosas extrañarían?
7. ¿los aceptaría la población local?
8. ¿qué harían para integrarse?

ACTIVIDAD 13 En el extranjero

En parejas, imaginen que un amigo va a ir a estudiar por seis meses a un país de habla española. Escríbanle una lista de recomendaciones para que aproveche el viaje. Usen expresiones como: **Te recomendamos que..., Es importante que..., No te olvides...**

ACTIVIDAD 14 ¿Qué falta aquí?

En parejas, lean el anuncio de la página siguiente y discutan estas preguntas.

1. ¿De quiénes habla el anuncio y cómo los describe?
2. ¿A quién está dirigido?
3. ¿Cuál es el propósito del anuncio y quién lo patrocina (*sponsors*)?
4. ¿Cómo será la vida de un refugiado recién llegado?
5. Durante el régimen de Castro, muchos cubanos llegaron a los Estados Unidos como refugiados políticos. ¿Conocen Uds. a hispanos de otros países que también hayan sido aceptados en este u otro país como refugiados políticos? ¿Cuál fue la causa?

¿QUÉ FALTA AQUÍ?

Observa detenidamente este grupo de personas. Todas ellas tienen algo. Algunas tienen herramientas, otras portan una maleta, conducen un vehículo o llevan cualquier utensilio. Todas ellas podrían considerarse normales, gente corriente.

Sin embargo, hay una excepción. Ese buen hombre, el segundo por la derecha, en la tercera fila, parece no tener nada.

En efecto, no tiene nada. Es un refugiado. Y, como en principio habrás podido notar, es una persona como todas las demás. Porque los refugiados son gente corriente. Como tú y como yo. Gente normal con una pequeña diferencia: todo lo que tenían ha sido destruido o confiscado, arrebatado tal vez a cambio de sus vidas.

No tienen nada.

Y nunca más lo tendrán si no les ayudamos. Por supuesto, no podemos devolverles aquello que les fue arrebatado. Pero sí podemos ofrecerles nuestra solidaridad. Por eso no te pedimos dinero, aunque la más mínima contribución siempre es una gran ayuda. Ahora lo que más necesitan es sentirse recibidos con cordialidad.

Tal vez una sonrisa no parezca gran cosa. Pero para un refugiado puede significarlo todo.

El ACNUR es una organización con fines exclusivamente humanitarios, financiada únicamente por contribuciones voluntarias. En la actualidad se ocupa de más de 19 millones de refugiados en todo el mundo.

ACNUR
Alto Comisionado para los Refugiados
Apartado 69045
Caracas 1062a
Venezuela

Cambio 16

ACNUR
Naciones Unidas
Alto Comisionado para los refugiados

¿Lo sabían?

Una familia de refugiados salvadoreños se cubre la cara para no ser identificada (Cincinnati, Estados Unidos, 1982).

Durante los años 70 y 80, muchos de los habitantes de El Salvador y Guatemala huyeron de su patria porque su vida corría peligro, cruzaron México e intentaron entrar en los Estados Unidos. Se prohibió la entrada a los inmigrantes de los dos países y el gobierno norteamericano decidió no aceptarlos como refugiados políticos. Fue así como muchas iglesias se organizaron y fundaron el movimiento "Santuario", para ayudarlos a cruzar la frontera y darles casa, comida y apoyo, tanto económico como espiritual. Algunos de los líderes norteamericanos del movimiento fueron encarcelados por su participación.

¿Crees que un grupo religioso que quebranta la ley deba ser procesado (*prosecuted*) por participar en lo que considera actividades humanitarias?

C Discussing the Future

Future actions, see pages 9, 17–18, and 281.

1. To refer to a future action, you can use the following.

a. the present indicative	Esta noche **hay** una película de América Ferrera en la tele.
b. **ir a** + *infinitive*	Para el año 2050, los hispanos **van a representar** el 29% de la población estadounidense.
c. the future tense	En el futuro los hispanos **ocuparán** más puestos en el gobierno.

Present subjunctive, see pages 134–135, 164–165, and 176–177.

2. To talk about future actions or states after expressions of influence, emotion, doubt, and denial, use the present subjunctive in dependent clauses.

Las grandes compañías **quieren que** los hispanos **compren** sus productos. Para vender productos entre la comunidad hispana de Nueva York, **es importante que muestren** anuncios comerciales durante el noticiero de Univisión, porque es el programa de noticias número uno en toda la ciudad.

Pending actions, see pages 210–211.

3. To describe actions that are pending or have not yet taken place, use the present subjunctive in dependent adverbial clauses.

Algunos inmigrantes piensan volver a su país **cuando se jubilen**.

Hypothesizing about the future, see page 314.

4. To say something will have happened by a certain time in the future, use the future perfect.

Para el año 2050, la población hispana de los Estados Unidos **habrá alcanzado** el 29%.

Hypothesizing about the future, see page 294.

5. To hypothesize about the future, use:

    si + *present indicative, future*/**ir a** + *infinitive*

Si el país **incrementa** sus exportaciones a Hispanoamérica, **habrá/va a haber** más empleos.

ACTIVIDAD 15 La vida de Lucía (Parte 3)

Lee otra parte de la vida de la inmigrante colombiana y completa la información con el futuro, el futuro perfecto, el presente del indicativo, el presente del subjuntivo o el infinitivo de los verbos que aparecen en el margen.

346 Fuentes: Conversación y gramática

Cuando la nieta de Lucía _____ (1) doce años, la abuela la _____ (2) a Colombia. Para entonces la niña ya _____ (3) lo suficiente como para no _____ (4) a sus padres. La abuela quiere que Pilar _____ (5) a toda su familia, que _____ (6) bien el español y que _____ (7) apreciar su cultura. Si Lucía _____ (8) tiempo y suficiente dinero, intentará quedarse allí con su nieta por lo menos un mes. Luego, el verano siguiente ella y su esposo quieren _____ (9) a Alemania con la niña para _____ (10) a la familia de él y para que la niña _____ (11) tiempo con sus primitas. Ellos están seguros de que la niña _____ (12) a estar lista para disfrutar de esos viajes y saben que hasta que ella no _____ (13) a Colombia y a Alemania no _____ (14) valorar su herencia cultural.

cumplir
llevar, madurar
extrañar
conocer, aprender
poder
tener

ir, visitar
pasar
ir
ir
poder

ACTIVIDAD 16 Proyecciones

Mira el siguiente gráfico del censo estadounidense y discute las preguntas.

Distribución de edad por sexo y origen hispano: 2002

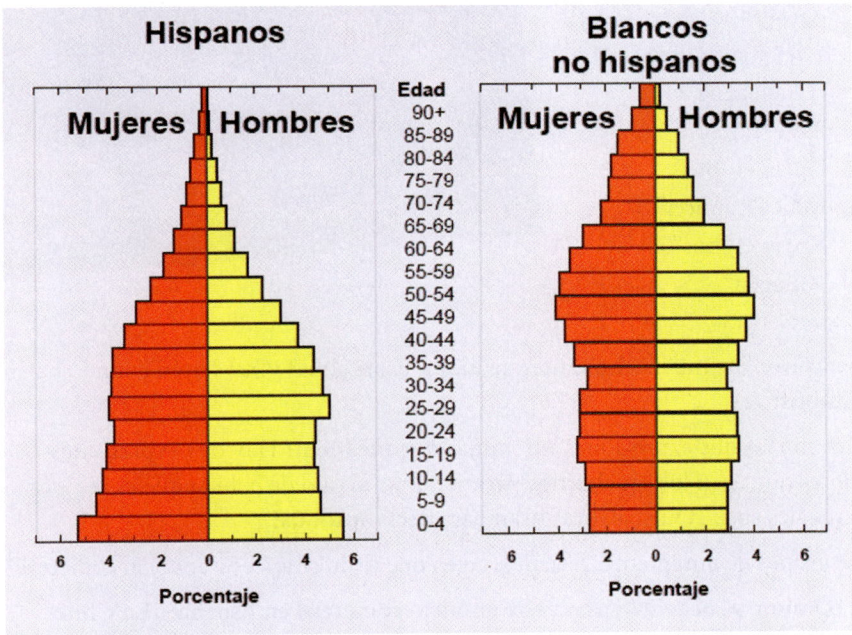

Cada barra representa el porcentaje de la población hispana o no hispana blanca que cae dentro de cada grupo por su edad y sexo.

1. ¿Cuál de los dos grupos tiene un porcentaje mayor de gente joven?
2. Más o menos, ¿qué porcentaje de la población hispana tiene menos de 24 años? ¿Y de la población blanca que no es hispana?
3. Teniendo en cuenta que normalmente las mujeres dejan de tener hijos antes de cumplir los 45 años, ¿cuál será el crecimiento de la población hispana con respecto a la blanca no hispana?
4. En los Estados Unidos, los trabajadores pagan, a través de los impuestos, el seguro social de los jubilados. ¿Habrá suficiente dinero para el seguro social cuando se jubile la gente que ahora tiene entre 40 y 60 años? ¿Ayudará o perjudicará el crecimiento de la población hispana con este asunto? ¿Qué hará el gobierno si no hay suficiente dinero?

ACTIVIDAD 17 **Un anuncio de Coca-Cola**

Las grandes compañías están familiarizadas con el crecimiento de la población hispana y el mercado que esta representa dentro de los Estados Unidos. Lee el siguiente guion de un anuncio comercial de televisión que ha hecho la empresa Coca-Cola. Después, contesta las preguntas.

padre (México) = **chévere** (Caribe)

A: ¡Oye! ¡Qué padre! Un jueguito de fútbol, ¿no?
B: Muchacho, ¿cómo que "padre"? Se dice "chévere".
C: Ya comenzaron de nuevo.
B: ¿Qué pasa?... Mira, "gaseosa".
A: Que ya se dice "soda".
C: No, "refresco".
B: No, no, no, no, no, ya... una Coca-Cola.
A: Ándale, ya nos entendemos.
B: Salud.
C: Salud.

camión (México) = **guagua** (Caribe)

B: ¡Oye! Mira, flaco, nos va a dejar la guagua.
C: ¿La "guagua"?
A: Es el "camión".
C: No, es el "bus".
A: No, el "camión".
C: No, es el "bus".
B: "Guagua".

1. ¿Qué hicieron los muchachos antes de tomar el autobús? ¿Qué harán cuando bajen del autobús?
2. ¿Cuáles son las dos expresiones sinónimas de **¡qué bien!**? Hay tres expresiones diferentes que usan los muchachos para referirse al tipo de bebida que es la Coca-Cola, ¿cuáles son? ¿Qué palabras usan para decir **autobús**?
3. ¿A qué grupos de inmigrantes hispanos creen que se mostrará este anuncio comercial?
4. En tu opinión, ¿Coca-Cola usará este anuncio comercial en España? ¿En Chile? ¿En Venezuela? ¿Por qué sí o no?

La página del idioma español

Do the corresponding web activities to review the chapter topics.

ACTIVIDAD 18 **El futuro**

¡Felicitaciones por haber terminado este curso de español de nivel intermedio! En el futuro, todos Uds. van a usar el español de una forma u otra, ya sea en un viaje a un país de habla española, al continuar sus estudios del idioma en la universidad, al mirar una película en español o posiblemente al hablarlo en el trabajo. En grupos de tres, discutan cómo creen que usarán el español en el futuro.

Más allá

Videofuentes: *Estudiar en el extranjero*

Antes de ver

ACTIVIDAD 1 **Tus amigos en el extranjero**

Antes de ver un video sobre estudiantes que estudiaron en el extranjero, di si conoces a gente que haya estudiado en otros países y explica lo que sabes de sus vivencias.

Mientras ves

ACTIVIDAD 2 **En el exterior**

Ahora mira el video sobre cuatro jóvenes que estudiaron en el extranjero y completa la tabla.

Nicole

	Andrés	Sarah	Stephanie	Nicole
dónde estuvo	_____	_____	• _____ • _____	_____
cuánto tiempo	XXX	_____	_____	_____
qué le gustó	• _____ • _____	• _____ • _____	• _____ _____	• _____ _____

Capítulo 12

Después de ver

ACTIVIDAD 3 **Vivencia en el extranjero**

Parte A: Mira las siguientes oraciones y escoge la respuesta que crees que sea correcta.

1. En 1994/95, más de _____ estudiantes universitarios de los Estados Unidos optaron por estudiar en el extranjero.
   a. 80.000   b. 135.000   c. 150.000

2. En 2006/07, más de _____ estudiantes universitarios de los Estados Unidos recibieron crédito por haber tomado clases en otros países.
   a. 150.000   b. 200.000   c. 240.000

Parte B: Como se puede ver en las respuestas de la Parte A, el número de estudiantes universitarios norteamericanos que estudia en otro país va en aumento. En grupos de tres, discutan las siguientes preguntas.

1. ¿Han estudiado en el extranjero? Si contestan que sí, ¿adónde fueron? ¿Les gustó la vivencia? Si no han estudiado en el extranjero, ¿han considerado ir? ¿Adónde les gustaría ir y por qué?

2. En los últimos años, se ha hecho más y más énfasis en la importancia de estudiar en otro país. En el año 2007, según el *Institute of International Education*:
   - más de 40 universidades mandaron a más de 1000 estudiantes a estudiar en el extranjero (NYU fue la primera con 2.809 estudiantes)
   - 18 universidades mandaron a más del 80% de sus estudiantes
   - la mayoría de los estudiantes que fueron a estudiar al extranjero eran de ciencias sociales, gerencia y negocios, y humanidades
   - entre los 20 países más populares para estudiar se encuentran, No. 3 España (21.881), No. 6 México (10.022), No. 9 Costa Rica (5.518), No. 13 Argentina (2.865), No. 16 Chile (2.578) y No. 20 Ecuador (2.171)

   En su opinión, ¿cuáles son las cinco razones más importantes para estudiar en el extranjero?

Source: Open Doors Report on International Educational Exchange, New York: Institute of International Education. Printed with permission from the Institute of International Education.

Buena comida y ¿un tango sensual?

Como todos los años, los trabajadores de la fábrica tuvieron una fiesta en el restaurante Le Rendezvous después de Semana Santa. Esta reunión fue algo extraordinario. La nueva presidenta del sindicato ha sido fiel a su palabra: dijo que mejoraría las relaciones entre la dirección y los empleados y prometió que no lo haría de una manera convencional. Este viernes cumplió con su palabra cuando bailó un tango sensacional con Felipe Bello.

El tango fue una representación cómica e irónica de las relaciones entre la gerencia y el sindicato. Él llevaba un saco con sus iniciales y ella una camiseta blanca con el símbolo del sindicato. Él ejercía el control mientras ella bailaba con una rosa entre los dientes. Los dos se burlaban del control que tiene un jefe y de cómo puede abusar de los empleados. Pero poco a poco cambió el baile y, al final, él tenía la rosa entre los dientes y era ella quien ejercía el control.

Un reportero le preguntó al Sr. Bello qué significaba el final cuando él estaba tendido en el suelo con la rosa en una mano y el pie de la mujer sobre su estómago. Él le explicó que la presidenta había negociado un aumento de sueldo a partir del primero de mayo. El anuncio inesperado fue recibido con grandes aplausos del público eufórico.

Reference Section

Appendix A   354
Verb Conjugations

Appendix B   367
Uses of *ser*, *estar*, and *haber*

Appendix C   368
Gender of Nouns and Formation of Adjectives

Appendix D   370
Position of Object Pronouns

Appendix E   373
Uses of *a*

Appendix F   374
Accentuation and Syllabication

Appendix G   377
Thematic Vocabulary

Spanish-English Vocabulary   379

Index   393

Credits   396

Maps   398

Appendix A Verb Conjugations

Appendix A contains rules for verb conjugations in all tenses and moods. Since you may already be familiar with much of the information in this appendix, you should read through the explanations and focus on what is new to you or what you feel you may need to review in more detail. Highlighting portions of the explanations might help you study more efficiently. Inexpensive reference books that may help you find specific verb conjugations are *201 Spanish Verbs* and *501 Spanish Verbs*, published by Barron's Educational Series. There are also verb conjugation sites on the Internet.

- While studying these rules, remember that most compound verbs are conjugated like the base verb they contain: con*seguir*, ob*tener*, re*volver*, etc.
- Reflexive verbs can be used in all tenses and moods. To review placement of reflexive pronouns and other object pronouns, see pages 370–372.
- To review accentuation rules, see page 374.
- When conjugating verbs in Spanish, remember the following spelling conventions:

verbs ending in -**car**	ca	que	qui	co	cu
verbs ending in -**gar**	ga	gue	gui	go	gu
verbs ending in -**ger** or -**gir**	ja	ge	gi	jo	ju
verbs ending in -**guir**	ga	gue	gui	go	gu
verbs ending in -**zar**	za	ce	ci	zo	zu

The Present Indicative Tense—*El presente del indicativo*

A. Regular Forms

1. To form the present indicative of regular verbs, drop the -**ar**, -**er**, or -**ir** ending of the infinitive and add the appropriate endings to the stem.

dibuj**ar**		corr**er**		viv**ir**	
dibuj**o**	dibuj**amos**	corr**o**	corr**emos**	viv**o**	viv**imos**
dibuj**as**	dibuj**áis**	corr**es**	corr**éis**	viv**es**	viv**ís**
dibuj**a**	dibuj**an**	corr**e**	corr**en**	viv**e**	viv**en**

2. Certain verbs are regular but need spelling changes in the **yo** form. Remember these spelling conventions to help you.

> Verbs ending in -**guir**: **ga gue gui go gu**
> extin**gui**r: extin**go** extingues extingue etc.

> Verbs ending in -**ger** and -**gir**: **ja ge gi jo ju**
> diri**gi**r: diri**jo**, diriges, dirige, etc.
> esco**ger**: esco**jo**, escoges, escoge, etc.

Other common verbs of this type are: exi**gi**r, reco**ger**.

354 Fuentes: Conversación y gramática

B. Irregular Forms

1. The following verbs have irregular **yo** forms. All other forms are regular.

caber → quepo	hacer → hago	salir → salgo	valer → valgo
caer → caigo	poner → pongo	traer → traigo	ver → veo
dar → doy	saber → sé		

   Most verbs that end in **-cer** and **-ucir** have irregular **yo** forms.

   > cono**cer**: cono**zc**o, conoces, conoce, etc.
   > trad**ucir**: trad**uzc**o, traduces, traduce, etc.

   Other common verbs of this type are: estable**cer**, prod**ucir**.

2. Verbs that end in **-uir** have the following irregular conjugation.

constr**uir**:	constr**uy**o	constr**uy**es	constr**uy**e	construimos	construís	constr**uy**en

   Other common verbs of this type are: distrib**uir**, contrib**uir**, reconstr**uir**.

3. Verbs ending in **-uar** (but not **-guar**) and some verbs ending in **-iar** require an accent to break the diphthong.

conf**iar:**	conf**í**o	conf**í**as	conf**í**a	confiamos	confiáis	conf**í**an
contin**uar:**	contin**ú**o	contin**ú**as	contin**ú**a	continuamos	continuáis	contin**ú**an

   Other common verbs of this type are: cr**iar**, env**iar**.

   But:

aver**iguar:**	averiguo	averiguas	etc.			

4. The following verbs require an accent on certain verb forms to break the diphthong.

re**u**nir:	re**ú**no	re**ú**nes	re**ú**ne	reunimos	reunís	re**ú**nen
pr**o**h**i**bir:	pr**o**h**í**bo	pr**o**h**í**bes	pr**o**h**í**be	prohibimos	prohibís	pr**o**h**í**ben

5. The following verbs have irregular forms in the present.

estar:	estoy	estás	está	estamos	estáis	están
haber:	he	has	ha	hemos	hais	han
ir:	voy	vas	va	vamos	vais	van
oír:	oigo	oyes	oye	oímos	oís	oyen
oler:	huelo	hueles	huele	olemos	oléis	huelen
ser:	soy	eres	es	somos	sois	son

   Note: *There is/are* = **hay**.

C. Stem-Changing Verbs

Stem-changing verbs have a change in spelling and pronunciation in the stem in all forms except the **nosotros** and **vosotros** forms, which retain the vowel of the infinitive. The change occurs in the *stressed* syllable of the conjugated verb, which is also the last syllable of the stem. There are four categories: **e → ie, o → ue, e → i,** and **u → ue**. All stem-changing verbs are noted in vocabulary lists and in dictionaries by indicating the change in parentheses: **volver** (**ue**).

entender (e → ie)		probar (o → ue)	
entiendo	entendemos	pruebo	probamos
entiendes	entendéis	pruebas	probáis
entiende	entienden	prueba	prueban

pedir (e → i)		jugar (u → ue)	
pido	pedimos	juego	jugamos
pides	pedís	juegas	jugáis
pide	piden	juega	juegan

Note that **reírse** has an accent on the **i** of all forms to break the diphthong: **me río, te ríes, se ríe, nos reímos, os reís, se ríen.**

Some common stem-changing verbs are:

e → ie	**o → ue**	**e → i**
cerrar	almorzar	decir*
comenzar (**a** + *infinitive*)	costar	elegir** (**a** + *person*)
empezar (**a** + *infinitive*)	devolver	pedir
entender	dormir	repetir
mentir	encontrar (**a** + *person*)	seguir** (**a** + *person*)
pensar **en**	morir(se)	servir
pensar + *infinitive*	poder	
perder (**a** + *person*)	probar	
preferir	soler + *infinitive*	
querer (+ *infinitive*);	volver	**u → ue**
(**a** + *person*)	volver a + *infinitive*	jugar (**al** + ...)
tener*		
venir*		

*Verbs that have irregular **yo** forms:

decir (e → i) → **digo**   tener (e → ie) → **tengo**   venir (e → ie) → **vengo**

Verbs that have a spelling change in the **yo forms:

elegir (e → i) → **elijo**   seguir (e → i) → **sigo**

356 Fuentes: Conversación y gramática

The Present Participle—*El gerundio*

1. The present participle is formed by dropping the **-ar** of regular and stem-changing verbs and adding **-ando** and by dropping the **-er** and **-ir** of regular verbs and the **-er** of stem changers and adding **-iendo**. (For **-ir** stem changers, see point 2 below.)

    cerr**ar** → cerr + ando → cerr**ando**
    corr**er** → corr + iendo → corr**iendo**
    viv**ir** → viv + iendo → viv**iendo**

2. The **-ir** stem changers have a change in the stem of the present participle. In dictionary listings, stem changers are followed by vowels in parentheses. The first vowel or vowels in parentheses indicate the change that occurs in the present indicative tense: **dormir** (<u>ue</u>, u), **vestirse** (<u>i</u>, i), **sentirse** (<u>ie</u>, i). The second vowel indicates the change that occurs in the present participle: **dormir** (ue, <u>u</u>), **vestirse** (i, <u>i</u>), **sentirse** (ie, <u>i</u>). (Also see the discussions of the preterit and present subjunctive.)

    dormir → d**u**rmiendo   vestirse → v**i**stiéndose*   sentirse → s**i**ntiendo

3. Verbs with stems ending in a vowel + **-er** or **-ir** (except a silent **u**, as in **seguir**) take a **y** instead of the **i** in the ending.

    construir → constru**y**endo

    Common verbs that fit this pattern include the following.

    leer → le**y**endo   creer → cre**y**endo   oír → o**y**endo
    destruir → destru**y**endo caer → ca**y**endo

The Preterit—*El pretérito*

A. Regular Forms

1. To form the preterit of regular **-ar, -er,** and **-ir** verbs and **-ar** and **-er** stem changers (but not **-ir** stem changers), drop the **-ar, -er,** or **-ir** ending of the infinitive and add the appropriate endings to the stem.

cerr**ar**		vend**er**		viv**ir**	
cerr**é**	cerr**amos**	vend**í**	vend**imos**	viv**í**	viv**imos**
cerr**aste**	cerr**asteis**	vend**iste**	vend**isteis**	viv**iste**	viv**isteis**
cerr**ó**	cerr**aron**	vend**ió**	vend**ieron**	viv**ió**	viv**ieron**

Notice that the **-ar** and **-ir** endings for **nosotros** are identical in the present and the preterit.

---

*To review placement of object pronouns with present participles, see page 371. To review accents, see page 374.

2. Certain verbs are regular but need spelling changes in the **yo** form to preserve the pronunciation. Remember these spelling conventions to help you.

> Verbs ending in -**gar**: **ga gue gui go gu**
> pa**gar**: pa**gué,** pagaste, pagó, etc.

Other common verbs of this type are: ju**gar**, ne**gar**, re**gar**, lle**gar**, ro**gar**.

> Verbs ending in -**car**: **ca que qui co cu**
> bus**car**: bus**qué,** buscaste, buscó, etc.

Other common verbs of this type are: to**car**, practi**car**, criti**car**, expli**car**.

> Verbs ending in -**zar**: **za ce ci zo zu**
> empe**zar**: empe**cé,** empezaste, empezó, etc.

Other common verbs of this type are: almor**zar**, comen**zar**, ca**zar**, re**zar**, apla**zar**, organi**zar**.

B. Irregular Forms

1. The following verbs have irregular forms in the preterit.

dar:	di	diste	dio	dimos	disteis	dieron
ir:	fui	fuiste	fue	fuimos	fuisteis	fueron
ser:	fui	fuiste	fue	fuimos	fuisteis	fueron
estar:	estuve	estuviste	estuvo	estuvimos	estuvisteis	estuvieron
tener:	tuve	tuviste	tuvo	tuvimos	tuvisteis	tuvieron
poder:	pude	pudiste	pudo	pudimos	pudisteis	pudieron
poner:	puse	pusiste	puso	pusimos	pusisteis	pusieron
saber:	supe	supiste	supo	supimos	supisteis	supieron
hacer:	hice	hiciste	hizo	hicimos	hicisteis	hicieron
venir:	vine	viniste	vino	vinimos	vinisteis	vinieron

2. The verbs **decir, traer,** and verbs ending in -**ducir** take a **j** in the preterit. Notice that they drop the **i** in the third person plural and are followed by -**eron.**

decir:	dije	dijiste	dijo	dijimos	dijisteis	di**jeron**
traer:	traje	trajiste	trajo	trajimos	trajisteis	tra**jeron**
producir:	produje	produjiste	produjo	produjimos	produjisteis	produ**jeron**

3. Verbs with stems ending in a vowel + -er or -ir (except the silent u, as in seguir) take a y instead of the i in the third person singular and plural.

construir:	construí	construiste	construyó	construimos	construisteis	construyeron
leer:	leí	leíste	leyó	leímos	leísteis	leyeron
oír:	oí	oíste	oyó	oímos	oísteis	oyeron

Note: *There was/were* = **hubo**.

C. -Ir Stem-Changing Verbs

-**Ir** stem-changing verbs only have a stem change in the third person singular and plural. In dictionary listings, these changes are the second change listed: **morir** (ue, u).

dormir (ue, u):	dormí	dormiste	durmió	dormimos	dormisteis	durmieron
mentir (ie, i):	mentí	mentiste	mintió	mentimos	mentisteis	mintieron
vestirse (i, i):	me vestí	te vestiste	se vistió	nos vestimos	os vestisteis	se vistieron

The Imperfect—*El imperfecto*

A. Regular Forms

To form the imperfect of regular verbs, drop the **-ar, -er,** or **-ir** ending of the infinitive and add the appropriate endings to the stem. Notice that all **-ar** verbs end in **-aba** and **-er** and **-ir** verbs end in **-ía**.

cerrar*		conocer		servir*	
cerraba	cerrábamos	conocía	conocíamos	servía	servíamos
cerrabas	cerrabais	conocías	conocíais	servías	servíais
cerraba	cerraban	conocía	conocían	servía	servían

*Note: Stem-changing verbs do not change in the imperfect.

B. Irregular Forms

Common irregular verbs are:

ir:	iba	ibas	iba	íbamos	ibais	iban
ser:	era	eras	era	éramos	erais	eran
ver:	veía	veías	veía	veíamos	veíais	veían

Note: *There was/were* = **había**.

The Future—*El futuro*

A. Regular Verbs

To form the future of regular verbs, add **-é, -ás, -á, -emos, -éis, -án** to the entire infinitive.

hablar		comer		ir	
hablaré	hablaremos	comeré	comeremos	iré	iremos
hablarás	hablaréis	comerás	comeréis	irás	iréis
hablará	hablarán	comerá	comerán	irá	irán

Note: There is no accent in the **nosotros** form.

B. Irregular Verbs

Some verbs have irregular stems in the future, but all add to the stem the same endings used above.

Infinitive	Future stem	Infinitive	Future stem
caber	cabr-	querer	querr-
decir	dir-	saber	sabr-
haber	habr-	salir	saldr-
hacer	har-	tener	tendr-
poder	podr-	valer	valdr-
poner	pondr-	venir	vendr-

Note: *There will be* = **habrá**.

The Conditional—*El condicional*

A. Regular Verbs

To form the conditional of regular verbs, add **-ía, -ías, -ía, -íamos, -íais, -ían** to the entire infinitive.

hablar		comer		ir	
hablaría	hablaríamos	comería	comeríamos	iría	iríamos
hablarías	hablaríais	comerías	comeríais	irías	iríais
hablaría	hablarían	comería	comerían	iría	irían

B. Irregular Verbs

Irregular conditional forms use the same irregular stems as for the future (see the explanation for the future tense) and add the same conditional endings used above.

Note: *There would be* = **habría**.

360 Fuentes: Conversación y gramática

The Present Subjunctive—*El presente del subjuntivo*

A. Regular Forms

1. The present subjunctive of most verbs is formed by following these steps.
   - Take the present indicative **yo** form: **hablo, leo, salgo.**
   - Drop the **-o: habl-, le-, salg-.**
   - Add endings starting with **e** for **-ar** verbs and with **a** for **-er** and **-ir** verbs.

hablar		leer		salir	
que hable	hablemos	que lea	leamos	que salga	salgamos
hables	habléis	leas	leáis	salgas	salgáis
hable	hablen	lea	lean	salga	salgan

2. Certain verbs are regular but need spelling changes to preserve the pronunciation. Remember these spelling conventions to help you.

   > Verbs ending in **-gar: ga gue gui go gu**
   > pagar: que pague, que pagues, que pague, etc.

   Other common verbs of this type are: llegar, jugar, negar, regar, rogar.

   > Verbs ending in **-gir: ja ge gi jo ju**
   > elegir: que elija, que elijas, que elija, etc.

   Other common verbs of this type are: escoger, exigir, recoger, dirigir.

   > Verbs ending in **-car: ca que qui co cu**
   > sacar: que saque, que saques, que saque, etc.

   Other common verbs of this type are: buscar, tocar, criticar, explicar, practicar.

   > Verbs ending in **-zar: za ce ci zo zu**
   > empezar: que empiece, que empieces, que empiece, etc.

   Other common verbs of this type are: almorzar, comenzar, organizar, cazar, rezar.

B. Irregular Forms

Common irregular imperfect forms include the following.

dar:	que dé	des	dé	demos	deis	den
estar:	que esté	estés	esté	estemos	estéis	estén
haber:	que haya	hayas	haya	hayamos	hayáis	hayan
ir:	que vaya	vayas	vaya	vayamos	vayáis	vayan
saber:	que sepa	sepas	sepa	sepamos	sepáis	sepan
ser:	que sea	seas	sea	seamos	seáis	sean

Note: *There is/are* = **que haya**. *There will be* = **que haya**.

C. Stem-Changing Verbs

1. **-Ar** and **-er** stem-changing verbs in the present subjunctive ending have the same stem changes as in the present indicative tense.

almorzar:	que alm**ue**rce	alm**ue**rces	alm**ue**rce	almorcemos	almorcéis	alm**ue**rcen
querer:	que qu**ie**ra	qu**ie**ras	qu**ie**ra	queramos	queráis	qu**ie**ran

2. **-Ir** stem-changing verbs in the present subjunctive have the same stem changes as in the present indicative except for the **nosotros** and **vosotros** forms, which require a separate stem change. In dictionary listings, this is the second change indicated and is the same change as in the preterit and the present participle: **dormir (ue, u)**.

mentir (ie, **i**):	que mienta	mientas	mienta	mintamos	mintáis	mientan
morir (ue, **u**):	que muera	mueras	muera	muramos	muráis	mueran
pedir (i, **i**):	que pida	pidas	pida	pidamos	pidáis	pidan

Commands—*El imperativo*

A. Negative Commands

All negative commands use the corresponding present subjunctive forms.

XXX	¡No comamos eso!
¡No comas eso!	¡No comáis eso!
¡No coma (Ud.) eso!	¡No coman (Uds.) eso!

B. Affirmative Commands

1. Use the third person forms of the present subjunctive to construct affirmative **Ud.** and **Uds.** commands.

   | hable (Ud.) | salga (Ud.) | vaya (Ud.) |
   | hablen (Uds.) | salgan (Uds.) | vayan (Uds.) |

   Note: Subject pronouns are rarely used with commands, but if they are, they follow the verb.

2. To form regular affirmative **tú** commands, use the present indicative **tú** form of the verb omitting the **-s** at the end.

   habla (tú)   come (tú)   duerme (tú)

   Note: Subject pronouns are rarely used with commands, but if they are, they follow the verb.

   Irregular affirmative **tú** commands include the following.

Infinitive	*Tú* Command	Infinitive	*Tú* Command
decir	di	salir	sal
hacer	haz	ser	sé
ir	ve	tener	ten
poner	pon	venir	ven

3. Affirmative **nosotros** commands (*let's* + *verb*) use the corresponding present subjunctive forms.

   hablemos   comamos   salgamos

   Exception: The affirmative **nosotros** command for **ir** is **vamos** (not **vayamos**).

4. The affirmative **vosotros** commands are formed by replacing the final **r** of the infinitive with a **d**. If a reflexive pronoun is added, the **d** is deleted.

   habla**d**   come**d**   sali**d**   levantaos*

   The only exception is **irse: idos.**

   Note: It is common simply to use the infinitive form as an affirmative **vosotros** command in colloquial speech (**Hablad en voz baja.** = **Hablar en voz baja.**).

---

*To review placement of object pronouns with commands, see pages 371–372.

Sendero Luminoso Shining Path (*Peruvian guerrilla group*)
sensato sensible
sensible sensitive
sentarse (ie) to sit down
sentido: (no) tener ~ (not) to make sense; **~ de humor** sense of humor
sentir (ie, i) to be sorry; **~ nostalgia** to be homesick, to feel nostalgic (about); **sentirse** to feel; **sentirse rechazado** to feel rejected
señal *f.* signal
ser *irreg.*: **~ un pesado** to be a bore; **no puede ~** it can't be, it can't be true; **serle fiel/infiel (a alguien)** to be faithful/unfaithful (to someone); *n. m.* being; **~ humano** human being
serenata serenade
serio serious; **¿En ~?** Really?; **Te lo digo en ~.** I'm not kidding.
servir (i, i) to serve; **No sirve de nada quejarse…** It's not worth it to complain …
siempre always; **~ y cuando** provided (that)
silvestre wild
símbolo symbol
sin: ~ ánimo/fines de lucro nonprofit; **~ duda alguna** without a doubt; **~ embargo** nevertheless; **~ lugar a dudas** without a doubt; **~ que** *conj.* without
sindicato labor or trade union
sinvergüenza: ¡Qué ~! What a dog/rat!
siquiera: ni ~ not even
smoking *m.* tuxedo
sobornar to bribe
soborno *n.* bribe
sobremesa after dinner chat at the table
sobrina niece
sobrino nephew
sofreír (i, i) to fry lightly
sofrito lightly fried dish
soga rope
solapa lapel
soler (ue) (+ *verb*) to do … habitually; to usually (do something)
solicitar un puesto/empleo to apply for a job
solicitud application; **completar una ~** to fill out an application
solomillo filet mignon
soltar (ue) to free
soltero single (*marital status*)
sombra shadow
someterse to submit
somnífero sleeping pill
sonora: banda ~ soundtrack
sonreír (i, i) to smile
sonrisa smile

sordo deaf
soroche *m.* altitude sickness
sorprenderle (a alguien) to be surprised
sorpresa: ¡Qué ~! What a surprise!
soso bland
sostén bra
sostener *irreg.* to support; to hold up
subir to raise; **~ el fuego** to raise the heat
subrayar to underline
suceder to happen
suceso event; **sucesos del momento** current events
sucio dirty
sudadera sweatsuit, sweatshirt
suegra mother-in-law
suegro father-in-law
suela sole (*of a shoe*)
sueldo salary; **bajar/aumentar el ~** to lower/raise the salary
sueño: coger el ~ to fall asleep
sugerencia suggestion
sugerir (ie, i) to suggest
suicidio suicide
sumar to add
sumergido underground
sumiso submissive
sumo enormous, great
superar to overcome; to surpass
supervivencia survival
suplicar to implore, beg
supuesto: por ~ of course
suya: salirse con la ~ to get his/her way

T

tacaño stingy, cheap
tachar to cross out
tal: con ~ (de) que *conj.* provided that
taller workshop
tamaño size
también: Yo ~. I do too./Me too.
tambor drum
tampoco: Yo ~. I don't either./Me neither.
tan pronto como as soon as
tanto so much; as much; **al ~** up-to-date; **por lo ~** therefore; **¡~ tiempo!** Such a long time!
tapar to cover
taquillera: ser una película ~ to be a blockbuster
tarde *adv.* late; **más ~** later, then
tarjeta card; **~ verde** green card (*residency card given to immigrants in the United States*)
tarta (*España*) cake; tart
tatarabuela great-great-grandmother
tatarabuelo great-great-grandfather
tatuaje *m.* tattoo

taxista *m./f.* taxi driver
teatro theater
tecla key (*of a keyboard*)
tejer to weave; to knit
tela material, fabric, cloth
telenovela soap opera
tema *m.* theme, topic
temer to fear
temprano early
tendido stretched, spread out
tener *irreg.* to have; **~ en claro** to have it clear in your mind; **~ ganas de** (+ *inf.*) to feel like (doing something); **~ lugar** to take place; **~ prejuicios** to be prejudiced; **~ prisa** to be in a hurry; **~ que** (+ *inf.*) to have to …; **(no) ~ sentido** (not) to make sense; **~ título** to have an education/a degree; **~ una aventura (amorosa)** to have an (love) affair; **~ un contratiempo** to have a mishap (that causes one to be late); **~ un hambre atroz** to be really hungry
teñido dyed
tercero *adj.* third
terminar to finish; to run out (of); **al ~ (de** + *inf.*) after finishing (+ -ing); **No me termina de convencer.** I'm not totally convinced.
ternera veal
ternura tenderness
terremoto earthquake
terror: película de ~ horror movie
terrorista *m./f.* terrorist
tesoro treasure
tía aunt; **~ política** aunt-in-law
tibio lukewarm
tiempo: ¿Cuánto ~ hace que…? How long have you …?/How long ago did you …?; **¡Tanto ~!** Such a long time!; **trabajar medio ~** to work part-time; **trabajar ~ completo** to work full-time
tienda de campaña tent
tiernamente tenderly
tijeras *f. pl.* scissors
tío uncle; **~ político** uncle-in-law
tira cómica comic strip
tirar to throw away
título title (*book, person*); degree; **tener ~** to have an education/a degree
tocar: Ahora me toca a mí. Now it is my turn.
todavía still, yet; **todavía no** not yet
todo everything; **~ el mundo** everyone; **todos** everyone; **todos los días/domingos/meses** every day/Sunday/month
tomar cursos de perfeccionamiento/capacitación to take continuing education/training courses
tomate *m.* tomato

torno: en ~ around
torpe clumsy
torta cake
tostar (ue) to toast
trabajar: ~ de sol a sol to work from sunrise to sunset; **~ medio tiempo/ tiempo completo** to work part-time/full-time
trabajo escrito written paper
traducir *irreg.* to translate
traición betrayal
traidor traitor
trailers *m. pl.* previews (*movies*)
trampa *f.* trick, trap
tranquilo calm
transpiración perspiration
trasladar to transfer
trasnochar to stay up all night
trastorno *n.* inconvenience, upheaval
tratado treaty
través: a ~ de through
travieso mischievous
trenza braid
trigo wheat
trigueño olive-skinned
trilingüe trilingual
trillizos *pl.* triplets
tristeza sadness
tronco trunk (*of a tree*)
trozo piece
turnarse to take turns
turquesa turquoise

U

ubicarse to be located
una vez once
unirse to unite
uno: ~ a(l) otro each other; **(los) unos a (los) otros** one another (more than two)
útil useful

V

vacilar to kid around
vacuna vaccine
vaina pod (*bean*)

valer *irreg.*: **~ la pena** to be worthwhile; **(No) ~ la pena** (+ *inf.*) It's (not) worth it to (+ *verb*); **valerse por sí mismo** to manage on one's own
valioso valuable
vanidoso vain
valor value; valor, courage
variedad variety
vasco *n., adj.* Basque
veces: a ~ sometimes; **muchas ~** many times
vecino neighbor
vela: hacer ~ to sail; **pasar la noche en ~** to pull an all-nighter, to stay awake all night
vencedor conqueror
vencer to defeat
vencimiento conquest
vendedor salesperson
vender to sell
veneno poison
venir *irreg.* to come
venta sale
ventaja advantage
veras: ¿De ~? Really?/You're kidding./Don't tell me!/You don't say!/Wow!
verdad: (no) es ~ it's (not) true
verde green; **chiste ~** *m.* dirty joke; **tarjeta ~** green card (*residency card given to immigrants in the United States*)
verdura vegetable
vergüenza: ¡Qué ~! What a shame!
verter (ie) to shed (*tears*)
vespertino *adj* evening
vestido de fiesta evening dress
vestimenta clothes, garment
vestirse (i, i) to get dressed
vestuario costumes
vez: de una ~ por todas once and for all; **de ~ en cuando** every now and then; **Había una ~ ...** Once upon a time there was/were ...; **una ~** once
víctima (*f. but refers to both males and females*) victim
vida: de por ~ for life
vientre *m.* belly: **la danza del ~** belly dancing
vínculo bond

vino wine
violación rape; violation; **~ de los derechos humanos** violation of human rights
violador rapist
violar to rape
violencia violence
viruela smallpox
vistazo: echar un ~ to glance at
vitrina store window
viuda widow
viudo widower
vivienda housing
vivir to live; **~ juntos** to live together
vivo *adj.*: **en ~** live (*performance*); **estar ~** to be alive; **ser ~** to be smart
voluntad will; **contra su ~** against one's will
volver (ue) to return, come back; **~ a** (+ *inf.*) to do something again; **~ a empezar de cero** to start over again from scratch
voto en blanco blank vote
vuelta: a la ~ de la esquina around the corner from; **ir a dar una ~** to go cruising/for a ride/walk

X

xenofobia xenophobia (*fear of strangers or foreigners*)

Y

¿Y qué más? And what else?
ya already; yet; **~ no** no longer, not anymore; **¡~ sé!** I've got it!; **¡~ voy!** I'm coming!
yerno son-in-law
y punto and that's that

Z

zanahoria carrot
zapatería shoe store
zapatillas *f. pl.* slippers

Index

a
- personal, 33
- before **alguien,** 201, 204
- with direct objects, 33, 201
- introducing prepositional phrase, 90–91
- before **nadie,** 201
- uses. *See* Appendix E, 373

abstract ideas, **lo que,** 112
academic subjects, 3, 11
accent marks. *See* Appendix F, 374–376
actions in progress, 71–72, 336, 342
adjective clauses, 204–205, 259–161, 337, 342
adjectives
- descriptive, 8–9, 11, 81–82, 95
- formation of. *See* Appendix C, 368–369
- gender agreement. *See* Appendix C, 368–369
- indefinite quantity, 201
- **lo** + adjective, 112
- numbers. *See* Appendix G, 278
- past participle as, 88
- with **ser** or **estar,** 8–9, 85–86

adventure travel vocabulary, 195–196, 220
adverbial clauses, 210–211, 231–232
adverbs of time, 50–51, 52–53, 64, 95
affirmative adjectives, 201
affirmative expressions, 200–201, 220
affirmative pronouns, 201
age in the past, 61
al, 6
- + infinitive, 269

alguien
- in adjective clauses, 204–205
- as direct object, 201

a menos que, 231–232
antes de, 231
antes (de) que, 231
article with **gustar,** 5
art vocabulary, 254, 273
-ar verbs
- forms. *See* Appendix A, 354–366

aunque, 324

beliefs, expressing, 176–177, 259–261, 321, 337, 342
beneficiary of an action, 90–91

cause
- **por** vs. **para,** 183–184

clothes. *See* Appendix G, 377
colors. *See* Appendix G, 377
commands. *See* direct commands; indirect commands
commas
- with relative pronouns, 180

como
- with indicative or subjunctive, 324

como si
- with imperfect subjunctive, 318
- with pluperfect subjunctive, 318

complex sentences, 180
conditional, 284
- formation of. *See* Appendix A, 360
- in hypothetical situations, 294
- in polite requests, 284
- probability, 287

conditional perfect, 314, 321
- formation of. *See* Appendix A, 366
- in hypothetical situations, 317, 337

conjunctions 245
- vs. prepositions, 231–232
- of time, 210–211

conocer
- imperfect vs. preterit, 108–109
- preterit vs. present, 48–49

con tal de, 231
con tal (de) que, 231
course subjects vocabulary, 3, 11
crime vocabulary, 308–309, 326
¿Cuál? vs. **¿Qué?,** 31
cuando
- + indicative, 210
- + subjunctive, 210

days of the week. *See* Appendix G, 377
deber
- with infinitive, 269

decir que
- + indicative, 139
- + subjunctive in indirect commands, 139, 342

demonstrative adjective with **gustar,** 5
desear
- with infinitive, 269

desde… hasta, 51
después de, 211
después (de) que, 210–211
destination
- **por** vs. **para,** 183–184

diphthongs. *See* Appendix F, 375–376
direct commands, 141, 144, 342
- formation of. *See* Appendix A, 362–364
- **tú** and **vosotros,** 144
- **Ud.** and **Uds.,** 141

direct-object pronouns, 33–34, 214
- with commands, 141, 144
- double object pronouns, 214
- placement of. *See* Appendix D, 370–372

direct objects, 33–34, 214
- **alguien** as, 201
- **nadie** as, 201, 204
- personal **a,** 33, 201, 204
- placement of. *See* Appendix D, 370–372

donde
- with indicative or subjunctive, 204, 324

doubt, expressing, 176–177, 259–261, 337, 342
durante, 51
duration of action
- **desde… hasta,** 51
- **durante,** 51
- **por,** 51

(el) uno (al) otro, 243
en caso de, 231
en caso (de) que, 231
en cuanto, 210
environment vocabulary, 196, 220. *See* Appendix G, 377–378
-er verbs
- forms. *See* Appendix A, 354–366

equipment (vocabulary), 195, 220

estar
- vs. **haber,** 367
- + past participle, 88
- + present participle, 342
- vs. **ser** + adjective, 8–9, 85–86, 367
- uses. *See* Appendix B, 367

expressions with **por,** 271

feelings, expressing, 164–165, 259–261, 337, 342
food vocabulary, 147, 157. *See* Appendix G, 377
future events, 9, 18, 134, 176–177, 281, 346
- expressing doubt, 176–177
- present indicative, 18
- present subjunctive, 134

future perfect, 314, 346
- formation of. *See* Appendix A, 366

future tense, 281, 346
- formation of. *See* Appendix A, 360
- probability, 287
- with **si** clauses, 294, 346

gender
- agreement of adjectives. *See* Appendix C, 368–369
- of nouns. *See* Appendix C, 368

gustar, 5, 269
- verbs like **gustar,** 6, 11

haber, 121
- conditional of, 314
- vs. **estar,** 367
- future of, 314
- in pluperfect, 55
- in pluperfect subjunctive, 317, 321
- in present perfect, 121
- in present perfect subjunctive, 169
- vs. **ser,** 367
- uses. *See* Appendix B, 367

había, 74
hace
- + time expression + **que** + verb in present, 14, 20
- + time expression + **que** + verb in preterit, 50–51

hasta, 210–211
hasta que, 210–211
hay, 205
hay que
- followed by infinitive, 269

human relationships, 289, 300
hypothetical situations, 294, 317–318, 337, 342, 346

iba a + infinitive, 108, 117
immigration vocabulary, 103, 124
imperative. *See* direct commands; indirect commands
imperfect, 71–72, 74–75, 108–109, 117, 235, 336
- formation of, 71. *See* Appendix A, 359
- vs. preterit, 71–72, 74–75, 108–109, 117, 336
- reported speech, 235
- uses of, 61, 71–72, 74–75, 108–109, 117, 235, 336

imperfect progressive, 72, 336
imperfect subjunctive, 259–261, 337
    formation of. *See* Appendix A, 364
    in hypothetical situations, 294, 342
impersonal expressions
    to express certainty, 177, 188
    to express doubt, 177, 188
    to express feelings, 165, 188
    to express influence, 135, 157
impersonal **se,** 152
indefinite adjectives, 201
indefinite pronouns, 201
indirect commands, 139, 342
indirect-object pronouns, 5, 90–91, 214
    with commands, 141, 144
    double object pronouns, 214
    with **gustar,** 5
    placement of. *See* Appendix D, 370–372
    with unintentional occurrences, 114
indirect objects, 90–91
infinitives
    after **al,** 269
    after **para,** 183
    after **por,** 183
    with **hay que,** 269
    with impersonal expressions, 135, 165
    prepositions, 269
    as subject of sentence, 269
    with **tener que,** 269
    uses of, 269
influence, expressing, 134–135, 259–261, 337, 342
intentional occurrences vs. unintentional occurrences, 114
interrogative words, 2
introductions, 2
ir
    + **a** + infinitive, 9, 22, 294, 346
    + **a** + infinitive with **si** clauses, 294, 346
    iba a + infinitive, 108, 117
-**ir** verbs
    forms. *See* Appendix A, 354–366

justice (vocabulary), 308–309, 326

lo + adjective, 112
lo que, 112

mientras (que)
    + imperfect, 71–72
mí vs. **mi,** 5
months, 377
movies vocabulary, 58–59, 64

nadie
    in adjective clauses, 204–205
    as direct object, 201
narrating in the future, 346
    See also **ir** + **a** + infinitive, future, present indicative, **si** clauses
narrating in the past, 335–337
    See also preterit, imperfect, imperfect subjunctive, pluperfect, pluperfect subjunctive, present perfect, present perfect subjunctive, **si** clauses

narrating in the present, 342
    See also commands, **estar** + present participle, present indicative, present subjunctive, **si** clauses
necesitar
    with infinitive, 269
negation, 200–201, 239
negative adjectives, 201
negative pronouns, 201
negative expressions, 200–201, 220, 239
ni... ni, 239
ni siquiera, 239
nightlife vocabulary, 29–30, 38
nouns, gender of. *See* Appendix C, 368
numbers
    cardinal. *See* Appendix G, 378
    ordinal. *See* Appendix G, 378

object pronouns
    direct, 33–34, 214
    double, 214
    in expressions like **se me cayó,** 114
    indirect, 5, 90–91, 114, 214
    placement of. *See* Appendix D, 370–372
    reflexive pronouns with reciprocal actions, 114, 242–243
ojalá, 165
o... o, 239

para, 231
    vs. **por,** 183–184
para que, 231
passive **se,** 152, 268
passive voice, 267–268
past participle, 55
    as adjective, 88
    with conditional perfect, 314
    formation of. *See* Appendix A, 365
    with future perfect, 314
    with pluperfect, 55
    with pluperfect subjunctive, 317, 321
    with present perfect, 121
    with present perfect subjunctive, 169
pending actions, 210–211, 259–261, 337, 346
pero vs. **sino,** 323
personal **a,** 33, 201, 204
personality descriptions, 6–9, 11, 82, 95
physical descriptions, 81, 95
pluperfect, 55
    formation of. *See* Appendix A, 366
    reported speech, 235
pluperfect subjunctive, 317, 321, 337
    formation of. *See* Appendix A, 366
plurals. *See* number agreement. *See* Appendix C, 368–369
poder
    imperfect vs. preterit, 108–109
    preterit vs. present, 48–49
    with infinitive, 269
polite requests, 284
political vocabulary, 173–174, 188
por,
    expressions with, 271, 273
    + **años/semanas/horas,** 51
    vs. **para,** 183–184

possessive adjective
    with **gustar,** 5
prepositional phrases, 5, 90, 114
prepositions,
    vs. conjunctions, 210–211, 231
    infinitives, 269
    with reciprocal actions, 242–243
present indicative, 17–18, 23–24, 235, 294, 342, 346
    in adjective clauses, 204–205
    in adverbial clauses, 210, 231–232
    formation of. *See* Appendix A, 354–356
    to indicate future, 18
    to indicate habitual activity, 17, 210
    preterit vs. present, 48–49
    with reflexive pronouns, 23–24
    with reported speech, 235
    with **si** clauses, 294
    of stem-changing verbs, 17–18
present participle
    estar + present participle, 306
    formation of. *See* Appendix A, 357
present perfect, 121, 337
    formation of. *See* Appendix A, 366
present perfect subjunctive, 169, 259–260, 337
    formation of. *See* Appendix A, 366
present subjunctive, 134–135, 139, 260, 342
    formation of. *See* Appendix A, 361–362
preterit, 45
    formation of. *See* Appendix A, 357–359
    vs. imperfect, 71–72, 74–75, 108–109, 117
    vs. imperfect meanings, 108–109, 117
    vs. present meanings, 48–49
    with reported speech, 235
    uses of, 45, 71–72, 74–75, 108–109, 117, 336–337
primero
    before masculine nouns, 2
probability, 287
pronouns
    affirmative pronouns, 201
    after a prepositional phrase, 5, 90, 114
    direct objects, 33–34, 214
    double objects, 214
    in expressions like **se me cayó,** 114
    indefinite, 201
    indirect objects, 5, 90–91, 214
    negative, 201
    reflexive, 23–24
    subject, omission of, 33
purpose
    por vs. **para,** 183–184

que
    as relative pronoun, 180
    lo que, 112
¿**Qué?** vs. ¿**Cuál?,** 31
querer
    imperfect vs. preterit, 108–109
    preterit vs. present, 48–49
    with infinitive, 269
quien(es)
    as relative pronoun, 180

reciprocal actions, 242–243
redundancies, avoiding, 5, 33–34, 90–91, 214
    direct-object pronoun, 33–34
    double-object pronoun, 214
    indirect-object pronoun, 5, 90–91
    subject pronouns, 33
reflexive pronouns, 23–24
    with commands, 141, 144
    in expressions like **se me cayó,** 114
    placement of. *See* Appendix D, 370–372
reflexive verbs, 23–24, 38
relative pronouns, 180
    commas with, 180
reported speech, 235
    tense combinations with, 235

saber
    imperfect vs. preterit, 108–109
    preterit vs. present, 48–49
se
    impersonal, 152
    passive, 152, 268
    reciprocal actions, 242–243
    in expressions like **se me cayó,** 114
seasons. *See* Appendix G, 377
sequence, indicating, in the past, 52–53,
ser
    + adjective, 8, 85–86
    uses. *See* Appendix B, 367
    vs. **estar** + adjective, 8–9, 85–86, 367
si clauses
    in the future, 294, 346
    in the past, 317–318, 337
    in the present, 294, 342
siempre y cuando, 231–232

simultaneous events in the past, 71–72, 336
sin, 231
sino vs. **pero,** 323
sino que, 323
sin que, 231
sports vocabulary, 195, 220. *See* Appendix G, 377
stem-changing verbs, 17–18, 38
    forms. *See* Appendix A, 354–366
    present indicative of, 17–18
subject pronouns, omission of, 33
subjunctive
    in adjective clauses, 204–205, 259–161, 337, 342
    in adverbial clauses, 210–211, 231–232, 259–261
    como si, 318
    deciding upon correct tense, 259–261
    decir que, 139
    to describe the unknown, 204–205, 259–261, 337, 342
    to express doubt, 176–177, 259–261, 337, 342
    to express feelings, 164–165, 259–261, 337, 342
    to express influence, 134–135, 259–261, 337, 342
    to express restriction, possibility, purpose, and time, 231–232
    imperfect subjunctive, 259–261, 337
    after **ojalá,** 165
    pending actions, 210–211, 259–261, 337, 346
    pluperfect subjunctive, 317, 321, 337
    present perfect subjunctive, 169, 259–260, 337

    present subjunctive, 134–135, 139, 260, 342
    sequence of tenses, 259–261
syllabication. *See* Appendix F, 376–377

tener que
    + infinitive, 269
    imperfect vs. preterit, 108–109
    preterit vs. present, 48–49
tercero
    before masculine nouns, 2
time
    a la / a las, 4
    es la / son las, 4
time conjunctions, 210–211
time expressions
    in the past, 50–51
time in the past, 61, 117
todavía
    vs. **ya,** 337–338
todavía no
    vs. **ya no,** 337–338

unintentional occurrences vs. intentional occurrences, 114
unintentional **se,** 114
unknown, describing the, 204–205, 259–261, 337, 342
uno a otro, 243
work vocabulary, 227–228, 245
ya, 55
    vs. **todavía,** 337–338
ya no
    vs. **todavía no,** 337–338
yo en tu/su lugar, 284
yo que tú/él/ella/ellos, 284

Credits

Illustrations

Andrés Fernández Cordón

Photographs

Preliminary chapter: page 1, Jeremy Woodhouse/Jupiter Images; page 2, Ulrike Welsch; page 3, Frerck/Odyssey/Chicago; page 10, courtesy of Khandle Hedrick. **Chapter 1:** page 13, © Pablo Corral Vega/Corbis; page 14, Richard T. Howitz/Photo Researchers, Inc.; page 15, Courtesy of Haggith Uribe; page 21, Courtesy of Alejandro Lee; page 22, © Owen Franken/Corbis; page 28l, Ron Dahlquist/Getty Images; page 28r, Image 100/Royalty Free/Corbis; page 37t, Courtesy of Martín Bensabat; page 37b, Courtesy of María Fernanda Seemann Meléndez; page 39, © Reuters/Corbis **Chapter 2:** page 42, Jarno Gonzalez Zarraonandia/Shutterstock; page 43, Frerck/Odyssey/Chicago; page 47, Courtesy Lorenzo Barello; page 54, © Rafael Ramirez Lee/istockphoto; page 56, © Reuters/Newmedia, Inc./Corbis; page 57, Courtesy of Carmen Fernández; page 62, Courtesy of Lorenzo Barello; page 63, © Joseph/Shutterstock; page 65, © J.J. Guillen/epa/Corbis. **Chapter 3:** page 68, Scala / Art Resource, NY; page 70, Gordon Galbraith/Shutterstock; page 78, Courtesy of María Fernanda Seemann Meléndez; page 80t, Courtesy of Esteban Mayorga; page 80b, Courtesy of Fabiana López de Haro; page 81, The Image Works Archives; page 83t, Courtesy of María Fernanda Seemann Meléndez; page 83b, Courtesy of Esteban Mayorga; page 84tl, ©classmates.com; page 84tr, ©classmates.com; page 84bl, ©classmates.com; page 84br, © Fabio Nosotti/Corbis; page 94, The Granger Collection; page 96, © Juan Medina/Reuters/Corbis. **Chapter 4:** page 100, Miguel Cabrera, Escena de mestizaje, 1763. Museo de America, Madrid. Scala/Art Resource; page 101, Courtesy of Alexandre Arrechea; page 103t, Courtesy of Marcela Domínguez; page 103b, Courtesy of Pablo Domínguez; page 105, Courtesy of Tanya Duarte; page 107, © Molly Riley/Reuters/Corbis; page 111, Courtesy of Pablo Domínguez; page 113, Courtesy of Pablo Domínguez; page 117, Courtesy of Pablo Domínguez; page 120, © Patrick Giardini/Corbis; page 122, Jose Gil/Shutterstock; page 125, AP Photo/Marco Ugarte; page 126, AP Photo/Kevork Djansezian. **Chapter 5:** page 130, Courtesy of Marcela Domínguez; page 137, © Tom Bean/Corbis; page 138, Courtesy of Haggith Uribe; page 139, Courtesy Adán Griego; page 143, Sacramento Bee/ Lezlie Sterling/Zuma Press; page 145, Gina Sanders/Shutterstock; page 147, © Danny Lehman/Corbis; page 148t, Stuart Cohen/The Image Works; page 148b, Courtesy of María Fernanda Seemann Meléndez; page 149, Courtesy of Carmen Fernández; page 150, Bob Daemmrich/The Image Works; page 153, Stephen Finn/Shutterstock; page 154, © Craig Lovell / Eagle Visions Photography / Alamy; page 158, © Francesco Spotorno/Reuters/Corbis. **Chapter 6:** page 161, Martin Bernetti/AFP/Getty Images; page 162, © Neal Preston/Corbis; page 168, Courtesy of Magalie Rowe; page 170, Courtesy of Ann Widger; page 175, © Guillermo Granja/Reuters/Corbis; page 173, Courtesy of Esteban Mayorga; page 174, Alyx Kellington; page 185, Juan Barreto/Getty Images; page 189, © Deborah Feingold/Corbis. **Chapter 7:** page 192, Tom Dempsey/Photoseek; page 193, James D. Nations/DDB Stock Photo; page 194, Courtesy of Juan Alejandro Vardy; page 195, jason scott duggan/Shutterstock; page 197, Michael Doolittle/The Image Works; page 198, Courtesy of Fabiana López de Haro; page 208, Courtesy of Meghan Allen; page 209t, DDB Stock Photo; page 209r, Frerck/Odyssey/Chicago; page 209b, Frances S./Explorer/Photo Researchers, Inc.; page 217, Buddy Mays/Travel Stock; page 218, © Getty Images/Jupiter Images; page 221, Alexander Tamargo/Getty Images. **Chapter 8:** page 224, Danny Lehman/Corbis; page 227, John Lund/Tiffany Schoepp/Jupiter Images; page 230, Paolo Augilar/epa/Corbis; page 232, Courtesy of Pablo Domínguez; page 233l, Karlionau/Shutterstock; page 233r, Dorner/Shutterstock; page 241, Courtesy of Fabiana López de Haro; page 246, © Emiliano Rodriguez/Alamy. **Chapter 9:** page 251, Digital Image © The Museum of Modern Art/Licensed by SCALA / Art Resource, NY; page 252, B. Brent Black; page 253, Jennifer Stone/Shutterstock; page 254b, imageZebar/Shutterstock; page 254t, Courtesy of Fabiana López de Haro; page 257, Barbara Alper/Stock Boston; page 258, *Sueño y premonicion* by

Maria Izquierdo. Courtesy of the Andrés Blaisten Collection/www.museoblaisten.com; page 262, Velasquez, Diego Rodriguez de Silva y (1599–1660). Las meninas, 1656. Prado, Madrid. Bridgeman Art Library, N.Y.; page 265, Blanton Museum of Art, The University of Texas at Austin, Barbara Duncan Fund, 1977; page 266, Botero, Fernando (b.1932) © Marlborough Gallery. The Presidential Family, 1967. Oil on canvas, 6′ 8 1/8″ × 6′ 5 1/4″. Gift of Warren D. Benedek. (2667.1967) Location: The Museum of Modern Art, New York, NY, U.S.A. Photo Credit: Digital Image © The Museum of Modern Art/Licensed by SCALA/Art Resource, NY; page 272l, © Bettmann/Corbis; page 272m, Pablo H. Caridad/Shutterstock; page 272r, Jack Picone; page 274, © David Niviere/Kipa/Corbis. **Chapter 10:** page 278, Courtesy of Laura Acosta; page 280, Courtesy of Carla Montoya Prado; page 288, Peter Dejong/AP Wide World Photos; page 292, Courtesy of Fabiana López de Haro; page 293l, Courtesy of María Fernanda Seemann Meléndez; page 293r, Courtesy of Carmen Fernández; page 301, © Eduardo Munoz/Reuters/Corbis. **Chapter 11:** page 305, David J. Sams/Stock Boston; page 306, © Carrion/Sygma/Corbis; page 311, Juan Herrero/AFP/Getty Images; page 312, Debbie Rusch; page 322, Courtesy of Silvia Martín Sánchez; page 327, © Reuters/Corbis. **Chapter 12:** page 331, Rob Crandall/The Image Works; page 339, Eric Gay/AP Photos; page 340t, © Reuters/Corbis; page 340b, White House/Rapport Syndication/Newscom; page 345, AP/Wide World Photos; page 347, Courtesy of Pilar Garner; page 348, Courtesy the Coca-Cola Company. "Coca-Cola Classic" and "The Genuine Coca-Cola Bottle" are registered trademarks of The Coca-Cola Company.

Realia

Chapter 1: page 16, US Census Bureau; page 20, Moto Paella, Madrid, Spain; page 29, Created by Debbie Rusch, illustration © malko #10684653/fotolia; page 34, Created by Debbie Rusch. **Chapter 2:** page 45, La Feria del Libro de Buenos Aires; page 47, © Figaro Films/Courtesy The Everett Collection; page 58, Created by Debbie Rusch; photo courtesy of Nahuel Chazarreta; page 67, Miramax Films/Courtesy Everett Collection. **Chapter 3:** page 76, Created by Debbie Rusch; photo courtesy of Leticia Mercado: (b) Matt Trommer/Shutterstock; page 89, Debbie Rusch. **Chapter 4:** page 104, Courtesy of Marcela Dominguez; page 116, © Nik Gaturro/www.gaturro.com. Reprinted with permission.; page 128 ©Distribuidora de Entretenimiento de Cine S.A. de C.V./courtesy Everett Collection. **Chapter 5:** page 131, Courtesy of Restaurante Tocororo; page 133, SOS Cuetara, S.A. **Chapter 6:** page 170, © 2009 Republican National Committee. **Chapter 7:** page 205, Reprinted with permission of the City of Los Angeles, Department of Public Works, Bureau of Sanitation; page 212, Courtesy of Gobierno de la Ciudad de Mexico. **Chapter 8:** page 225t, Courtesy Jennifer Jacobsen; page 225b, Courtesy Jeff Stahley; page 228, © Daniel Paz; page 234, © Nik Gaturro/www.gaturro.com. Reprinted with permission.; page 241t, Courtesy of Jennifer A. Jacobsen; page 241b, Courtesy of Jeffrey Paul Stahley; page 250, © Vitagraph Films/Courtesy Everett Collection. **Chapter 9:** page 257t, Estancia el Carmen S. R. L.; page 257l, © National Federation of Coffee Growers of Colombia; page 257r, Aeromexico, New York, NY; page 261, Created by Debbie Rusch/book photo by Najin/Shutterstock. **Chapter 10:** page 283, Campaña del 8 de marzo del 2009, "Mujeres en huelga, ¿qué pasaría?" Courtesy of Emakunde- Instituto Vasco de la Mujer.; page 289, Photo by Alvaro Villarrubia; page 295, Courtesy of Ministerio de la Mujer y Desarrollo Social; page 296, Nik Gaturro/www.gaturro.com; page 297, La Nacion, Buenos Aires; page 304, © Miramax/courtesy Everett Collection. **Chapter 11:** page 308, Courtesy of Lucila Domínguez; page 309, Center for Disease Control, Atlanta, GA; page 310t, México unido contra la delincuencia; page 310b, encuestadelsiglo@sigloxxi.com; page 315, California Department of Health Services; page 316, Created by Debbie Rusch /www.devolvelelaguitaaltaxista.com; page 319, Reprinted with permission from MAD en Mexico. **Chapter 12:** page 341, Reprinted with permission of McDonald's Corporation; page 345, Reprinted with permission from The United Nations High Commission for Refugees; page 347, This statistical profile of the Latino population is based on Pew Hispanic Center tabulations of the Census Bureau's 2007 American Community Survey (ACS). Analysis published March 5, 2009 at http://pewhispanic.org/factsheets/factsheet.php?FactsheetID=46.

México

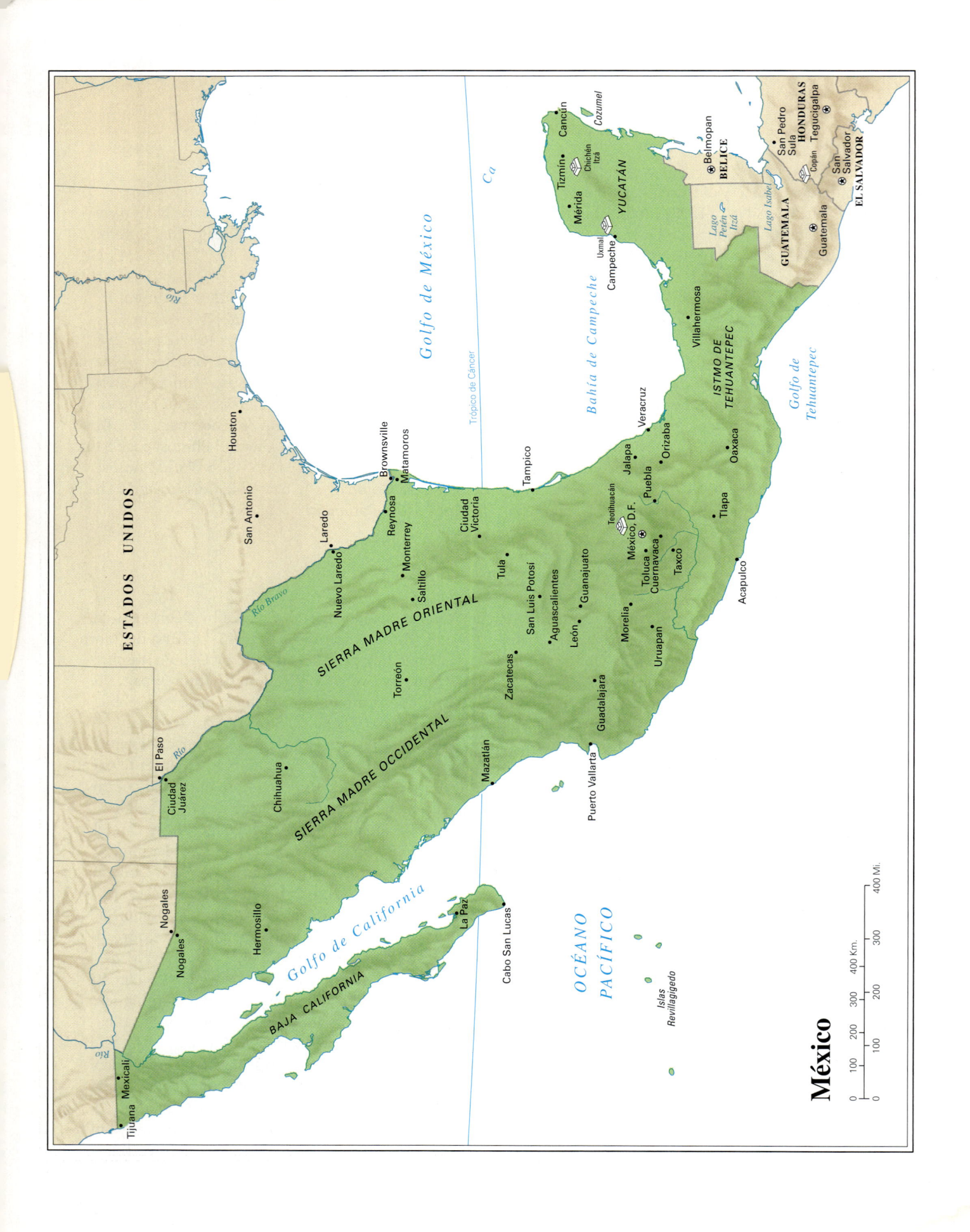

América Central y el Caribe

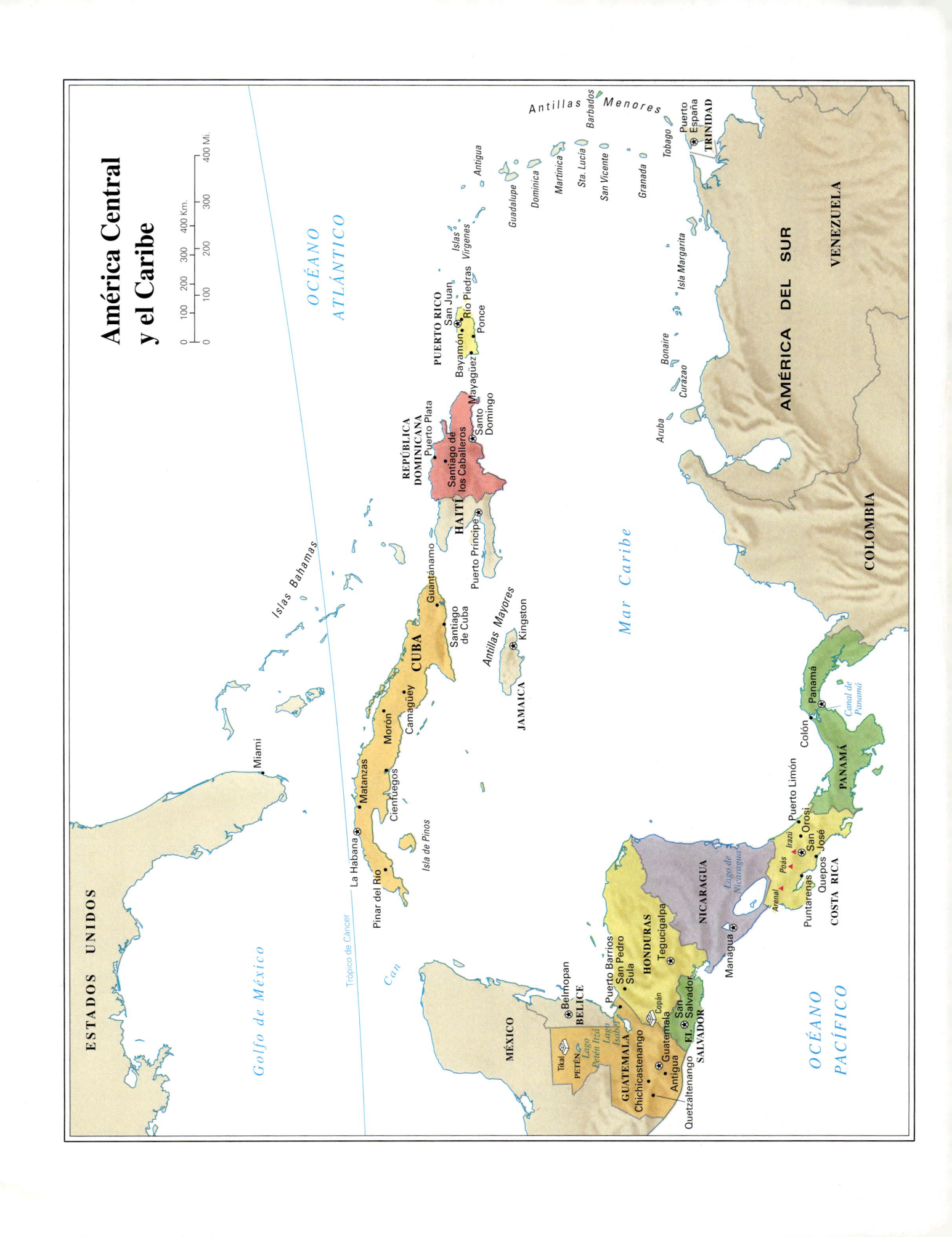

América del Sur